BERNARD CLAVEL

Bernard Clavel est né à Lons-le-Saunier, dans le Jura, en 1923 ; il quitte l'école dès l'âge de quatorze ans, et entre en apprentissage chez un pâtissier de Dole. Les deux années qu'il passe sous la coupe d'un patron injuste et brutal vont faire de lui un éternel révolté. Du fournil à l'usine, du vignoble à la forêt, de la baraque de lutte à l'atelier de reliure, de la Sécurité sociale à la presse écrite et parlée, il connaît bien des métiers, qui constituent « ses universités ».
Il écrit son premier roman, *L'ouvrier de la nuit,* en 1954. Encouragé dès lors par Jean Reverzy, Gabriel Chevallier, Armand Lanoux, Gaston Bachelard, Gabriel Marcel, Hervé Bazin, Marcel Aymé et quelques autres, il poursuit une œuvre qui s'impose peu à peu : il obtiendra plus de vingt prix, dont le prix Goncourt 1968 pour *Les fruits* de *l'hiver.* Il entre à l'académie Goncourt en 1971 au couvert de Giono, décide de la quitter en 1977, et n'a jamais accepté la Légion d'honneur...
Bernard Clavel puise son inspiration dans la Franche-Comté de son enfance, et dit volontiers que son mariage avec la romancière québécoise Josette Pratte lui a permis de donner à son œuvre un deuxième souffle, avec, entre autres, *Le royaume du Nord,* une grande fresque romanesque inspirée par l'aventure des pionniers canadiens. La guerre et le combat pour la liberté, la dignité humaine et l'amour de la nature sont les thèmes majeurs de son œuvre.
En quarante ans, il a écrit plus de quatre-vingt-dix ouvrages — romans, essais, contes et poèmes pour enfants —, traduits dans une vingtaine de pays, et il figure parmi les trois auteurs préférés des Français d'après une étude de la Sofres.
Éternel errant, il a déménagé plus de quarante fois, écrivant et peignant toujours avec le même acharnement.

LE ROYAUME DU NORD

******

MAUDITS SAUVAGES

DU MÊME AUTEUR

CHEZ POCKET

Jésus, le fils du charpentier
Le carcajou
Malataverne
Le soleil des morts
Lettre à un képi blanc
Les petits bonheurs
Meurtre sur le Grandvaux
L'Espagnol
Le seigneur du fleuve
Le tambour du bief

LES COLONNES DU CIEL

1 — La saison des loups
2 — La lumière du lac
3 — La femme de guerre
4 — Marie Bon Pain
5 — Compagnons du Nouveau Monde

LA GRANDE PATIENCE

1 — La maison des autres
2 — Celui qui voulait voir la mer
3 — Le cœur des vivants
4 — Les fruits de l'hiver

LE ROYAUME DU NORD

1 — Harricana
2 — L'or de la terre
3 — Miserere
4 — Amarok
5 — L'Angélus du soir
6 — Maudits sauvages

CHEZ POCKET JEUNESSE

Wang chat-tigre
Akita
La chienne Tempête
Jésus, le fils du charpentier
La louve du Noirmont

BERNARD CLAVEL

LE ROYAUME DU NORD

******

MAUDITS SAUVAGES

ALBIN MICHEL

ISBN : 2-266-10499-3

À la mémoire
de deux hommes
de justice, Casamayor,
Yves Pratte.

B. C.

« Les Sauvages ou Indiens seront maintenus dans les terres qu'ils habitent, s'ils veulent y rester. Ils ne pourront estre inquiétés sous quelque prétexte que ce puisse estre... »

Général AMBERT
et Gouverneur de VAUDREUIL
(Capitulation de Montréal, art. 40, 1760).

« Lorsque les premiers Européens arrivèrent au Canada, les Indiens partagèrent avec eux leur nourriture et leurs connaissances, pour aider l'homme blanc à survivre. Ce sont les Indiens qui ont permis à la société humaine que nous appelons Canada de voir le jour. »

Pierre Elliott TRUDEAU,
avril 1980.

PROLOGUE

TISKA

Tiska marche vers le nord. Le corps incliné en avant, humant sans cesse l'air chargé d'eau et pétri de rafales, elle s'appuie sur le manche du javelot à pointe d'ivoire qu'elle tient de sa main droite. Entre les mèches trempées de ses longs cheveux noirs, son regard fouille la grisaille. De temps en temps elle s'ébroue. Sa tête pivote d'un mouvement brusque. La chevelure découvre alors un visage osseux, aux pommettes saillantes, au nez écrasé sous le cuir brun et luisant. L'averse crépite sur la peau d'ours retournée qui couvre son corps. Ses bras sont maigres, tout de nerfs et de muscles sur une lourde charpente. Sa main gauche est crispée sur un silex bleu à l'arête tranchante. La fourrure trempée bat ses chevilles violacées. Ses pieds nus saignent de plusieurs plaies profondes.

Plus elle avance, plus la végétation se fait rare, avec de larges plaques pelées par le vent. Partout la roche apparaît. L'eau qui ruisselle est grise, à peine lumineuse. Des blocs hauts vingt fois comme un homme sont posés sur la toundra, comme s'ils étaient tombés de ce ciel invisible où roulent les averses.

Depuis trois jours, aucune lueur n'a percé les

nuées. Pourtant, Tiska ne cherche pas son chemin. Elle va droit vers ce bord des immensités où ne passe pas la route du soleil.

Elle marche vers le Nord parce qu'elle a toujours entendu les vieillards du clan annoncer qu'un jour le peuple de sa race devrait partir vers le nord à la suite du gibier.

Les bêtes s'en iront et il suffira de les suivre. Elles indiqueront le passage vers une terre plus riche où les chasseurs seront moins nombreux.

Quand donc ? Nul ne savait le dire. Mais les guerriers Baïkal sont arrivés en grand nombre. Ils ont exterminé le clan. Si Tiska a pu fuir, c'est que Goyan était le chasseur au flair le plus affiné. Il a senti de très loin les guerriers qui barbouillent leur visage du sang de leurs victimes. Il a entraîné Tiska.

Ils ont marché sous le soleil puis sous la pluie durant plus de deux lunes. Nul troupeau ne fuyait dans la même direction qu'eux, mais la parole des anciens suffisait.

Une nuit, le grand ours brun est venu. Goyan l'a tué. Dans le combat, la patte du fauve a ouvert la gorge de l'homme. Tiska a allongé le cadavre sur le sol, face au Grand Esprit qui viendra le chercher. Elle a arraché le javelot de la poitrine de l'ours et taillé dans sa peau de quoi se couvrir. Elle a ouvert l'énorme thorax, brisé les côtes à coups de silex et mordu à pleines dents le cœur où palpitait un reste de vie. Après, elle a marché avec en elle la force de l'ours.

Elle a marché seule dans la taïga, ensuite sur la toundra. Toujours droit vers le ciel sans soleil.

Depuis bien des jours, Tiska est venue à bout de la viande d'ours qu'elle avait emportée. Elle ne se nourrit plus que de baies, de quelques insectes, d'herbe et de larves trouvées entre les racines des plantes épineuses arrachées au sol maigre. Elle va pourtant. La force qui était dans le cœur de l'ours la soutient. La peur des guerriers Baïkal plus féroces que les ours la pousse. L'espoir de cette terre riche promise par les vieux la tire en avant.

La pluie s'enroule dans de larges pans d'un vent glacé qui garde les nuées au ras du sol.

Vers le milieu du jour, la bourrasque s'apaise un peu. Le brouillard s'épaissit. Tiska le flaire à petits coups. Il porte une odeur qu'elle connaît bien : le loup. Elle s'immobilise et prête l'oreille. Tout autour d'elle, c'est le crépitement des gouttes sur la toundra et le froissement du brouillard qui avance par masses grises et blanches. Tiska les respire. C'est comme si la bête était là, à quelques pas, mêlée à cet air palpable.

Tiska lance une sorte de long hurlement qu'elle répète trois fois. Il n'y a pas le moindre écho. Son cri s'arrête à ses pieds, absorbé par les vapeurs qui l'entourent. La femme repart. Elle reprend son pas long et souple, le corps cassé, le visage tendu pour mieux capter les odeurs. Les loups sont devant. Ils vont du même pas que Tiska.

Tous les animaux fuiront vers le nord.

Les yeux de Tiska se fatiguent à scruter ces épaisseurs qui moutonnent. À plusieurs reprises, il lui semble qu'une forme blanche, plus blanche que les brouillards, se devine devant elle. Son odorat continue de capter l'odeur forte. Il faut que le loup meure de faim pour attaquer l'homme. Ou que l'homme soit blessé, qu'il saigne et que le fauve ait goûté son sang sur la roche. Le loup est devant. Même si les pieds de la femme saignent, il ne peut pas avoir goûté son sang.

Tiska va jusqu'au moment où l'ombre vient encore alourdir les vapeurs que le vent sans colère continue de pousser vers les terres dont elle s'éloigne.

Lorsqu'elle ne voit presque plus et que sa fatigue pèse trop lourd, Tiska s'arrête au pied d'une grosse roche. Elle arrache des poignées d'herbe qu'elle mange lentement. Dans les racines, quelque chose bouge. Son doigt reconnaît un ver blanc. Elle le mange avec l'herbe. Elle aime sa saveur de noisette. Son repas terminé, elle cherche les creux de roche où l'eau est restée. Elle boit. Puis, le flanc contre le sol et le dos collé à la pierre, ramenant ses genoux vers son ventre, la main droite serrant son javelot, elle s'endort.

Tiska n'a pas dormi longtemps. Un tremblement du sol vient de la réveiller. Elle se soulève. La nuit est mate comme la tourbe. Un roulement monte qui ne trompe pas : un troupeau nombreux court vers le nord. Il passe à plus de deux cents pas d'ici, en direction du Levant.

Tiska flaire le brouillard qui roule toujours. L'odeur subsiste, mais le loup n'est plus là. Tiska se lève et s'adosse à la roche. L'obscurité est trop dense pour qu'elle ait la moindre chance d'abattre une bête du troupeau. Ce sont des caribous. Leur allure n'est pas celle de la migration. Ils sont poursuivis. Les hommes ne chassent pas en pleine nuit. Des ours ? Des loups ? Un carcajou ? La femme s'accroupit, le dos au rocher, les sens en alerte. Elle attend. Elle lutte contre le sommeil. La pluie n'est plus qu'une bruine très froide qui passe en enveloppant tout de son tissu serré.

Après un long moment, l'odeur des caribous arrive. Elle flotte, tiède et souple. La bouche de Tiska s'emplit de salive. Le temps s'engourdit. Il dure sans que rien ne bruisse que le passage presque régulier de la bruine. Puis les narines de la femme s'ouvrent très grandes. Elles palpitent. Le vent s'est incliné lentement. À présent, il vient de l'Est. Et il porte une senteur de sang, de viande chaude.

Tiska qui a peur d'être trompée par sa faim s'en assure. Elle se lève, se tourne face au Levant où se perçoit une lueur très pâle au ras de la terre. Elle respire à petits coups avec un lent mouvement de la tête... Caribou !

Sans hésiter, son javelot dans la main droite et son silex tranchant dans la gauche, elle s'avance. Ses pieds cherchent entre les touffes de linnées boréales et de prêles qui lui arrivent à la taille des assises solides où se poser sans faire de bruit. Elle s'arrête souvent pour mieux écouter. L'odeur est de plus en plus pesante. Elle perçoit le craquement bien particulier des os, le clappement de la chair déchirée. La salive coule au coin de ses lèvres. La lueur du ciel a grandi imperceptiblement tandis que Tiska progressait. À présent, elle peut distinguer les herbes et les roches à au moins dix pas. Le brouillard est moins dense. Tiska écoute encore ce bruit de mâchoires. Les effluves lui emplissent la poitrine et la font haleter. Elle lève son javelot et reprend sa progression prudente.

Bientôt, elle distingue une forme en mouvement. Quelques pas encore et elle voit nettement l'étincelle rouge de deux yeux qui la fixent. On dirait qu'il n'y a rien autour de ces yeux. Puis une gueule sombre apparaît avec une langue qui passe lentement sur des babines.

Le loup est blanc. Allongé contre le caribou qu'il a éventré, il se remet à manger. Ses canines énormes déchirent la viande. La femme tient toujours son javelot levé. Elle avance à peine plus vite qu'une plante rampante entre des pierres. Sans cesser de manger, le loup ne la quitte pas des yeux. Si elle était certaine de tuer sans perdre son javelot, elle lancerait. Mais si elle brise la pointe d'ivoire... Elle ne lit aucune menace dans le regard du loup. Elle n'a encore jamais vu de loup aussi blanc. Elle l'observe un moment en respirant avec application. L'animal doit être à peu près deux fois plus gros que les loups de la steppe, il est d'un blanc plus pur que celui de l'hermine.

À force d'avance lente et silencieuse, Tiska finit par tâter du pied le corps du caribou. Le loup est si près d'elle qu'elle pourrait le toucher de la pointe de son arme sans avoir à lâcher le manche. Mais quelque chose la retient de piquer cette fourrure immaculée. D'un grand effort, le loup arrache une patte au cadavre. Il la prend à pleine gueule et se retire d'une vingtaine de foulées pour continuer son repas. Alors Tiska se laisse tomber à genoux sur la bête encore tiède. Son silex tranche la peau tendre à l'entrecuisse, elle dépouille et arrache à pleine griffes un paquet de muscles gorgés de sang. Elle mord. Le jus rouge coule sur ses lèvres et son menton. Des gouttes suivent un pli de son cou et vont s'arrêter entre ses seins plats.

Tandis que Tiska se repaissait, la lumière est sortie de terre. L'or a remué les moiteurs lourdes et déchiré le long corps de la nuit encore engourdi sur la toundra. Des vallées violettes aux méandres profonds se sont ouvertes. Les escarpements accrochent la lumière sans cesse en mouvement. Un premier rayon court sur le sol où s'allonge l'ombre épaisse des rochers. Les herbes fument. La fourrure du loup fume. Son pelage éblouit comme la neige au soleil. Son œil rouge s'enflamme. Il se lève lentement, abandonne l'os de caribou presque nu et s'éloigne. Il pique droit sur le Nord où demeure un reste de nuit laineuse.

Tiska prend son silex et tranche une patte intacte du caribou. Elle la détache sans la dépouiller et l'empoigne par la cheville, comme une massue. Elle tient son javelot sous son bras et son silex à la main. Le loup est déjà loin, pourtant, sa fourrure est très visible dans la lumière encore frisante qui fait étinceler la toundra trempée. Tiska allonge le pas. L'animal va d'un trot régulier, sans jamais se retourner.

Le loup blanc a tué, il tuera encore. Il faut le suivre.

Le soleil monte. Le vent s'est levé. Il continue de charrier des vapeurs qui font rouler des ombres sur la terre.

Ils vont ainsi deux jours sans voir d'autre vie que de grands vols d'oies dont le V passe souvent plus haut que les nuées. De temps en temps le loup fait un bond à droite ou à gauche. Il attrape un mulot sorti de son trou. Le temps qu'il le mange, Tiska se rapproche un peu.

Le soir, lorsque l'obscurité est totale, Tiska s'arrête contre une roche. L'odeur lui indique que le loup s'est arrêté aussi. Elle mange. Elle lance des bouts de peau, de viande et d'os. Elle entend manger le loup.

Le troisième soir elle n'a plus que l'os bien nettoyé qu'elle donne au loup. L'herbe est de plus en plus rase.

Au cours de la nuit, le vent se remet à souffler du nord et c'est ce qu'il apporte qui réveille la femme. L'odeur du loup est toujours présente, mais mêlée à d'autres, plus complexes, inconnues, amères, et un grondement pareil à celui des orages quand ils roulent au fond des vallées de montagne.

Ici, pourtant, point de montagnes, aucune lueur d'éclair. Tiska se lève. Une grande inquiétude l'étreint. Une lune bien pleine file derrière les nuages. Elle paraît à certains moments et brosse d'un éclat glacial une étendue où naviguent des ombres. Tiska regarde vers le nord. À trente pas, le loup est couché, le museau sur ses pattes, parfaitement immobile. Seul le vent le fait vivre en soulevant un frisson de lumière sur son échine.

Des heures passent. Tiska ne s'est pas recouchée. Adossée au rocher, elle écoute cet orage qui continue de gronder.

Dès que la lune a disparu et que pointe la première lueur de l'est, le loup se lève et reprend sa marche. Tiska le suit. Ils vont droit sur cet orage qui semble les attendre. Bientôt, la terre tremble. Tiska distingue des lignes blanches qui montent et descendent comme si la terre s'effondrait. Sur la gauche, une falaise où se découpent des ombres et des lumières drues. Les vagues se brisent sur son front et jaillissent en écume. Tiska frémit un peu. Les vieillards parlaient des eaux sans fin où des roches et des glaces se lèveront un jour pour permettre aux bêtes et aux hommes de traverser vers d'autres terres.

Sur le flot où se creusent des profondeurs vertes entre des montagnes d'eau crêtées de blanc, tournent de grands oiseaux. Ils plongent, sortent et vont se poser sur la grève. Ils tiennent des poissons dans leur bec. Le loup bondit sur le sable et les galets. Les oiseaux blancs s'envolent en poussant des cris de colère. Ils ont abandonné sur le rivage des poissons éventrés encore frétillants. Le loup en tient un sous sa patte et le déchire à pleine gueule. Tiska se précipite sur un autre. Elle mord cette chair froide. Le dos du poisson est large. Sa gueule s'ouvre, ses ouïes s'écartent et tout son corps se cambre mais les ongles de la femme tiennent ferme, plantés entre les écailles.

Cette mer qui gronde sous les falaises et déferle sur les grèves pour monter parfois jusqu'à la limite des derniers lichens barre le chemin du Nord. Le loup s'est mis à longer la côte en direction du Levant. La femme l'a suivi et ils marchent ainsi depuis une lune entière. Les clartés ont changé comme si un combat se livrait entre les lueurs du ciel et celles qui montent des profondeurs marines.

Soudain, au cours d'une nuit, la fureur du vent redouble. Il vient d'un point de l'horizon qui se situe juste entre le nord et le levant. Il est moins imprégné d'eau et de sel. La femme qui dormait se soulève et sent sur son visage et ses bras le picotement multiple de la neige. Elle se colle un peu plus contre la roche et essaie de s'abriter mieux sous sa peau d'ours. Elle se rendort et c'est un poids sur son corps qui la réveille en même temps que l'odeur du loup. Le fauve est là, couché sur elle. Son souffle est régulier. La femme ne bouge pas. Sa fatigue la replonge dans le sommeil.

À l'aube, tout est blanc et la neige tombe toujours. Le loup se secoue et repart. Les pieds de Tiska sont douloureux, durs comme de la roche. Elle s'arrête pour couper deux morceaux de peau d'ours et des lanières qui lui permettent de les fixer à ses chevilles bleuies. Ils repartent. Les oiseaux continuent de pêcher et le loup de les chasser pour leur prendre le poisson. Un jour, il tue une énorme bernache qu'il a surprise au crépuscule. Le lendemain, il saigne une biche. Tiska peut découper encore dans la peau pour envelopper un peu mieux ses pieds. Le gel étincelle et craque. Le sol pétille comme un feu sous la morsure du vent. Chaque soir, le loup choisit une grosse roche. À contrevent, il creuse la neige croûtée jusqu'à atteindre les mousses. La femme se couche et il s'allonge contre elle. À l'aube ils repartent, lui toujours à une trentaine de pas devant elle. Sa fourrure ne se confond pas avec la neige. Elle a sa propre clarté. Des reflets fauves, moins froids que ceux du ciel.

Bientôt, le nombre des oiseaux augmente. Ils continuent de tournoyer en gueulant et en plongeant dans les vagues, mais leur vol noir et blanc semble progresser également vers l'est. Et sur la terre aussi les animaux avancent. Des charognards qui se repaissent de ce que laissent les oiseaux pêcheurs, de ce que laissent le loup et la femme. Des renards des neiges, des ours bruns et des ours noirs. De grands chats. Des rats énormes aux yeux de braise. Dans le silence grondant des nuits, on entend le bruit des batailles, les cris étouffés, les râles des bêtes égorgées. À l'intérieur des terres roule souvent le galop des troupeaux de cervidés. Et tout va vers l'est. Le soleil rasant des aurores fait miroiter la neige soulevée par des milliers de sabots.

À mesure que le temps passe, le rivage se métamorphose. Son grondement devient plus musical. Le déferlement de la houle, des marées et des vagues brise les glaces en formation. La grève blanchit. Puis, peu à peu, le froid prend le dessus. La mer s'éloigne du rivage. Le gel a raison de son mouvement et finit par repousser loin sa colère. Les journées sont très courtes mais la lueur qui monte de la neige permet au loup et à la femme de marcher longtemps encore après le crépuscule.

Ils continuent leur progression et, bientôt, leur route s'éloigne de la terre recouverte de neige pour s'engager sur la banquise. Ils vont jusqu'à une première terre nue où la roche affleure. Ils suivent de nouveau la banquise jusqu'à une autre île tout aussi désolée. Le vent est plus tranchant que le bord des silex les mieux taillés. Il siffle au ras de la glace où court un voile que le soleil très bas colore. Rose, jaune puis mauve de l'aube au crépuscule. Par endroits, on devine la mer à droite ou à gauche, sombre et creusée de vagues, toujours en rage. Quand le vent lève des embruns, le froid les cristallise aussitôt et ce sont des volées de grêlons qui viennent prendre Tiska par le travers. Le loup ne semble pas les sentir. Il va de son même trot, ne modifiant son allure qu'au moment de la chasse.

De temps en temps, passe au loin dans la lumière un grand troupeau dont les bois s'entrechoquent. Les caribous vont plus vite que Tiska et le loup. Des carnivores les suivent, tuant les moins rapides. Les hurlements des loups habitent les nuits, mais le compagnon de Tiska reste sourd à leur appel. Il dort contre la femme. Il va sa route entre les blocs de glace, contournant les crevasses, évitant les pentes trop raides, trouvant d'instinct et presque sans ralentir le meilleur passage. Et la femme le suit de son long pas, le corps toujours cassé en avant, se redressant parfois pour scruter l'horizon. Ils vont ainsi jusqu'à voir apparaître la ligne violacée et dentelée d'une chaîne de montagnes recouvertes de neige où ruisselle la lumière.

PREMIÈRE PARTIE

LA LONGUE ÎLE

L'obscurité se fait. Puis, plus lentement, vient un silence de forêt où demeurent des murmures, des frôlements, quelques craquements. D'un coup, c'est l'éblouissement. Aussitôt, le murmure s'enfle. Il varie. Il fluctue comme la lumière des lacs, des torrents, de la taïga et de la toundra qui défilent sur toute la largeur d'un écran panoramique. La terre et le ciel s'inclinent. L'eau va verser. La terre et le ciel se redressent. La course s'accélère. Un rapide blanc de colère grandit. Il approche. Il tient tout l'écran, menace d'envahir la salle. Il s'éloigne aussi vite qu'il est venu pour laisser place à d'autres forêts d'épinettes qui vont jusqu'à la mer où flottent des banquises en dérive sur des eaux sombres. Le soleil décline et devient rouge. Il plonge dans le violet de l'horizon où un doigt invisible trace soudain en lettres d'or :

« Baie James ».

C'est ce titre, à présent, qui tient tout l'écran et éclaire la forêt des neuf mille têtes plus serrées que les arbres de la taïga.

Dominant le bruissement, une voix chaude et bien posée monte de ces terres lointaines qui défilent de nouveau et que l'on voit comme doivent les voir, deux fois l'an, les grands vols triangulaires des bernaches, des outardes et autres migrateurs.

À cette nature qui paraît encore vierge succède un montage de vues fixes montrant de grandes réalisations des hommes : usines modernes, barrages, bâtiments. Puis, ce sont des plans, croquis, études, maquettes, tableaux et graphiques de toutes sortes, hauts en couleur et scintillants. Des traits fulgurants courent de gauche à droite et de haut en bas, des caractères de soufre s'impriment à une vitesse folle. Et des chiffres. Surtout des chiffres, qui forment des nombres vertigineux que la voix enregistrée reprend et assène sur chaque tête, fait entrer dans ces milliers d'oreilles tendues. Les millions s'empilent comme des briques, les dizaines et les centaines de millions de dollars.

C'est du solide. Bâti à chaux et à sable et surtout en béton armé.

Comme si elle livrait à chacun un secret qu'il devra garder jalousement, la voix révèle que, depuis cinq ans, plus de trois cents hommes sont déjà au travail sur place, dans des conditions souvent pénibles, pour procéder à des sondages, à des études de terrain, pour déterminer l'emplacement des chantiers et tracer des routes.

Les pionniers apparaissent, barbus, harassés, luttant contre les maringouins mais souriant à l'objectif et adressant des signes : « Venez donc nous aider ! » Ils vivent sous la tente, dans des baraques. On est avec eux en bateau. Un hélicoptère apporte des vivres. De l'eau à mi-jambes, un énorme orignal nous observe de loin en mâchonnant des algues. Un rire court sur la salle vite couvert par la voix qui continue d'annoncer des miracles.

On construira des villes, des aéroports, des

usines, des ateliers, des centres sportifs, des villages, des restaurants pour les hommes qui s'en iront édifier des digues capables de retenir des océans, monter des barrages plus hauts que des gratte-ciel.

Avant la fin de cette année 1971, on aura embauché quatre mille travailleurs. D'ici vingt ans, le Québec sera en mesure d'alimenter en électricité une grande partie du continent américain.

Sans attendre ce temps, l'or et les dollars des États-Unis vont se déverser sur le pays. Bientôt, seront embauchés cent ou cent cinquante mille ingénieurs, employés et ouvriers de tous les corps de métiers. Fini le chômage. Finie la peur. La baie James ouvre une fenêtre de lumière sur une vaste espérance.

La voix du récitant s'est amplifiée. Elle vibre. L'émotion passe et gagne le public. Les rivières jusqu'à présent inutiles produiront des millions de kilowatts. Il est de nouveau question d'argent. Devant des sommes aussi colossales, l'imagination vient buter. Les objets de comparaison font défaut à celui qui n'a jamais possédé rien de plus coûteux que sa voiture ou sa maison. Dans le secret de son cœur, chaque auditeur prend déjà sa part de ce fabuleux magot. La fortune du pays, c'est la fortune pour tous.

La voix soudain apaisée marque un temps. Un torrent bouillonnant entre les roches luisantes d'un canyon éclabousse de lumière ces visages tendus. Les regards luisent. Un courant d'enthousiasme soulève une houle. Pareils à un appel de trompette, éclatent ces mots que tous entendent déjà comme un chant de victoire :

— Aujourd'hui le monde commence !

Les lampes s'éclairent. Le torrent qui continue d'écumer perd de son éclat et s'éteint. Une ovation secoue le bâtiment du Colisée de Québec et le fait vibrer sur sa base. Debout, la foule applaudit et hurle. Une joie folle la soulève, la verse, la redresse, l'incline, la marque de remous comme un orage d'été pétrit des blés lourds. Mais ici, ce n'est pas la blondeur des moissons que le vent fait frissonner. Quelques couleurs dominent : noir et rouge des bonnets que les membres du parti libéral ont conservés de la dernière campagne électorale, bleu ciel et blanc des drapeaux fleurdelisés, emblèmes de la Belle Province. La frénésie se prolonge. Les acclamations redoublent au moment où un homme mince, flottant un peu dans son veston à carreaux, se lève du premier rang et gravit les degrés qui mènent à l'estrade. C'est seulement lorsqu'il est assis derrière la table, son dossier ouvert devant lui, que la tempête se calme. De nouveau la salle est plongée dans l'ombre tandis que les faisceaux des projecteurs convergent vers l'orateur. Un nez long et pointu qui porte des lunettes à monture d'écaille pique comme un bec de poulet vers les papiers, puis se redresse et s'oriente vers la salle.

Le Premier ministre, en termes moins lyriques, reprend ce qu'a expliqué le commentaire du film. Il répète les chiffres : six milliards de dollars pour un chantier que le monde entier va envier au Québec.

Nul ne demande d'où viendra cet argent. Ce que l'on voit, c'est le travail, la gloire sur le pays. L'étonnement du reste du Canada et, pourquoi pas, du monde entier.

« Le pétrole est dispendieux, le nucléaire dangereux, le charbon polluant. Nos voisins pris à la gorge viendront nous demander nos surplus d'électricité. Ils sont prêts à payer le prix de l'énergie la plus propre... Si nous n'exploitons pas l'eau et ses richesses, nous nous appauvrissons. »

La salle est prise. Le ton du discours est ferme, serein, mais le propos porte loin. « La baie James est la clé du progrès économique du Québec. La clé de notre avenir ! »

Si ce projet aboutit, c'en est fini des angoisses constantes, fini du déclin économique qui menace, fini pour le Québec d'être l'éternel parent pauvre du Canada. Une fois de plus, le peuple va puiser dans sa vieille énergie de pionnier pour défricher et édifier, pour arracher aux neiges, aux rochers et aux glaces inutiles du Nord la grande force qui ruisselle dans les vallées.

Le gouvernement sera le premier pionnier. Il va retrousser ses manches. Il va s'atteler à la tâche comme l'ont fait, voici des siècles, les ancêtres venus d'Europe pour conquérir la Nouvelle France.

L'ovation est plus tonnante encore qu'après le film. C'est un peu comme si chaque auditeur se levait pour empoigner un outil et partir sur-le-champ prendre sa part des travaux.

Certains se dressent en brandissant des pancartes où l'on peut lire le nom de la ville dont ils sont les délégués : Trois-Rivières, Amos, Val-d'Or, Matagami, Montréal, Chicoutimi, Saint-Georges-d'Harricana, Authier, Belleterre, Saint-Télesphore...

Les vastes cités côtoient les villages. Une grande force habite chacun et cette forêt de têtes hérissée d'écriteaux devient fleuve qui déferle vers la nuit du dehors.

On parle. On se remémore des chiffres qui font frémir, des mots qui gonflent la poitrine. Et bien des voix répètent :

— Aujourd'hui le monde commence.

LA PRESSE PARLE DU PROJET :

... un chantier de quatre milliards de dollars financé par les Américains créera 145 000 emplois.

Nous aimerions voir le Premier ministre ouvrir plus largement son dossier et permettre aux membres de l'opposition de savoir exactement ce qui a été fait jusqu'à présent.

Il est permis de se demander pour quelle raison le Premier ministre n'a pas choisi de lancer son grand projet devant la Chambre.

Un conseiller économique du parti québécois nous déclare : « Les retombées industrielles de la baie James seront marginales et surtout temporaires, alors que le nucléaire pourrait mobiliser une main-d'œuvre technique spécialisée et orientée vers l'avenir. Nous devons cesser de nous accrocher au maudit mythe des richesses naturelles du Québec. Ce n'est pas parce qu'il y a une rivière canadienne française et catholique qu'il faut absolument mettre un barrage dessus ! »

L'Association des Indiens s'étonne que pareil projet ait pu être élaboré sans qu'aucun contact ne soit pris avec ses responsables. Interrogé sur ce sujet, Max Gros-Louis, secrétaire-trésorier de l'Association déclare : « Le territoire de la baie James est l'un de ceux où nos droits de propriété sont les plus sûrs et, cette fois, pas question de céder. Nous irons devant les tribunaux s'il le faut. »

2

De petits nuages blancs traversent lentement le ciel d'un bleu de printemps. Le vent qui les porte descend à peine de temps en temps jusque sur les terres et le fleuve. L'eau sombre s'éclaire alors de reflets qui courent d'une rive à l'autre avec des hésitations et quelques tourbillons.

Dans la taïga, entre les épinettes noires et les mélèzes dont les pointes tournent au jaune, quelques hautes tiges de kalmias à feuilles étroites portent encore des fleurs. Leur frisson mauve et rose ondoie dans l'ombre et le soleil, sur les rives et sur Kinomanitak.

Loin de la mer, la Longue Île au milieu du fleuve est baignée par les marées qui remontent l'estuaire. Elle est la seule assez haute pour émerger en permanence, la seule qui porte des arbres, des herbes, de la vie. Mais les eaux maigres découvrent d'innombrables bancs de sable et de gravier, de gros rochers aussi, gris et verdâtres, veinés de noir, aux formes souples usées par des siècles d'eau. Il y a eu ici un archipel de pierre que le fleuve a rongé. Un autre est en formation. Moins solide, fluctuant, souvent imprévisible. Des îles se haussent et s'élargissent lentement, imperceptiblement, à force de tourbe, de sable, de terre, de brindilles, de feuilles mortes, d'arbres déracinés que les eaux accumulent. Certaines seront peut-être un jour, dans des milliers d'années, pareilles à Kinomanitak. Un incessant travail se poursuit dont personne ne peut rien dire. Les vieux se souviennent que les vieux qu'ils ont connus dans leur enfance avaient toujours vu l'estuaire ainsi. À marée haute, beaucoup de roches et de levées se trouvent à fleur d'eau. Seules les roches sont immuables. Le reste change d'une lune à l'autre. La mémoire est inutile. Il faut deviner. Savoir lire les signes dessinés par les courants. Chaque vague, chaque remous a une signification. Trop de forces contraires habitent ces lieux pour que l'homme qui n'y est pas né puisse vivre en parfaite amitié avec les eaux.

Les Wabamahigans sont ici depuis des temps et des temps, plus loin que peut remonter la mémoire des hommes. Par les propos que les plus vieux ont repris de leurs parents, ils savent qu'ils furent un grand peuple. Aujourd'hui, ce qui subsiste de leur nation vit sur la Longue Île. Kinomanitak est leur terre. Personne ne le conteste. Le reste, ce sont les territoires de chasse et de pêche, vers le haut pays, qu'ils partagent en bonne entente avec d'autres nations.

Les vastes espaces, les lignes de trappe, les vallées et les lacs, les plateaux et les ruisseaux, chacun les connaît. Nul jamais n'irait prendre un poisson ou un gibier qui appartienne à un autre.

Les Wabamahigans vivaient sur la Longue Île dans des wigwams de peaux lorsque sont venus les premiers Blancs. Les plus vieux se souviennent très bien que, dans leur enfance, leurs parents leur racontaient l'arrivée des hommes à robe noire.

Ils ont dit : « Restez avec nous. L'esprit et les os de vos ancêtres sont ici, notre Dieu veillera sur eux. Car vous allez adorer avec nous le Créateur de l'univers, Dieu de tous les hommes. »

Depuis, un clocher de bois bleu et blanc souvent repeint et réparé domine l'Île. Le gouvernement a fourni des planches, des panneaux d'aggloméré et du papier goudronné pour que les Wabamahigans se bâtissent des maisons pareilles à celles des Blancs. Ils ont édifié, à côté de l'église, une grande salle paroissiale et une école. Le village était une assemblée autour d'une place de feu où se dressait le séchoir à viande. Il est une longue avenue qui part de l'aval de l'île et pique droit vers l'amont. Les maisons toutes pareilles, peintes en rouge, en jaune, en orange, sont alignées de chaque côté. Le village des Wabamahigans ne s'appelle plus Odenamanitak, les missionnaires l'ont baptisé Fort-Pacôme. Personne jamais n'a donné les raisons de ce choix. Personne jamais n'a connu personne qui se nomme Pacôme.

À la naissance de la rue, on a bâti un débarcadère. Des madriers goudronnés fixés sur trois rangées de fûts à gazoline vides. Les bateaux sont amarrés à droite et à gauche. Presque tous sont en bois peint ou en matière plastique. Il reste seulement quelques canoës en écorce plus étroits qui appartiennent à des vieux. Il y en a également cinq hors de l'eau. Un sur le ponton, les autres côte à côte sur un long échafaud de bois moins haut qu'un homme. Dessous et tout autour le sol est pelé. Pas un poil d'herbe ne saurait pousser sur cette terre piétinée, dure comme roche. En riant, le curé a baptisé cet endroit Club de l'Âge d'Or. Durant toute la belle saison, c'est là que les vieux se tiennent à longueur de journée. Quand le soleil est trop vif ou que tombe une averse, ils se réfugient sous les bateaux. C'est un abri bien suffisant pour ces chasseurs habitués aux longues courses en forêt, aux interminables chemins d'eau et de glace, aux nuits de bivouac dans la neige. Quand la belle saison se prolonge et s'avance au cœur des premiers froids, il leur arrive d'allumer un feu. Ainsi échappent-ils un peu plus longtemps à l'atmosphère des maisons et à celle de la salle paroissiale. Toute la journée, ils jouent aux dames, assis à même le sol, jambes repliées, ou à califourchon sur des bancs. Ils sont toujours au moins six à pousser des rondelles de bois sur des planches où ils ont peint des carreaux noirs. Quelques autres observent. Un geste. Un échange de regards. S'ils se mettent à parler, c'est pour se raconter les chasses, les courses en forêt, la trappe, une visite d'un étranger ou une rencontre avec quelques coureurs de bois. Ils évoquent aussi les bonnes ou les mauvaises années de ventes de fourrures et d'échanges dans les comptoirs. Parfois, ils se mettent tous à rire. Jamais personne ne crie pour se faire entendre pendant qu'un autre parle. Tout va en glissant comme les pions sur les damiers. Les vieux se sont installés ici pour profiter de l'abri des canots. Ils sont toujours informés de tout bien avant les autres. Ils dominent le vaste envol du fleuve vers la baie. C'est par là que tout arrive. Nul ne peut ni accoster ni quitter l'île sans passer près d'eux.

Le fleuve vient du levant. Sa route est orientée sur celle du jour. Il dévale des hautes terres où les lacs sont à cheval sur le partage des eaux. La montagne du milieu déverse à l'est vers l'Atlantique, à l'ouest vers la baie d'Hudson et la baie James. Sipawaban, ce sont les Wabamahigans qui l'ont baptisé. Quand ils ont appris que cela veut dire Fleuve de Lumière, les Anglais l'ont appelé Bright River. Puis sont arrivés les Français qui ont copié. Sipawaban est devenu Claire Rivière. Mais

Sipawaban reste un fleuve. Le fleuve des Wabamahigans.

Pour celui qui ne le connaît pas, ses eaux font penser aux nuits sans étoiles et sans lune. Elles charrient le noir des épinettes et le brun terne des rives où la tourbe transpire. Pourtant, le fleuve trace la route du soleil et porte son reflet dans la direction où il ira plonger vers les vapeurs du soir. La lente respiration de la baie que l'on devine à peine aspire les eaux et les refoule. Ce balancement régulier qui dure depuis la nuit des temps fait monter et descendre avec lui un air plus tiède ou plus froid selon les heures. La surface du fleuve change plus vite que ses fonds dont elle brouille le relief. Elle tord et noue les reflets. S'il n'y a qu'une seule minuscule étoile au ciel, Sipawaban la trouve. Il va la cueillir jusque sur le bord extrême de la terre, aux confins de l'infini. Il l'approche de la Longue Île. Il la roule dans ses remous et multiplie sa lueur. Même bloqué par les glaces, il parvient à éclairer le monde. Il attire à lui les aurores boréales. Leurs voilages se déploient entre ses berges comme si les nuées venaient s'abreuver à ses clartés.

Sipawaban donne en abondance le poisson aux gens de la Longue Île. Celui qui monte de la mer comme celui qui descend des lacs et des sources avec les rapides.

Aux saisons de grandes migrations, l'estuaire accueille les oies. Les rives et les eaux en sont blanches durant des jours. Les fortes crues charrient du bois arraché aux flancs des terres d'en haut. Elles en déposent une partie à la proue de l'île. Les hommes prennent leurs canoës et vont en récolter sur le flot boueux hersé de rafales. L'amont de l'île est un amas d'énormes roches que les siècles ont scellées entre elles avec le terreau du fleuve. Ce mur puissant, bien assis sur un fond granitique inusable, protège toute l'île où pousse la végétation de la taïga.

Depuis que l'école leur a enlevé leurs petits-enfants, les vieillards n'ont plus personne à qui enseigner le bois, les cours d'eau, le grand froid des hivers, la trappe, la chasse et la pêche, le passage des oiseaux, les vertus de certaines plantes qui guérissent les maux. Alors ils jouent aux dames, ils bavardent entre eux et continuent d'ausculter le fleuve.

Sipawaban annonce le temps. Il parle des saisons. Il dit si le printemps sera précoce ou l'hiver rigoureux. Il raconte ce qui se passe en amont, sur les terres de chasse et de trappe. Chaque frémissement de son eau est un signe. Chaque remous porte une nouvelle.

Tout en continuant de pousser leurs pions sur le bois usé, les Wabamahigans lancent de temps en temps un regard vers lui. Ils clignent des yeux dans l'ombre de leurs casquettes américaines à longue visière où la sueur, la pluie et le soleil ont à demi effacé les inscriptions publicitaires. Ils interrogent les lointains. Cette ligne où tout se fond dans le miroitement et les buées. Plus elle va vers la mer, plus la terre est basse et pelée, comme si elle se dépouillait pour se couler sous les vagues. Les joueurs qui sont le dos à l'ouest ne se retournent pas, ils observent les réactions de leurs vis-à-vis. Si un regard s'attarde un peu trop, si un front se plisse, si un corps se redresse et qu'un cou s'allonge, ils font un petit geste interrogateur de la tête. L'autre baisse les paupières, ses épaules s'affaissent. Ils se sont compris.

Pour le moment, le chef ne joue pas. Il se tient debout, le dos appuyé à un bateau. Comme les autres, il porte un blouson à carreaux rouges, verts et noirs. Son pantalon a dû être du même bleu que la pièce cousue à son genou gauche, il est devenu d'un gris pisseux. Le chef est un homme solide, épais, avec un lourd visage aux angles polis et arrondis comme le sont les roches du fleuve. Il tient dans sa main droite une grosse pipe dont le bord du foyer semble avoir été rongé par un rat. Elle est éteinte. Il la porte de temps en temps à ses lèvres et souffle dans le tuyau deux ou trois petits coups secs en tapotant de la langue. Il a l'estuaire du fleuve à sa droite. Il tourne lentement la tête, cligne des paupières un instant puis se remet à suivre la partie. Lorsqu'elle se termine, il s'éloigne sans hâte. Il se dirige vers deux autres vieillards qui se tiennent à l'écart, juste au-dessus du ponton. Il y a là le chaman et l'aveugle, assis côte à côte. Le chaman, maigre, voûté, avec de longues mains frêles et recuites, porte une espèce de tunique en peau de caribou lacée sur le devant et les flancs par une tresse de cuir noir. Son crâne est recouvert jusqu'aux sourcils par une tuque de laine blanche. Il feuillette un catalogue posé sur ses genoux écartés. Il contemple avec beaucoup d'attention les coupes de machines, les dessins d'outils, les photographies en couleurs d'ustensiles de cuisine, de meubles, de curieux jardins pleins de fleurs inconnues qui n'ont pas l'air vraies. Le chaman ne lit pas mais, lorsque son œil noir s'attarde sur un texte ou des chiffres, ses paupières se ferment à demi, la gauche moins que la droite qui bat souvent et très vite. On dirait qu'il fait un effort pour comprendre ou calculer. Ses lèvres minces remuent presque constamment pour un murmure inaudible. Son compagnon semble ignorer sa présence. Ses yeux à l'iris délavé sont rivés au fleuve ; nul reflet, nulle lumière ne le fait ciller. Il est moins grand et plus enveloppé que le chaman. Comme les autres, il porte un épais blouson à carreaux. Sa chemise est très ouverte sur sa poitrine brune. Lui aussi est coiffé d'une casquette de réclame presque neuve. Elle est d'un rouge vif avec en blanc : « Honda ». Il tient entre ses mains un long bâton écorcé qu'il laisse retomber sur le sol dur. La pointe du bâton tressaute en soulevant de minuscules nuages de poussière.

Le chef vient s'asseoir à sa droite. L'aveugle reconnaît chaque habitant du village à son pas et à son odeur.

— Tu as gagné ? demande-t-il.

— Non.

Le bâton tressaute. Le soleil joue sur la poussière qu'il soulève. Un moment passe et l'aveugle dit :

— Tu n'as pas gagné.

— Non. Je n'ai joué qu'une partie.

— Aujourd'hui, tu ne pouvais pas gagner.

Il se tait. Le chef ne demande pas pourquoi et l'aveugle attend un long moment avant de préciser :

— La tête ne peut pas être pleine de deux choses en même temps.

Le chef soupire. Ses grosses mains se soulèvent sur ses genoux et retombent.

— Rien ne changera.

— Tout peut changer.

— Seuls les castors ont le droit de barrer les rivières. Eux seuls savent le faire sans tuer l'eau.

Un long moment passe encore. Les joueurs parlent. L'un d'eux rit, les autres aussi. L'aveugle dit :

— Ce que les Blancs veulent faire, ils le font.

— Ils n'empêcheront pas Sipawaban de vivre.

— Peut-être... mais ils peuvent le faire vivre autrement. Ils peuvent changer son cours.

Il se tait. Le vieux chef demeure immobile. Il semble fixer les lointains, sans voir vraiment. Le chaman qui s'était arrêté de tourner les pages de son catalogue recommence. Le froissement du papier est plus vif. Les gestes plus nerveux. L'aveugle respire longuement. Sa voix est douce, un peu voilée.

— Moi, je dis que les Blancs peuvent nous chasser de notre terre. Je ne veux pas partir. Je veux que mes os soient près des os de mon père qui sont dans la terre de Kinomanitak avec les os de son père.

Lentement, la lumière change. À mesure que le soleil approche de la mer, sa clarté se colore. Les petits nuages qui continuent de peupler le ciel ne sont plus blancs. Ils se teintent d'un rose mêlé de jaune. Leur ombre est violette. Lorsqu'il en passe un devant le soleil, les eaux deviennent dures. Sur des fonds sombres, se dessinent de longues lames vibrantes et froides. Le vent descend des hauteurs et s'en va chiffonner un peu la taïga avant de traverser le fleuve pour envelopper l'île. Les fumées se couchent. Une odeur forte vient jusqu'au groupe des vieillards. L'aveugle dit lentement :

— Les femmes ont commencé de travailler les peaux.

Soudain, le regard du chef se durcit. Son front se plisse et ses épais sourcils noirs se froncent. Ses narines s'ouvrent. Au même instant, la voix un peu nasillarde de Népeshi lance :

— Les voilà !

Un point noir minuscule vient d'apparaître à l'Ouest. On le dirait immobile ; pourtant, il approche. Il est comme un trou d'ombre dans le feu de l'eau, un trou d'épingle qui s'élargit :

— C'est eux !

Les joueurs ont abandonné les parties commencées. Ils ont rejoint le chef et les deux autres. Le chaman a serré son catalogue sous son bras gauche et porté sa main droite en visière. Elle tremble contre son front telle une feuille. Un bon moment passe avant que le chef ne se décide à dire :

— Il n'y a qu'un canoë.

Plusieurs voix répètent :

— Un seul canoë.

Avec la marée montante, le bateau approche assez vite, louvoyant entre les roches et les bancs de sable. Le vent couche à côté de lui la fumée de son moteur dont la pétarade est déjà perceptible. Au village, les chiens se sont mis à japper. Bientôt, les enfants arrivent en courant et en criant. Puis ce sont les femmes. Un garçon vient se coller contre la jambe du chef et empoigne le bas de sa veste. Il demande :

— Et l'autre canoë ?

Tout le monde parle en même temps pour poser la même question. Comme le bateau vire vers la gauche, les silhouettes se découpent. Plusieurs voix lancent :

— Ils sont cinq.

— Y en a qui sont pas revenus.

À mesure que l'embarcation avance, les voix se taisent. Quelque chose pèse. Les visages sont tendus. Même sur les sourires des enfants passe une ombre.

Le soleil qui s'approche de l'eau éblouit davantage. Il a fait fondre les vapeurs et découpe deux langues noires entre le fleuve et le ciel : les deux rives qui s'en vont en s'amincissant vers les remuements de clartés où le fleuve rejoint la mer.

Le canot est encore loin du ponton lorsque le garçon tire sur le blouson du vieux chef et souffle :

— Y a pas mon grand-père.

Ceux qui ont reconnu un père, un mari, un fils

murmurent pour le dire. Les autres murmurent aussi pour dire que celui qu'ils attendaient n'est pas dans le bateau. Mais personne n'élève la voix. Le bruit du moteur emplit l'espace. Il doit courir très loin sur le fleuve et ses rives trop basses pour renvoyer un écho. Absorbé par la taïga, il se tait enfin et le grand silence le cherche sur les eaux où s'étire un reste de fumée bleue.

Personne ne bouge. Le bateau vient lentement se ranger le long du débarcadère. Il laisse derrière lui un long triangle bordé d'or et quelques remous de lumière.

Damien est le premier à prendre pied sur le ponton. Il s'avance de tout son poids, de toute son épaisseur, les bras légèrement décollés du corps comme si sa musculature le gênait.

On n'entend que son pas sur les planches et le bruit que font les autres en sortant du bateau. Tout cela est minuscule dans les cendres du silence où la lumière se fond très vite. Le pas de Damien quitte les planches pour monter. Les cailloux roulent. Du village viennent les échos d'une bataille de chiens.

Damien s'arrête devant le chef. Son lourd visage luit, comme huilé. Ses yeux sont une fente très mince. Son nez large palpite. Nul ne dit mot mais tous les regards demandent : « Où sont les autres ? »

Damien parle. Sa voix est forte, légèrement enrouée :

— On a été obligés de s'arrêter trois fois pour cette histoire de bougie qui tient pas. J'ai bricolé un truc avec du fil électrique pour la coincer. Ce moteur est foutu... trop vieux.

Le chef reste impassible ; simplement, il se racle la gorge. Damien marque un temps. Le ponton sonne sous les pas de ses compagnons qui approchent. Damien reprend :

— Les autres sont restés à Saint-Georges... C'est pas fini. Il y a des détails à régler. Puis faudra signer.

— Signer quoi ?

Damien respire profondément. Sa lourde poitrine tend son blouson dont les poches débordent de papiers et de crayons.

— Les Cris ont déjà signé. Les Inuits aussi... Presque tous... Nous, on pouvait pas. Faut que ce soient les chefs qui signent.

Plus ferme, la voix du vieux :

— Signer quoi ?

— J'ai tout. Je vais te montrer le projet.

Le chef ne répond pas. Lentement, il fait demi-tour. Il a pris dans sa grosse main dure celle de l'enfant qui marche à sa droite. À sa gauche, marche Damien qui vient d'allumer une cigarette. Derrière eux, les hommes qui sont revenus avec Damien se sont mêlés à ceux qui les attendaient, mais on parle peu. L'enfant demande :

— Et mon grand-père ?

— T'en fais pas pour lui. Il est dans la réserve des Cris. Ils sont tous ensemble... C'est très bien. On a été bien traités... Très bien.

— Y vont revenir quand ? demande le garçon.

— Quelques jours.

La main du chef serre plus fort celle de l'enfant qui demande pourtant :

— Mon grand-père, y pouvait pas signer, lui ?

C'est le chef qui répond :

— Ce n'est pas une oie de l'année qui peut mener la bande.

Damien se met à rire.

— Ton fils a cinquante et un ans.

— Je suis encore le chef.

Le vieil homme n'élève jamais la voix. On ne se souvient pas de l'avoir vu en colère. Pourtant son autorité passe dans chacun de ses propos.

Ils ont pris l'unique rue du village. Des maisons toutes pareilles alignées à droite et à gauche. Très peu de fenêtres éclairées. On entend tourner quelques générateurs. Le petit vent qui s'est levé au moment où le soleil plongeait charrie des odeurs de fuel et d'essence. Nul ne se détache pour gagner sa demeure. Même les vieilles qui traînent loin derrière suivent, même les femmes qui portent sur leurs bras un nourrisson restent parmi les hommes. Quand un enfant pose une question, on lui répond brièvement. S'il insiste, plusieurs voix lui disent de se taire.

Ils quittent la large rue pour prendre à gauche un chemin bordé de gros galets du fleuve. L'église de bois peinte en blanc accroche les dernières lueurs. Son clocher central et ses deux clochetons se découpent bien net sur le ciel violacé. Les gens la contournent pour atteindre la longue bâtisse basse de la salle paroissiale. Un homme dit :

— Je vais mettre en marche.

Tous s'arrêtent. L'homme se hâte vers la droite et disparaît à l'angle du bâtiment de bois dont le rouge sombre se confond déjà avec l'ombre des résineux. Derrière, le vent fait brasiller quelques peupliers-faux-trembles dont les feuilles d'or semblent un vol d'étincelles sorti de la toiture noire. Bientôt, quelques hoquets se font entendre, et une pétarade éclate. Une lueur monte éclairant les fenêtres. Elle vacille un peu puis s'établit en même temps que se stabilise le ronflement du petit diesel. Le chef lâche la main de l'enfant et va ouvrir la porte. Il entre lentement, tirant tout son monde dans son sillage.

3

Une longue table faite de plusieurs tables à piétement de métal et à dessus de formica beige mises bout à bout tient presque toute la largeur de la salle du côté de la porte. Derrière, le Conseil vient de s'asseoir. Il manque les hommes qui sont restés à Saint-Georges. Le chef est au centre. Il a à sa droite une très vieille femme à visage de momie, où vivent de petits yeux d'un noir intense. À sa gauche, le gros Damien, puis une autre femme âgée. Tous les autres sont des hommes d'au moins cinquante ans.

Le chef contemple son peuple en silence. Il doit y avoir dans cette salle soixante-huit personnes. En y ajoutant les délégués restés au Sud, ça fait soixante-quatorze, nourrissons compris. Cette année, le chef n'a pas à forcer sa mémoire pour retenir le nombre des Wabamahigans. C'est juste le chiffre de son âge. Et aucune naissance n'est attendue avant la fin de l'hiver qui vient.

Le chef pose à plat sur la table ses larges mains brunes. La visière de sa casquette tient son visage dans l'ombre.

Il y a un moment de brouhaha dominé par des cris d'enfants. On déplace des tables, des chaises et des bancs, et tout le monde finit par trouver place dans la longue salle éclairée par huit globes blancs alignés au plafond. Les femmes se sont groupées au fond à l'exception des plus âgées auxquelles on réserve toujours des places au premier rang. Les enfants sont un peu partout, soit par terre sur les côtés, soit sur les genoux des adultes.

On attend. Le regard du chef parcourt l'assemblée. Il y a sur ses traits comme dans ses yeux aux paupières un peu lourdes un mélange de tendresse et de fermeté. Les voix se taisent. Les chaussures et les pieds de chaises s'immobilisent. Les épaules du chef se haussent un peu, son buste se recule et se tourne du côté de Damien.

— Il faut nous expliquer.

Les mains potelées de l'homme sortent des poches de sa grosse veste de chasse des liasses de papiers pliés en quatre. Des feuillets sont blancs, d'autres jaunes. Il les déplie et les pose sur la table. Le tranchant de sa main droite passe et repasse plusieurs fois lentement. Il met beaucoup d'application à ce travail. Personne n'est pressé. Tous les regards sont fixés sur lui. Les membres du Conseil se penchent sur la table, d'autres ont reculé leur chaise pour mieux le voir.

Les pages blanches sont couvertes de caractères de machine, les jaunes d'une grosse écriture régulière. Damien les regarde en fronçant les sourcils. On dirait que ses paupières sont closes et qu'il va s'endormir. Il tire une feuille jaune, se redresse et gonfle sa poitrine.

— Voilà ! J'ai rapporté tout le projet de ce...

Le chef l'interrompt :

— Il faut commencer par nous dire pour quelle raison les autres ne sont pas revenus.

Damien paraît un peu décontenancé :

— Ils sont restés à Saint-Georges.

Quelques rires fusent. La main du chef se lève et le silence revient aussitôt.

D'une voix plus tranchante, Damien lance :

— Ils sont restés pour t'attendre. Nous sommes venus te chercher. Il faut que ce soit le chef qui signe. À cette réunion, les Wabamahigans étaient les seuls sans leur grand chef

— Et qu'est-ce qu'il faudrait que je signe ?

— Des papiers pour les avocats qui vont nous défendre. Des papiers qu'ils donneront aux juges. Une lettre pour le ministre des Affaires Indiennes d'Ottawa.

— Et qu'est-ce que disent ces papiers ?

Damien qui semble beaucoup moins calme que le chef repose la feuille qu'il tenait. Il en tire une autre qu'il parcourt des yeux un instant avant de reprendre la parole :

— J'ai résumé tous les points dans notre langue.

Le chef s'est remis à contempler les gens. Il n'a plus un regard ni pour Damien ni pour ses papiers. Il demande :

— Le reste est dans quelle langue ?

— On peut l'avoir en anglais et en français. Comme c'est pour vous, j'ai pris que le français.

Damien qui fait partie du Conseil depuis trois ans a appuyé sur le vous en lançant un regard au chef et à ceux qui l'entourent pour bien souligner que seuls les vieux ne parlent que la langue des Wabamahigans. Le chef se tourne vers lui. Il ébauche un sourire qui plisse ses joues jusque sur ses pommettes.

— Et il faudrait que je signe des papiers que je ne peux pas lire ?

Il y a quelques murmures que Damien ignore.

— Mais puisque je vais te dire ce qu'il y a d'écrit !

Il a laissé percer un peu d'agacement et le coup d'œil que lui lance le chef est glacial. Le silence n'est troublé que par quelques chuchotements, un froissement de sac à bonbons et une toux que l'on s'efforce d'étouffer. Les visages sont inquiets. Les vieilles et les vieux tendent l'oreille. Ils tendent le regard, aussi, pour essayer de lire sur les lèvres des propos qu'ils n'auraient pas saisis. La fumée des pipes et des cigarettes commence à former un nuage qui plane comme un voile de brume troué de remous. Le chaman qui s'est assis au centre du premier rang a posé son catalogue sur ses genoux. Ses mains osseuses s'y sont couchées l'une contre l'autre. Elles se soulèvent du museau de temps en temps comme pour flairer le vent. L'aveugle qui se tient à sa gauche est parfaitement immobile. Son regard blanc fixe le chef.

Damien se dandine un moment sur sa chaise qui couine. Il semble espérer une question. Comme elle ne vient pas, il finit par se décider. Posant son feuillet jaune, il en prend un blanc.

— Voilà. Nous voulons nous opposer par tous les moyens de droit à la poursuite des travaux entrepris sur nos terres par la Société d'Énergie de la baie James. Ces travaux ont été ordonnés par le gouvernement du Québec sans aucun accord de notre part.

Il s'interrompt et le chef en profite pour demander :

— Les moyens de droit, qu'est-ce que tu entends par là, exactement ? Est-ce que nos droits ne sont pas toujours piétinés ?

— Justement. Je vais te lire la note que les avocats ont rédigée pour toi. On te l'a traduite exprès.

Il prend entre ses mains qui tremblent légèrement une feuille jaune et se met à lire lentement, d'un ton monocorde avec des arrêts et des hésitations.

— « Notre argumentation sera fondée sur le texte de la Capitulation de Montréal signée en 1774. Son article 14 stipule notamment que nous conservons nos droits pleins et entiers d'habiter nos territoires dont nul ne peut nous chasser. Un édit de la Couronne vient renforcer ce texte, précisant que nous restons libres sur nos terres et interdisant à quiconque de nous y déranger ou molester. »

Il y a dans la salle des bâillements, des murmures, des bruits de papier froissé et quelques rires. Des enfants grognent. Le chef fait des petits gestes de la main pour réclamer le silence, mais l'ennui est le plus fort et les bruits de chaises se multiplient. Damien est arrivé au bas de la page. Il se tait. Il s'énerve à chercher dans ses papiers. Comme il ne trouve pas, d'une voix plus forte où perce un peu d'irritation, il lance :

— Bon ! En gros, je sais de quoi y retourne. Quand le gouvernement fédéral a accepté que le Québec s'agrandisse vers le nord, il a dit : faudra que la Province reconnaisse les droits des Indiens sur la terre, exactement comme fait l'Ontario. Et faudra que le Provincial fasse respecter ces droits. Et le Provincial l'a jamais fait...

Damien est interrompu par la voix pointue du chaman :

— Tu ne sais pas ce que tu dis. Il n'y a rien à reconnaître. Rien à discuter. La terre est à nous depuis le fin fond des temps, personne ne peut nous l'enlever.

— On va pas nous l'enlever, hurle Damien dont les bajoues tremblent, on va la noyer sous des lacs. On va déplacer des montagnes pour barrer les rivières. On va...

Des exclamations et des rires l'obligent à se taire. Cette image de montagnes déplacées et de lacs inondant le pays provoque l'hilarité. Le chef s'évertue à ramener le silence, mais Damien qui transpire à grosses gouttes n'attend pas qu'il y soit parvenu pour crier :

— Vous pouvez rigoler ! Quand vos terres de trappe seront noyées, quand notre île sera rongée par l'érosion, vous rigolerez moins !

Damien se tourne vers la droite où sont les quatre membres du Conseil de Bande rentrés avec lui de Saint-Georges. Tous approuvent de la tête. Le plus jeune d'entre eux, un grand gaillard avec un cou un peu fort, lève une main large tout en os et en muscles. Le chef dit :

— Hervé a la parole.

— Ici, on sait rien, dit Hervé d'une belle voix bien timbrée et très calme. L'annonce officielle des travaux a été faite à Québec au printemps. On est à l'automne, on s'en est pas soucié. Les journaux l'ont dit. Les radios aussi. Nous autres, on vit en dehors. On entend parler des événements, et on fait comme si rien ne nous concernait. Les Cris et les Inuits se sont déjà réunis trois fois. S'ils n'étaient pas venus nous chercher...

Il hésite. Son regard franc va de la salle qu'il embrasse entièrement et qui s'est apaisée, au visage du chef qu'il interroge sans cesse. Comme son hésitation se prolonge, le chef dit :

— Va au bout de ce qui est dans ton cœur.

— Oui, je vais te dire ce que je pense... À Saint-Georges-d'Harricana, les autres sont venus avec leurs chefs qui parlent l'anglais ou le français, qui peuvent lire les lois, parler avec les avocats. Savoir tout de suite ce qu'on peut signer ou pas.

Cette fois, le silence est si parfait dans la salle

que le ronflement de la génératrice semble s'être beaucoup rapproché. Durant un long moment Hervé et le chef s'étreignent du regard comme deux lutteurs qui n'osent pas engager le combat. Profonde, un peu sourde, la voix du vieux :

— Tu veux dire qu'ils ont des chefs jeunes ?

Les yeux d'Hervé ne se détournent pas. Ses paupières battent deux fois et sa tête fait oui imperceptiblement. Le chef le fixe encore quelques instants et, tournant lentement la tête, il balaie toute la salle du regard. La plupart des visages demeurent impénétrables. Il se tourne ensuite à droite et à gauche pour observer ses conseillers, puis, après un sourire à peine perceptible à Hervé, il revient à Damien.

— Tu parlais de terres noyées ?

— Oui. Si on ne fait rien pour s'opposer aux travaux, il y en aura beaucoup.

— Où ?

— Sur les hauteurs. Une partie de la vallée de Sipawaban. Une partie de la Caniapiscau. Une partie...

— Quelle partie ? Quelle superficie ?

Damien a un regard vers ses compagnons, un autre vers ses papiers avec un mouvement du buste et des épaules. Il n'a jamais connu portage aussi pénible. Agacé de ne pas trouver ce qu'il cherche, il grogne :

— On dirait bien que tu envisages de discuter avec eux. Il n'a jamais été question de discuter, faut tout refuser en bloc. Faut s'opposer par tous les moyens de droit.

— Tu nous l'as déjà dit. Mais on ne peut pas s'opposer sans savoir à quoi on s'oppose !

La patte du gros se pose à plat sur ses papiers.

— Je vais relire...

— C'est ça, quand tu auras relu, tu t'expliqueras.

Hervé lève de nouveau la main et le chef lui fait signe de parler.

— Le problème, à présent, c'est de ne pas traîner. Pour que les avocats puissent travailler, il faut qu'ils soient mandatés. Ça veut dire qu'ils ne peuvent pas entamer des discussions tant que tous les chefs concernés n'ont pas signé.

Pendant que le garçon parlait, la tête du vieux chef n'a cessé d'aller de droite à gauche. Il laisse couler quelques instants pour être bien certain que l'autre a terminé, puis, avec un peu de solennité dans le ton, il dit :

— Le problème n'est pas là. Je ne sais pas à quoi les chefs réunis à Saint-Georges-d'Harricana ont pensé, mais, à mon avis, ils ont oublié l'essentiel.

Il marque un léger temps. Tout le monde est tendu. Tout le monde attend car très peu ont deviné ce qu'il tient pour essentiel.

— Vous avez oublié que tout traité conclu avec les Blancs est fait pour être piétiné. Vous avez oublié que, si vous commencez à discuter, vous êtes perdus. On fera mille promesses qui ne seront pas tenues et, en échange, on vous demandera telle ou telle chose qui en entraînera d'autres. Vous avez oublié que le canoë qui descend un rapide doit éviter de s'approcher des remous dangereux. S'il va les voir de près, il est perdu... on ne discute pas avec les Blancs, on dit non.

Le dernier mot prononcé avec fermeté a impressionné l'auditoire. Pourtant, Damien qui a eu le temps de se reprendre intervient sans avoir pris la peine de lever la main :

— Moi je dis qu'il faut se dépêcher de prendre

des décisions communes avant qu'on nous déménage le village !

Son propos fait l'effet de la foudre. Un bref silence stupéfait, puis une rumeur qui enfle, qui ne cesse de répéter :

— Déménager le village...

On s'interroge des yeux d'un air de dire à son voisin : détrompe-moi. J'ai mal entendu. Ce n'est pas possible. Renonçant à obtenir un silence parfait, le chef demande :

— Déménager d'ici ?

— C'est ce qu'ils envisagent, répond Hervé avec calme. Construire un autre village ailleurs, sur la rive sud. Tout à la charge de la Compagnie.

Les visages se sont contractés. Les longs doigts du chaman se déplient lentement sur la couverture de son catalogue qui glisse et tombe. Sans prendre le temps de demander la parole, d'une voix que l'indignation amplifie et hisse vers des aigus grinçants, il lance :

— Et les morts ?

Aussitôt, le silence revient. Beaucoup moins fort, dans des tons graves qui roulent comme le glas tombant du clocher, le chaman ajoute :

— Jamais les Wabamahigans n'abandonneront les os de leurs ancêtres !

— C'est bien pour ça qu'il faut faire arrêter les travaux tout de suite. Il y a déjà des centaines de types sur place.

De la salle, une voix clame :

— Peut-être qu'un barrage est déjà fait.

C'est le signal de la folie. Des femmes, des hommes se lèvent en criant qu'il faut s'enfuir, que l'île va être emportée et que tout le monde sera noyé. Des enfants se mettent à pleurer.

Il faut au moins un quart d'heure au chef et aux autres membres du Conseil pour rétablir l'ordre et faire asseoir tout le monde. Mais l'idée de travaux déjà très avancés n'en reste pas moins dans les esprits.

— C'est la saison pour visiter les lignes de trappe, dit Népeshi. S'il y a des travaux, ceux qui iront les verront bien.

— Pas besoin d'aller y voir, fait Damien très excité. Il y en a, on le sait. C'est pas en allant sur place qu'on les arrêtera. C'est une affaire de politique, c'est à Québec et peut-être encore plus à Ottawa qu'elle va se traiter. C'est là qu'il faut être présent.

Il s'est tourné vers le chef que tout le monde fixe. Le calme est revenu. On attend une réponse. Les yeux du chef se ferment à demi. Il regarde en lui avant d'observer longuement ces visages où se lit l'angoisse. Il a toujours su prendre son temps et demeurer calme dans les pires moments. Il respire longuement avant de dire :

— Je ne suis jamais allé à Québec, jamais à Ottawa. Mais je sais qu'il y a un long chemin entre les deux. Tu ne pourras pas être à la fois d'un côté et de l'autre.

Ce genre de propos a le don d'exaspérer Damien qu'on voit se gonfler de colère. Ses mains s'agitent sur ses papiers.

— Je sais pas encore qui réglera, mais on le saura à temps. Ceux qui veulent aller sur les terres de trappe peuvent y aller, on sait même pas si elles sont encore à nous. Si on n'a pas déjà prévu de nous en donner d'autres...

C'est Népeshi qui l'interrompt :

— Qu'est-ce que tu veux que les Blancs nous donnent ? La terre est à nous. Qu'est-ce qu'ils peuvent nous donner ? Ce qu'ils auront décidé de ne pas nous prendre ?

Les cris partent de partout. Tous les regards se

portent vers Népeshi qu'on sait vif comme son œil qui vole de l'un à l'autre. Ce petit homme sec est sans conteste le plus fort chasseur, pêcheur et trappeur de tous les Wabamahigans. Il est rapide, mais pas coléreux du tout. Habituellement, en Conseil, il demande toujours la parole. Il se tourne vers le chef et se penche sur la table pour le regarder :

— Je peux pas entendre des choses pareilles sans que mon cœur se révolte dans ma poitrine. Nos terres de chasse, nos rivières, nos lacs, c'est notre vie. Les prendre, c'est nous blesser à mort.

Son propos a libéré ce que bien des gens portaient en eux sans le voir clairement. Ce qui se cache derrière les mots vient d'apparaître aux trappeurs dans toute son évidence. Tout devient net comme le fleuve quand le ciel se déchire pour découvrir la pleine lune. Les hommes remuent, se retournent, se cherchent l'un l'autre pour s'interpeller. Certains commencent à se déplacer pour parler.

Une fois de plus, le chef doit réclamer le silence. Quand il l'a obtenu, il regarde à droite et à gauche pour savoir si un membre du Conseil veut parler. La plus vieille lève une main maigre qui tremble. Elle lance d'une voix trébuchante :

— Les os de mon mari sont là. Les os de mes deux filles sont là. Les os de mon petit-fils sont là. Les os de mon père et de ma mère sont là. Les os du père de mon père sont là, et bien plus loin encore. Tous les os des Wabamahigans depuis bien des temps sont là ! J'ai cent trois ans. Mes os iront bientôt dans la terre, ils ne peuvent pas être séparés des os de mes ancêtres. Les morts appartiennent à la terre, et personne n'a le droit de prendre la terre.

Pour parler, la vieille s'est redressée. Son corps se tasse de nouveau. Sa tête minuscule rentre dans ses épaules et son menton crochu vient se poser sur le dos de ses mains qu'elle tient croisées à la poignée de son bâton.

Son long appel vibrant a fait renaître un silence parfait. Le chef attend quelques instants avant de déclarer :

— Tout est dit. Shigoci a parlé avec la sagesse de son grand âge. Depuis le temps où les fils de la femme du Loup blanc sont venus vivre sur Kinomanitak, les os des Wabamahigans dorment sur l'île. Jamais les Wabamahigans n'accepteront qu'on touche à leurs morts. Les travaux des Blancs ne se feront pas.

4

La terre n'est à personne. Aucun homme n'est assez grand pour posséder la terre. Même une toute petite portion de terre large comme une main. La terre appartient au maître de la vie. Il t'a fait naître sur cette terre où tu entreras quand Il te reprendra la vie qu'Il t'a confiée. Ce jour-là et après ce jour-là, pour l'éternité du temps, c'est toi qui appartiendras à la terre.

Tu seras la propriété de la terre comme les os de ton père et du père de ton père. Les os de tous tes ancêtres sont enfouis dans la terre où ils vivent la mort qui est une autre vie. L'esprit des ancêtres monte par les racines jusque dans les feuilles. Il habite les arbres. C'est lui qui parle avec le ciel, c'est lui qui voyage avec le vent et la lumière. C'est lui qui ordonne aux saisons. C'est lui qui fait venir la pluie ou la neige ou le gel. C'est l'esprit des ancêtres qui commande le flot des rivières. Quand un homme veut modifier le flot des rivières, il contrarie la volonté des vieux qui veillent sous la terre. Et ceux qui oseront se dresser sur le chemin qu'a tracé la volonté des morts déclencheront leur colère. Crèveront alors sur nos têtes des orages comme nul jamais n'en a subi.

L'homme blanc ne veut pas la terre pour marcher, pour dormir, pour chasser et reposer après sa vie.

L'homme blanc que n'habite pas l'esprit des ancêtres ignore que la forêt se nourrit de ses propres morts. Quand un arbre a fini sa vie, son corps s'allonge au pied des arbres plus jeunes. Peu à peu, il entre dans la terre. Il se mêle à la mousse et donne lentement sa chair pour nourrir le reste de la forêt.

L'homme blanc ne coupe pas le bois dont il a besoin pour dresser sa demeure et nourrir son feu, il coupe tout et il emporte tout.

Si l'homme blanc continue d'emporter la substance vivante, la forêt mourra et la terre avec elle. Si le maître de l'univers vide le ciel de tous les astres qui l'éclairent, la nuit s'épaissira et tous les êtres vivants deviendront aveugles. S'il vide le ciel du vent qui fait chanter le jour et la nuit, tous les êtres vivants deviendront sourds.

L'homme blanc qui ne détient pas la sagesse vide notre terre de cette vie qui lui vient du fond des âges et que rien ne saurait remplacer. Ivre de richesses, il s'enfonce tout vivant dans le sein de la terre pour lui prendre son or. En fouillant ainsi dans la nuit, ce sont les os des ancêtres qu'il dérange et meurtrit.

L'homme blanc qui ne possède pas la sagesse de l'Esprit se figure que les morts sont insensibles. Il se trompe. Il blesse la chair et les os. Tu le vois bien quand les ancêtres excédés se retournent d'un coup sous la surface, au fond du fond des profondeurs, et étouffent l'homme blanc. Il arrive même que les vieux morts crèvent le fond des lacs et des rivières pour noyer les fous dans leurs galeries de rats.

Des Indiens sont allés aider les Blancs dans cette œuvre de folie. Certains ont déjà été tirés tout vifs vers les profondeurs de la nuit par les ancêtres en colère, d'autres le seront demain.

Et ceux-là qui n'étaient pas habités par le Grand Esprit au cours de leur vie parmi les arbres ne le seront jamais dans l'autre monde. Ils ont plongé trop profond sous les racines qui sont le lien entre l'ombre et la lumière. Et c'est le pire qui puisse arriver à un Indien que d'être éloigné de celui qui dispense la sagesse et peut seul procurer le repos éternel.

LETTRE D'UN PRÊTRE, 1538

Notre Saint-Père le pape Paul III l'a bien précisé, l'an dernier, dans sa bulle Sublimis Deus : *il faut considérer les Indiens des Amériques comme des êtres humains. On doit les laisser jouir de leurs propriétés. Et il semble bien que ce n'ait pas toujours été le cas jusqu'à présent.*

LETTRE D'UN COLON ANGLAIS, VERS 1540

Comment peut-on parler de légitime propriété du sol dans le cas des sauvages ? Ce sont des gens de mœurs animales qui n'ont jamais cultivé la moindre parcelle de terre. Même si l'idée leur en venait, ils sont trop stupides et trop paresseux pour le faire. Ce sont des carnassiers qui ne vivent que de gibier. On les voit errer sur des territoires mille fois trop vastes pour leurs besoins. Or, nous savons très bien que l'agriculture est la seule manière noble et honnête d'occuper une terre. On peut donc nous dire tout ce que l'on voudra, nous sommes bien décidés à nous considérer légitimes propriétaires du sol que nous aurons mis en culture. Et j'aime mieux vous dire que nous sommes prêts à le défendre par les armes.

PROPOS D'UN PROFESSEUR BLANC DANS UNE UNIVERSITÉ DES ÉTATS-UNIS, VERS 1900

Il est tout à fait faux de penser et stupide de laisser dire que les Indiens ont immigré en Amérique ; il est encore plus absurde de croire qu'ils ont été créés ou amenés là par ce dieu qu'ils nomment leur « kijémanito », ils ont été conduits ici par le diable en personne.

EXTRAIT D'UNE LETTRE D'UN MISSIONNAIRE FRANÇAIS

Cette terre est nôtre parce que Dieu nous l'a confiée pour que nous prêchions la bonne parole, pour que nous convertissions les sauvages qui ne connaissaient avant nous que des divinités barbares. Nous sommes ici sur la terre du seul Dieu qui existe, notre devoir est d'en élever les créatures humaines vers le ciel. Le royaume des cieux leur appartiendra en partage comme il nous appartient. Si nous quittions ce pays, ils retourneraient vite à la sauvagerie et à la plus totale obscurité.

EXTRAIT D'UNE LETTRE D'UN OFFICIER DU RÉGIMENT DE CARIGNAN

Ce pays devient notre patrie parce que nous ne cessons de l'arroser de sang français. Il ne saurait être à ces sauvages qui voudraient le garder pour y continuer leurs pratiques barbares et qui se permettent de scalper nos morts comme on dépouille des bêtes.

5

Le chef est rentré avec sa femme Adé et le petit Vincent. Il a allumé la lampe à pétrole pendant que Adé cassait du bois pour raviver le feu dans le poêle de tôle qui se trouve au centre de l'unique pièce. L'enfant vient s'asseoir sur le banc, à côté du vieux. Après un moment de silence, il dit :

— Ma mère est restée avec les autres et Louise aussi.

— Elles ne vont pas tarder.

Le vieil homme pose sa main sur la toison noire et embroussaillée du garçon qui continue :

— Ma mère peut rester. J'ai pas besoin d'elle. Mais peut-être qu'elle cause avec ceux qui sont contre toi.

Adé qui vient de mettre sur le feu une marmite en fonte où elle remue un mélange de farine de blé d'Inde, d'eau et de poisson fumé intervient sans se retourner :

— Ne te mêle pas de ce qui ne te regarde pas. La fille de mon fils fait ce qu'elle veut.

Vincent lève les yeux vers le visage du vieillard qui demeure impénétrable. Le chef regarde le dos étroit et voûté de son épouse ; ce qu'il voit est ailleurs. Le garçon se tortille un moment sur son siège, puis, comme la main de son arrièregrand-père quitte sa toison, il se dresse du buste et lance :

— Tous les Wabamahigans doivent être avec leur chef. Ceux qui vont parler avec les Blancs seront un jour du côté des Blancs.

— Tais-toi, fait la vieille dont le visage recuit est strié de mille rides noires. À neuf ans, on ne s'occupe pas de ces choses.

L'enfant s'apprête à répondre, mais la main du chef revient sur sa tête et secoue doucement de droite à gauche.

— C'est à l'école que tu apprends ça ?

— Il y en a qui disent que tu aurais dû aller à Saint-Georges. On leur a dit : Vous êtes pas des vrais Wabamahigans.

Vincent attend une réponse qui ne vient pas. La vieille femme se retourne à plusieurs reprises pour lui faire les gros yeux. Le chef continue de fixer ces lointains qu'il est seul à voir. Après un temps interminable, alors que l'enfant recommence à se trémousser à côté de lui, il finit par demander :

— Tu n'as pas de devoirs, ce soir ? Pas de leçons à apprendre ?

— Non.

— Où est ton sac ?

— À l'école.

— Pourquoi ?

— La maîtresse nous a laissés partir quand le bateau est arrivé.

Ils se taisent. Par la porte restée grande ouverte sur la nuit viennent des bruits de pas, des appels et le ronronnement de quelques génératrices. Adé tourne toujours sa spatule de bois dans la bouillie d'où commence à monter une vapeur odorante. De temps en temps, elle la sort et la racle sur le bord de la marmite. C'est une spatule taillée au couteau dans une planche de caisse. Le manche porte encore la trace de gros caractères noirs.

Un long moment s'écoule. Des bouffées de vent froid entrent et viennent rabattre la buée blanche. Le chef a tiré sa grosse pipe de sa poche. Il la porte à ses lèvres et souffle à petits coups secs dans le tuyau. L'air et la salive clapotent dans le foyer sonore.

Un pas pressé approche.

— C'est ma mère, annonce l'enfant.

Jeanne entre et tire derrière elle la porte qui claque.

— Et Louise ? demande Adé.

— Chez sa sœur.

— Avec qui tu causais donc ?

Jeanne ne répond pas. Son visage sans une ride est tendu. Son regard plein de colère. Elle a un geste sec pour ramasser sa chevelure lourde et luisante qu'elle jette par-dessus son épaule. Elle va droit à son fils.

— Montre ton bras !

Vincent a un mouvement de tout le corps pour se blottir contre son aïeul. Sa main droite se porte à son poignet gauche et serre la manche de sa veste.

— Je te dis de me montrer ton bras.

Comme la mère s'incline, le vieil homme demande :

— Qu'est-ce qu'il y a ?

— Qu'il montre son bras. Tu verras, ce qu'il a, avec tes manières de vieux fou.

Le visage du chef se contracte légèrement. Il se lève et se place entre sa petite-fille et l'enfant.

— J'aimerais que tu me parles autrement !

Très près l'un de l'autre, ils se dévisagent. Elle est presque aussi grande que lui. Vite, la jeune femme baisse les paupières. D'une voix moins vive, elle dit :

— Je n'ai pas voulu t'offenser, grand-père, mais c'est mon fils. Quand il fait des folies, ça me fait mal.

Vincent s'est levé à son tour. Il a, en direction d'Adé, un sourire et une mimique de complicité. Il semble vouloir dire : « Tu vas voir ce que tu vas voir ! Et ces deux-là vont être bien étonnés. » Il se tourne vers sa mère. Son visage où se retrouvent les traits et les yeux du vieux chef ne reflète plus la moindre inquiétude. Au contraire, il semble plein d'assurance et de fierté. Tranquillement, Vincent relève la manche de sa veste de laine bleue, puis celle de sa chemise à carreaux noirs et verts. Son avant-bras apparaît, énorme et très rouge, strié de noir.

— Saint des saints ! lance la jeune femme, tu es fou. Il va falloir te couper le bras !

— En même temps, à toi qui parles toujours sans savoir, on pourra peut-être te couper la langue, dit le chef en regardant sa petite-fille.

La colère revient sur le visage de Jeanne qui se contient pourtant. Adé s'est approchée. Elle prend doucement la main de l'enfant et se penche pour examiner son bras.

— Qu'est-ce que c'est ?

Fièrement, l'enfant claironne :

— Wabamahigan !

— Je vois rien, fait la vieille.

— Tu vois pas le loup blanc ?

— Je veux bien croire que c'est un loup, observe le chef en riant, mais pour le moment, il est plutôt rouge.

— Tu peux bien rire, crie Jeanne qui n'y tient plus. Sais-tu seulement avec quoi ils ont fait ça ?

Demande-le à cet idiot. Il va te le dire... Et tu verras si ça risque pas de s'infecter !

Le chef écarte doucement sa petite-fille et s'approche de l'enfant.

— Bien sûr qu'il va me le dire, ça m'intéresse beaucoup de savoir.

— C'est avec la plus petite pointe qui sert pour les gravures dans la lino. Et avec l'encre grasse qu'on prend pour imprimer.

Il se redresse de toute sa taille. Son œil étincelle. Il les regarde tous les trois tour à tour avant de lancer :

— Ça pourra plus jamais s'en aller ! Jamais !

La mère est furieuse. Elle lève la main comme pour une gifle, mais le regard du chef arrête son geste. Elle crie :

— Un enfant qui se tatoue parce que...

Vincent crie plus fort qu'elle :

— Je suis plus un enfant. J'ai neuf ans et demi. Mon grand-père dit qu'à mon âge il allait déjà trapper tout seul...

— Ton grand-père, tu peux en parler. Y sera sûrement content quand il saura pour qui t'as fait ça. Et pour quoi tu t'es battu.

Calmement, le chef observe :

— La sagamité attache au fond.

Adé se précipite et retire sa casserole.

— Tu t'es battu ? demande le chef.

— Oui.

— Avec qui ?

— Le grand Damien.

— Qui a gagné ?

Le visage de l'enfant s'assombrit. Son front têtu se ride. Sa voix moins orgueilleuse est plus dure :

— Même qu'il a douze ans, si j'avais pas eu mon bras...

Le vieux l'attire contre lui et c'est à peine si l'on entend :

— Je l'aurai un jour...

Quand le chef le lâche, Vincent baisse sa manche. Il serre des dents sur sa douleur et le vieux le regarde en souriant. Jeanne est allée prendre quatre écuelles émaillées sur un rayon où sont d'autres objets et des boîtes de conserve. En les apportant sur la table, elle grogne :

— Des garçons qui se battent pour de la politique.

— Qu'est-ce qu'ils en savent ? dit Adé.

— Les garçons se sont toujours battus. Ils ont la bataille dans le sang.

— Ils savent par la radio. Par ceux qui lisent des journaux. Par ceux qui veulent vivre avec l'époque.

Le chef fait comme s'il n'entendait pas. Il tire le banc près de la table et s'assied. Vincent prend place à côté de lui. Ils se regardent et se sourient. Jeanne aussi les observe, mais son visage reste fermé. Adé a empli les écuelles. Avec sa cuillère, elle racle le fond et le tour du poêlon. Une croûte noire d'un côté et blanchâtre de l'autre s'en détache en copeaux.

— Veux-tu du gâteau, Vincent ?

L'enfant pousse son assiette vers la marmite.

— Regardez, lance sa mère, même sa main est enflée.

— C'est normal, dit le chef. Demain ce sera fini.

— Ça fait pas mal, dit Vincent.

— Tu es un menteur ! fait Jeanne.

Le regard de l'enfant se lève et se plante bien droit dans celui de sa mère. D'une voix ferme, avec un beau sourire qui découvre ses larges dents blanches, il dit :

— Non, maman. Ça fait pas mal !

Cessant un instant de manger, le vieux déboutonne la manche gauche de son blouson et la roule sur son avant-bras. Un loup tatoué court sur les muscles en direction du poignet.

Vincent essaie un moment de rester grave, mais son rire crève. Adé aussi se met à rire en ouvrant sa bouche édentée. Seul le visage de Jeanne reste crispé. Sourcils froncés, elle mange en fixant son écuelle.

Ils achèvent leur repas sans un mot. Dès la dernière bouchée absorbée, Vincent va se coucher sur la paillasse du fond, sous sa couverture de peaux de lièvre. On voit juste un toupet de cheveux noirs dans un repli de toison rousse. Le chef repousse le banc contre le mur de planches. Il s'adosse et bourre minutieusement sa pipe. Il tire trois longues bouffées, puis, se tassant un peu, il se met à fumer à petits coups réguliers et, les paupières mi-closes, regarde avec attendrissement du côté de Vincent.

Les deux femmes se sont assises à même le plancher, les jambes repliées, elles se mettent à coudre des mocassins. Adé serre entre ses gencives édentées le long tuyau d'une toute petite pipe. Un peu de salive luit sur son menton. Des gouttes suivent le tuyau jusqu'au foyer. Jeanne fume une cigarette qui l'oblige à incliner la tête et à cligner de l'œil. Elle a posé à côté d'elle une boîte de Pepsi-Cola dont le couvercle est percé de deux trous. Les mains tirant sur les aiguilles, les lèvres mouillant les fils de cuir pour serrer un nœud, les épaules et les bras, tout est mouvement chez les deux femmes alors que l'homme conserve une immobilité parfaite. Seules ses joues se gonflent légèrement lorsqu'il exhale la fumée sans déplacer sa pipe. Les yeux rivés à son ouvrage, Jeanne dit à mi-voix :

— Mon fils sera comme toi. Et quand tu seras mort, il sera tout seul à être comme ça... Et il mourra de faim.

Le vieil homme s'accorde le temps de trois bouffées avant de répondre :

— Un Indien ne meurt pas de faim tant qu'il sait rester ami avec le bois.

— Si son père n'était pas mort, tu peux croire que c'est pas toi qu'il écouterait.

— Je t'ai déjà dit cent fois que si son père n'était pas monté dans un avion de Blancs pour servir de guide, il serait toujours là !

Le chef a parlé vite et d'un ton sec. Sa petite-fille lui lance un regard rapide où pétille une mauvaise flamme. Les doigts continuent de s'activer. Le minuscule clac que font les grosses aiguilles en perçant le cuir est le seul bruit. À deux reprises, sans interrompre son travail, la jeune femme jette un coup d'œil rapide au vieux chef. Puis, sans le regarder, elle dit :

— Si c'était pas que je veux rien faire tant que mon père est pas là, tu peux être sûr que je partirais avec les autres pour sauver mon fils.

Le chef fronce les sourcils. Il lance encore une bouffée et, retirant sa pipe de ses lèvres, il regarde Jeanne.

— Partir ? De qui parles-tu ?

Elle essaie un instant de rester imperturbable. Elle voudrait être aussi forte que lui, mais sa nervosité la domine. Posant son ouvrage entre ses cuisses, elle lève la tête pour dire avec colère :

— Est-ce que tu crois que les gens sont assez stupides pour se faire noyer avec toi parce que tu veux te boucher les yeux et les oreilles ?

Toujours aussi calme, le vieil homme se remet à fumer et attend un bon moment avant de demander :

— Partir où ?

— Dans un endroit qui sera pas noyé. Près d'une ville. Les Blancs sont pas fous, y noieront pas leurs enfants. Mais les nôtres, y s'en foutent pas mal !

Elle fait un effort pour refouler un sanglot rageur. Adé les a observés tous les deux. Avec une grimace qui chiffonne tout son visage, elle reprend son ouvrage. Jeanne se remet aussi à tirer l'aiguille. Le chef finit posément sa pipe et la glisse dans sa poche. Il attend encore quelques minutes avant de se lever lentement. Il enjambe les peaux entassées devant les femmes et sort en refermant la porte.

6

Les fenêtres éclairent le sol de la rue déserte. Le chef passe devant trois maisons puis se dirige vers la quatrième. On entend des voix de femmes et les pleurs d'un bébé. Le chef frappe du doigt à la vitre embuée.

— Je viens !

Presque tout de suite la porte s'ouvre. Népeshi sort et regarde le ciel en disant :

— Il se prépare une belle lumière.

Plus petit et plus sec que Mestakoshi, Népeshi a une démarche souple, huilée, que ne laisserait pas deviner son visage anguleux. Il fume une pipe très courte.

Les deux hommes vont côte à côte, en silence, jusqu'à dépasser les dernières maisons. Le ciel est lumineux d'un bord à l'autre. Un voile presque uniforme s'est levé devant la lune et les étoiles. Le chef demande :

— Tu as entendu parler de partir ?

— Il y a toujours des gens qui prennent feu et d'autres qui sont contents d'attiser le feu.

— Qui ?

— Toujours les mêmes. Ils disent que, si des travaux sont déjà faits, l'île risque d'être noyée.

— Ils ne partiront pas.

— Certains partiront demain.

Les deux hommes se dirigent vers les canoës dont les longs corps noirs retournés sur les échafauds se découpent sur l'eau du fleuve. Déjà le ciel commence à se plisser et l'aurore boréale se dessine. Le chef la contemple un moment avant de dire :

— Ils sont fous.

— Ils sont peut-être fous de s'en aller aussi vite, pourtant, c'est vrai que si on ne fait rien, un jour, il faudra partir.

Avec un peu d'agacement, Mestakoshi demande :

— Qu'est-ce qui pourrait nous obliger à abandonner nos morts ?

— Si le fleuve monte, tout sera noyé.

Le chef se tourne vers lui, il fronce un peu les sourcils. Il fait un effort de concentration pour que son propos soit bien clair.

— Enfin, réfléchis ! Pour commencer, je suis certain que pas un homme n'est assez fort pour barrer le cours de Sipawaban.

Il prend le temps de regarder le fleuve où les jeux de lumière du ciel plaquent de longues verticales vertes. Mestakoshi puise des forces dans cette eau qui roule un mélange d'ombres et de reflets.

— Supposons qu'ils y arrivent, qu'ils piétinent nos droits une fois de plus. Quand des castors barrent une rivière, ça fait monter l'eau en amont du barrage, pas en aval.

— Si tu étais resté, tu saurais qu'ils veulent lui ajouter de l'eau.

Mestakoshi est un homme qui a toujours su se dominer, pourtant il ne peut réprimer un haut-le-corps. Il tape à l'intérieur de sa main la pipe qu'il vient de sortir de sa poche.

— Lui ajouter de l'eau ? Qu'est-ce que tu racontes ?

— Je sais que c'est difficile à admettre. Je suis comme toi, je ne crois pas qu'ils y parviennent, mais je te dis ce qu'ils veulent faire. La Caniapiscau qui coule vers le Levant pour se jeter dans l'océan, ils veulent l'empêcher d'aller là-bas pour l'amener ici.

Le chef ne répond pas. Ils se sont adossés tous les deux côte à côte à un des canoës posés sur l'échafaud. La marée a fini de monter. C'est l'heure où le fleuve semble hésiter entre l'aval et l'amont. Il se noue et se dénoue sous le ruissellement des longues tentures du ciel. Les rives sont noires. De loin vers le Sud vient le « kraou » un peu rêche d'une nyctale boréale. Sur l'île, un hibou des marais lance son « bou-ou » qui reste sans écho.

— On ne fait pas aller vers le Couchant une rivière qui veut aller vers le Levant.

Népeshi vient de s'asseoir sur le banc où il s'installe toujours pour jouer aux dames. Il tire sur sa pipe éteinte, crache loin devant lui et se donne le temps de rallumer avant de répliquer :

— Toi, Mestakoshi, tu n'as jamais voulu admettre que les Blancs ont la puissance. Ils n'ont pas le savoir du castor, mais ils ont l'argent. Avec l'argent, ils peuvent acheter des machines que tu ne connais pas.

Ils demeurent un long moment à regarder le fleuve et le ciel en écoutant la nuit. Les eaux sont presque immobiles, pourtant, elles continuent de chanter. Un ample remous qui se forme à la pointe de l'île remonte au large en s'élargissant pour venir lécher la rive en amont de l'endroit où se tiennent les deux hommes.

— Le père de mon père disait sûrement

qu'aucun homme ne pourrait jamais voler dans le ciel comme les oies. Les Blancs sont arrivés à voler. Et le mari de ta petite-fille est mort parce qu'un de leurs avions est tombé comme une pierre dans la taïga. Les Blancs peuvent faire des barrages qui seront moins bons que ceux des castors. Ils seront brisés et l'eau de la retenue emportera nos maisons.

L'aurore boréale se déplace lentement vers l'Ouest. Elle s'amplifie et gagne en hauteur. Son vert paraît plus clair et pourtant, il ne semble pas que la lueur qui descend vers la terre et les eaux soit plus vive.

— Où voudraient-ils faire leur barrage ?

— Je ne sais pas exactement. Ils feraient, tout en haut, un grand lac avec l'eau de la Caniapiscau. Ils enverraient une partie de cette eau vers notre fleuve où ils construiraient un barrage. Le reste, ils l'enverraient dans la Grande Rivière où ils feraient trois barrages...

Népeshi s'arrête soudain, mais sa phrase demeure en l'air comme s'il hésitait devant ce qui lui reste à dire. Mestakoshi se tourne vers lui sans souffler mot.

— Les Cris de Chisasibi ont peur aussi. Leur île est comme la nôtre. Il paraît que certains sont déjà partis.

Népeshi laisse au chef le temps d'une réponse qui ne vient pas et il ajoute :

— Il faut se battre, Mestakoshi. Il faut faire alliance avec les autres contre les Blancs pendant qu'il est encore possible de s'opposer à leur folie !

— Est-ce que toi tu as demandé à te rendre à Saint-Georges-d'Harricana ? Es-tu disposé à prendre l'avion pour aller à Québec, à Ottawa et je ne sais où pour parler à des ministres qui ne te comprendront pas ?

Népeshi fait non de la tête avec un petit sourire.

— Moi, je vais monter voir les lignes de trappe et les castors. C'est la bonne saison.

Mestakoshi se redresse de toute sa taille. Son visage reflète une joie profonde ; l'autre ne lui laisse pas le temps de parler :

— Si tu n'étais pas le chef, tu viendrais avec moi. Mais ce n'est pas le moment que le chef s'éloigne de son peuple.

Mestakoshi ne répond pas. Ses épaules se voûtent un peu et son buste se tasse. Il tape longuement contre sa botte le fourneau de sa pipe avant de la glisser dans sa poche. Ses mains se joignent, ses coudes se posent sur ses genoux, incliné en avant, il fixe l'eau où un souffle de vent fait vibrer les reflets de l'aurore boréale qui tient à présent l'immensité du ciel. Une éternité passe en froissant la taïga sur toute son étendue avant que le chef ne se décide à dire :

— Je n'irai pas chez les Blancs.

— Pas besoin d'y aller pour signer. Les papiers sont ici. Les avocats parleront pour nous.

— Et combien ils demanderont ?

— Rien.

Mestakoshi a un petit rire. Népeshi se hâte de préciser :

— Ils seront payés par Ottawa. C'est le ministre des Affaires Indiennes qui l'a promis.

— Promesse de Blanc.

Népeshi exhale un soupir de résignation et se lève de son banc. Il fait un pas et se retourne :

— Réfléchis bien, Mestakoshi. Quand le canoë s'est déchiré sur une roche, il est trop tard pour se rappeler qu'il y a une piste de portage.

Lentement, Mestakoshi se redresse. Il frotte l'une contre l'autre ses mains rugueuses. Son front est plissé. Une grande douleur se lit sur son visage. D'une voix sourde que la colère durcit, il lance :

— Même avec leurs machines, ils ne tueront pas notre fleuve. Personne ne peut tuer un Dieu.

7

Les premiers sont là depuis l'été 1965. Au début, ils n'étaient qu'une dizaine. Un hydravion les avait déposés un matin de juillet sur le bord du lac Evans. Ils avaient des haches, des tronçonneuses et un fût d'essence. Chacun un repas et un sac de couchage. L'avion devait leur amener les toiles de tente au début de l'après-midi. Rien n'est venu avant la nuit. Ils ont allumé des feux. Comme les trappeurs, ils se sont couchés à côté. Le lendemain matin, ils se sont réveillés tout couverts de gelée blanche. L'avion était en panne. Vers midi, un hélicoptère amenait le matériel.

Depuis, ils se sont multipliés. En cet automne 1971, ils sont près de trois cents éparpillés par petits groupes sur l'immense territoire de la baie James. Trois cents pour des milliers et des milliers d'hectares de taïga entre le 51e et le 56e parallèle, entre les 64e et 79e degrés de longitude. Autrement dit : une pincée de graines jetées au vent d'une tourmente. Arpenteurs, géologues, géographes, porteurs, cartographes, pilotes de brousse, bûcherons, cuisiniers, ils ont formé des équipes solides, soudées par la difficulté pour édifier, en bois rond, des campements de fortune et travailler aux premiers relevés de terrains, aux prélèvements de roches et aux analyses, à l'étude du débit des fleuves et des rivières. Ils ont mesuré et sondé les lacs. Évalué la force des rapides, interrogé le ciel, les monts, les vallées, les canyons, les falaises, les marécages et les tourbières. Ce sont eux qui ont déterminé les emplacements des futurs barrages et des centrales électriques. Isolés du reste du monde durant de longues semaines, dévorés par les insectes, luttant contre le Nordet, égarés dans les tempêtes de neige, ces pionniers se sont accrochés à cette terre comme leurs ancêtres aux rives du Saint-Laurent dans les temps de la marine à voile.

Au fil des saisons, les campements se sont fixés. Des hélicoptères ont amené de Matagami des matériaux plus modernes et de vraies maisons ont été montées. Des génératrices ont donné de l'électricité.

À Matagami comme à Saint-Georges-d'Harricana, les gens ont commencé de s'interroger. Les Indiens posaient quelques questions, mais on en a tant vu, de ces hommes un peu fous s'enfoncer dans les immensités à la recherche de l'or et de toutes les richesses que recèle la roche du Nord !

À présent, dans les bureaux d'ingénieurs de Québec et de Montréal, on sait où seront édifiés les barrages, on sait où il faudra construire les cités pour les travailleurs. Ce qui reste à déterminer, c'est le moyen de transporter tant de matériel aussi loin, sur une terre si difficilement accessible. On pense à des bateaux qui descendraient le Saint-Laurent pour piquer vers le nord et s'en aller faire le grand tour par la mer du Labrador et le détroit d'Hudson. On essaie. Un cargo reste pris dans un haut-fond bourbeux de la baie James à quelques milles de la côte. Il faudra attendre l'hiver pour le décharger sur la banquise et charrier sa cargaison sur la glace. Puis attendre le dégel pour que le cargo repart. On renonce. On pense à l'avion mais on recule très vite devant le prix de revient d'une heure de vol. Reste la route, ou bien la voie ferrée.

Et c'est pour la route qu'on se décide en cet automne. Une autre poignée de pionniers va partir pour en établir le tracé. Car le terrain est loin d'être facile. La taïga est sillonnée de cours d'eau, constellée de lacs qu'il faudra traverser ou contourner. Le pire, ce sont les marécages et les tourbières. Non seulement les hommes doivent trouver la meilleure voie de pénétration, mais encore découvrir un moyen de traverser ces étendues spongieuses où un camion serait aspiré et disparaîtrait en quelques heures.

Il faut tracer la route. Il faudra l'ouvrir. En façonner le sol. Et attendre l'hiver pour que le terrible froid du Nord solidifie la vase et la tourbe, gèle les rivières et les lacs. Plus de six cents kilomètres dont chacun risque de poser un problème. Plus de six cents kilomètres pour relier Matagami à la Grande Rivière.

Cette fois, plus rien n'est secret. Le projet du siècle est connu du monde entier. Et celui de la route qui en est l'une des premières étapes fait couler beaucoup d'encre.

Alors, dans tout le Québec, des hommes sentent se réveiller en eux ce ferment de conquête et d'aventure qui vivait déjà dans le sang de leurs ancêtres. Le bien-être des temps modernes n'a pas anesthésié la race. Rien n'a endormi leur élan, leur courage, leur volonté. Une fois de plus ils vont s'empoigner avec cette terre. Une fois de plus, ils veulent gagner.

8

Le chef Mestakoshi n'a guère dormi. Il se lève bien avant l'aube, sans faire de bruit. À voix basse, Adé lui demande :

— Qu'est-ce que tu as ?

— Je me lève.

— Pour quoi faire ?

— Sortir.

Elle n'insiste pas. Le ton en dit assez. Le vieux chef va chercher à tâtons un morceau de banique qu'il enfouit dans la poche arrière de sa grosse veste de chasse avec un filet d'oie fumé qu'il a enveloppé dans une page arrachée à un vieux catalogue. Il ouvre doucement la porte et sort.

Le silence est presque parfait. Un peu de vent d'Ouest ronronne. L'obscurité est belle. Toute parcourue de lueurs qui viennent des quatre bords de l'horizon. Au-dessus, un voile uniforme cache les étoiles et diffuse leur clarté, dernière trace de l'aurore boréale qui a dû tenir une bonne partie de la nuit.

Mestakoshi a dans l'idée de se rendre au débarcadère, de s'asseoir et de manger sa banique et sa viande en attendant le lever du jour. Arrivé près de la maison de Népeshi, il s'arrête. Une lueur remue dans le réduit accolé au pignon nord. Sans bruit, le chef s'approche. La porte est entrebâillée. Népeshi est là, avec sa lanterne dont le faisceau fait sortir de l'ombre des raquettes accrochées au plafond, un moteur de bateau appuyé aux planches, des filets, des rames, de vieilles bottes. Au moment où Mestakoshi va parler, son ami se retourne et aveugle à demi la lanterne avec sa main pour ne pas l'éblouir.

— Je t'ai senti derrière moi.

Mestakoshi s'avance.

— Il fera une belle journée.

— Oui. Je vais partir très tôt. Makwa vient avec moi.

— C'est bien.

Népeshi a posé sa lanterne sur une caisse retournée et se met à chercher, penché sur un vieux coffre. Le chef l'observe un moment avant de dire :

— Leur barrage, même si c'était dans un endroit où on ne va pas trapper, même si ça ne risquait pas du tout de casser, je suis certain que le débit du fleuve ne serait plus le même.

L'autre se redresse. Il tient un gros dévidoir de bois où est enroulée une ficelle mince.

— C'est bien ce qu'ils prévoient. C'est pour ça qu'ils voudraient déménager le village. Quand ils retiendront de l'eau, ça baissera. Quand ils devront en lâcher, ça montera et le courant sera plus fort.

— Alors tout sera foutu. Quand il y aura moins de débit, l'eau de mer montera plus loin. Ça dérangera le poisson et les oiseaux. Ça fera crever les plantes.

— Tout sera changé. Tout.

Il n'y a pas trace de colère dans leurs voix. Seulement une grande détresse. Népeshi continue de préparer son matériel. Mestakoshi s'est adossé au chambranle de la porte. Ils demeurent un long moment sans parler, puis, quand Népeshi a fini de rouler sa couverture de peau dans sa toile de tente, avant de commencer son sac, il se redresse et dit :

— Ça fait cinq automnes que je suis pas monté. C'est très bien d'y aller. Les jeunes ne savent pas toujours regarder.

On sent qu'il n'est pas au bout de ce qu'il voudrait dire. Son regard d'habitude si droit se dérobe un peu. Il secoue son grand sac d'où tombent de la poussière, du sable et des débris de feuilles. Il hésite. Se retourne et, cette fois, fixant Mestakoshi, il demande :

— Tu t'es levé pour aller aux canoës. Tu veux essayer de leur parler pour qu'ils restent ?

Le chef a un geste des bras et un soupir. Népeshi se hâte d'ajouter :

— Eh bien, tu ne les empêcheras pas de s'en aller... Je vais même te dire une chose : mes trois filles s'en vont... Et nos deux fils. Pourtant, je leur ai parlé.

— Qui d'autre ?

Népeshi lance quelques noms et s'arrête soudain pour reprendre aussitôt avec, cette fois, un peu de rage dans la voix :

— Sûrement encore d'autres qui n'ont rien dit hier mais qui étaient décidés. Ça se voyait.

Il se met à bourrer son sac et le chef suit chacun de ses gestes avec envie. Il regarde chaque objet. La poêle noire pour cuire la banique, la bouilloire pour l'eau du thé, la boîte à sucre bien fermée. Les sacs imperméables où il devine la réserve de farine, de riz, de semoule, de chocolat et de sucre. La boîte en bois où est le sel. Il a si souvent, lui aussi, préparé un départ ! Sa gorge est serrée. Il regarde dehors. La nuit blanchit et une brume laiteuse coule entre les arbres. Népeshi a un petit rire qui sonne un peu faux pour lancer :

— La marée fait très bien les choses. Elle nous oblige à partir avant eux. Je préfère.

Il a à peine achevé sa phrase que son oreille gauche tournée vers l'extérieur perçoit au loin des pleurs de chiens puis, plus près, des aboiements. Bientôt un pas approche et une silhouette massive que surmonte la masse des sacs s'avance. Un fusil d'une main et, de l'autre, sa hache et une pagaie, l'homme vient droit sur eux. Ayant posé ce qu'il tient contre le mur de planches, il porte les mains à la large courroie qui passe sur son front. D'un mouvement du corps il fait basculer la charge qu'il a sur le dos et pivote en la retenant. Se redressant tout de suite, il se tourne vers le chef.

— Tu viens aussi ?

— Non.

— Je me disais...

L'homme est large, épais, avec un cou très fort. Son visage aux traits lourds et au nez écrasé est à peine dégrossi. Ses dents inégales et mal plantées avancent en soulevant sa lèvre charnue. Son nom est Bagoura, mais personne ne l'appelle autrement que Makwa qui veut dire ours. Tous ceux qui l'ont suivi en forêt savent à quel point il mérite ce surnom. Il est balourd d'allure mais rapide, leste et rusé comme l'ours de la taïga dont il a aussi la force brutale. Mestakoshi soupire :

— Je suis content que tu partes avec Népeshi.

La lèvre de Makwa se soulève un peu plus sur ses dents, ses yeux se ferment à demi et ses pommettes luisantes ont l'air de saillir davantage.

— On peut aller, fait Népeshi qui vient de placer sa courroie de portage sous ses deux sacs.

Mestakoshi prend le fusil, les deux pagaies et la hache que son ami a préparés, et ils partent. Ils vont en silence, le regard droit devant eux. Très vite, ils découvrent la surface du fleuve où les premières clartés roses jouent entre de longues filasses de brume.

— Vous aurez une belle eau, dit le chef avec envie.

— Oui, la marée va monter encore plus d'une heure. Ça nous donne largement le temps d'aller aux premiers rapides.

Ils prennent le bateau de Népeshi. Ils n'en ont pas parlé, mais cela va de soi. Makwa a tout juste cinquante-cinq ans, son compagnon en a soixante-sept, il a forcément un meilleur canoë. Ils chargent leur matériel en prenant bien soin de l'équilibrer. Le ponton de madriers et de fûts vides sonne sous les pieds dans ce grand silence de l'aube. Ils embarquent. Avant de pousser au large, tous les deux lèvent la main droite pour saluer le chef qui répond de la même manière. Népeshi est derrière. Les pagaies plongent dans l'eau et, très vite, le canot s'éloigne. C'est à peine si le courant de remonte est marqué par quelques marbrures qui vont du vert au violet. Les brumes encapuchonnent les arbres de la rive sud dont le reflet noir vibre et se déforme. Le regard de Mestakoshi s'y attarde un moment, puis il revient au bateau déjà estompé qui laisse derrière lui un long triangle bien dessiné. Ses yeux le suivent et son esprit va beaucoup plus vite. Il remonte le fleuve. Il emprunte tous les sentiers de portage. Il entend gronder les chutes, il respire l'odeur forte des nuits dans la taïga et celle du feu où cuit le poisson qu'on vient de prendre. Il s'écarte du fleuve pour remonter la rivière où sont les castors.

Bien avant que le minuscule canoë ait disparu derrière une avancée de la rive, Mestakoshi a fini le voyage. Mais quelque chose est en lui qu'il voit moins nettement que le reste : les chantiers. Il essaie de se représenter ce que peuvent bien avoir déjà construit les Blancs. Il l'a fait cent fois au cours de la nuit et, toujours, il s'est heurté à cette image de montagnes déplacées barrant des cours d'eau. Sans cesse, en lui revenaient ces mots auxquels il s'accrochait : « On ne déplace pas des montagnes. On n'empêche pas les fleuves de couler. » Il sort sa banique et son filet d'oie de sa poche. Sans quitter le fleuve des yeux, il se met à manger lentement.

La lumière continue de grandir. Le soleil boit les brumes partout où il parvient à atteindre les eaux. Dans les recoins d'ombre, l'air violet reste cotonneux. Une heure passe avec seulement cette montée du jour, quelques cris d'oiseaux. Des aboiements venus du village où des génératrices se sont mises à tourner. Le chef ne bouge pas. Il se tient sur son banc, le dos légèrement voûté, la tête un peu rentrée entre les épaules. Il a fumé deux pipes. La deuxième vient de s'éteindre et il en tient encore le foyer tout chaud dans sa main, à l'intérieur de sa poche.

Des voix approchent. Des pas font rouler des pierres. Mestakoshi ne tourne pas la tête. À l'angle de son œil, il voit avancer des formes. Les voix se taisent mais les pas continuent. Un peu avant d'arriver à sa hauteur, un homme dit :

— Salut.

— Salut.

Le chef a répondu sans bouger d'un cheveu. Les autres ont salué aussi. Son regard demeure droit devant lui, fixé à un point de la rive sud, nettement en amont. Le fleuve étale. La marée va bientôt commencer à baisser. Le ponton sonne sous les pas. Des enfants se chamaillent. D'autres voix approchent. Mestakoshi continue de fixer la rive et de répondre au salut de ceux qui passent devant lui pour gagner le ponton. Le rassemblement dure un moment. Certains hommes font deux voyages jusqu'au village et reviennent chargés. Il y en a qui emportent des fourneaux, des bancs, une table. Sans les regarder, Mestakoshi les identifie. Parmi eux, personne qui ait passé la cinquantaine. Avec les enfants, ils doivent être vingt-huit en tout. Pas un qui ait dit autre chose que : « Salut. » Pas un qui se soit arrêté.

Mestakoshi sait qu'ils embarquent aux bruits qu'ils font et aux gloussements de certaines femmes. Un bébé se met à pleurer. Un chien battu pleure aussi. Un autre remonte en courant et disparaît en direction du village. Le vieux chef sourit à peine et murmure :

— Celui-là ne craint pas les barrages.

Les bateaux s'éloignent. Pas besoin de regarder pour le savoir. Mestakoshi attend que les hommes aient mis les moteurs en marche pour tourner la tête vers la droite. Il compte neuf bateaux tous bien chargés. La fumée bleue des moteurs flotte sur l'eau où dansent des éclats de ciel. Pas loin, des pierres roulent. Le chef tourne la tête. Adé est là, toute seule au milieu du chemin. Elle s'avance de son pas un peu lourd. Les rides de son visage essaient de sourire. Arrivée devant son homme, elle s'arrête et dit :

— Tu es parti sans même boire du thé.

Mestakoshi se lève. Sans un regard vers l'aval où décroît la pétarade des moteurs, il se met à marcher en direction du village. Adé marche à sa gauche, légèrement décalée vers l'arrière.

De quelques maisons, des fumées blanches montent sur le ciel déjà bleu.

9

Ce matin, ils ne sont que sept dans la grande salle. Ils n'ont pas mis en marche la génératrice. Ils ont apporté une table près d'une fenêtre. Mestakoshi s'y est assis. À sa droite, est accoudé le chaman qui paraît plus maigre et plus voûté que jamais. En face, se tient Hervé. Shigoci la centenaire est au bout de la table, face au jour. L'aveugle, Adé et Amo sont restés légèrement en retrait, sur trois chaises côte à côte. C'est le chef qui parle le premier. Il s'adresse à Hervé.

— Tout de même, je ne comprends pas pourquoi Damien est parti. C'est lui qui a entraîné les autres ?

— Il n'y avait pas à les entraîner. La peur les tenait aux fesses.

— Est-ce que ta femme et tes enfants sont partis ?

Hervé ne paraît pas embarrassé. Son regard est toujours net. Ses larges mains sont calmes sur les papiers qu'il a posés devant lui.

— Elle ne voulait pas partir. Sa sœur a dit : « Si tes enfants sont noyés, tu mourras de chagrin. »

Mestakoshi va parler, mais Hervé lève la main droite et fait signe qu'il n'a pas terminé.

— Pour ce qui est de Damien, c'est moi qui

l'ai poussé à s'en aller avant moi. Je sais qu'il suffit que tu le regardes pour être exaspéré.

Tout le monde sourit et le chef admet qu'il n'a guère de sympathie pour Damien.

— Je ne le crois pas capable de grand-chose.

Il hésite. Son regard va de l'un à l'autre puis revient à Hervé.

— Si je dois céder ma place, dit-il, j'espère que ce sera à un autre.

Les vieux ont un murmure et Hervé se hâte de dire :

— Tu n'as pas à céder ta place. Personne n'a le droit de te reprocher de ne pas vouloir quitter ta terre. Seulement, il faut que tu nous donnes pouvoir pour la défendre.

Sur un ton qui trahit un peu d'agacement, le chef réplique :

— Je suis là pour ça !

Hervé feuillette ses papiers. Il prend une page couverte de caractères dactylographiés et la soulève. Avant de la tendre à Mestakoshi, il dit :

— Je suis certain qu'avant une lune tous ceux qui sont partis reviendront.

Le chef fait un geste et une moue qui veulent dire : « Nous verrons, mais je n'y crois guère. » Hervé lui tend la feuille, la pose devant lui et avance un stylo. La grande main brune et ridée de Mestakoshi est immobile sur la table. Elle attend. Tous les regards sont sur elle et sur ce papier, et sur ce petit bâton de matière plastique blanc.

— Ça, explique Hervé, c'est pour ton fils. C'est pour dire qu'il peut signer à ta place.

Il y a un murmure. Le chef reste impassible. Son regard seul interroge Hervé qui précise :

— Y peut signer uniquement pour donner des directives aux avocats. Un accord avec les Blancs, de toute manière ça ne pourrait se faire que si tout le monde avait été consulté.

Le chef respire profondément comme s'il s'apprêtait à soulever une lourde charge. Il avance la main, prend le stylo à bille et le lève pour en examiner la pointe. Ses yeux se posent ensuite sur le texte qu'il ne saurait lire mais qu'il fixe un moment, avec beaucoup d'attention. Le silence est tel que la respiration sifflante de la centenaire s'entend comme le Nordet quand il pique une colère. Lentement, avec application, le chef écrit son nom.

Sans lui reprendre la feuille, Hervé observe :

— Tu n'as pas mis Paul. Il faut le mettre. René aussi s'appelle Mestakoshi et c'est pour lui que tu fais ce papier.

Le vieux n'hésite pas. Tout de suite après son nom, il écrit : « Okik. »

— Je ne suis plus Paul. Quand on veut prendre ma terre, je suis un Wabamahigan. Je n'ai plus à porter le nom qu'un prêtre blanc m'a donné. Je suis Okik, le surnom que m'ont donné les miens qui me voient droit et dur et solide comme le cyprès. Ma femme n'est plus Ursule, elle est Adé la corneille.

Sa voix s'est enflée. Comme il s'interrompt pour se tourner vers les autres, Hervé s'empresse d'intervenir :

— Je comprends, Mestakoshi. Mais ça, c'est au curé qu'il faudra l'expliquer. Il sera là dimanche. Tu lui parleras.

— Je lui parlerai.

— Et moi aussi, dit le chaman.

Après lui, les autres disent tous :

— Moi aussi.

Hervé a plié le papier en quatre. Il plie également les autres dont il n'a rien dit et glisse le tout dans la poche intérieure de sa grosse veste. Il ferme le stylo et le met dans une autre poche. Comme il s'apprête à se lever, Mestakoshi lui dit en souriant :

— Alors, tu vas à Saint-Georges-d'Harricana. Et là, tu vas monter dans un avion pour aller où ?

— Certainement à Québec.

— Tu vas regarder la terre comme seuls les oiseaux et l'esprit des morts peuvent la regarder. Moi, ça ne me fait pas envie. L'homme a été créé pour marcher et pour voir la terre du haut de sa tête posée sur ses épaules. Jamais un Indien n'aurait pensé à faire ce que font les oiseaux. C'est que seuls les Indiens ont reçu la sagesse. Essaie de ne jamais l'oublier.

— J'essaierai, chef Mestakoshi. Ce n'est pas parce que je n'aime plus ma terre que je la quitte, au contraire ; je l'aime et je vais la défendre.

Gravement, le chef dit :

— C'est bien.

Puis, avec le sourire, il ajoute :

— Tâche de ne jamais te prendre pour une oie.

Et son regard se dirige vers le plafond tandis que les autres se mettent à rire. Ils se lèvent tous. Hervé prend un grand sac qu'il hisse sur son épaule. Il les salue. Les vieux le regardent tandis qu'il s'éloigne sans se retourner vers le débarcadère. L'aveugle dit :

— Le pas que j'entends est celui d'un homme plein de sérieux et de gravité.

10

Il y a longtemps que les premiers Blancs sont arrivés ici, mais les pères de nos pères se sont toujours souvenus.

Un grand bateau s'est immobilisé au large. Le chef des Blancs est venu à terre avec quelques marins à bord d'une chaloupe. Le chef des Wabamahigans lui a fait des signes de bienvenue. Le Blanc voulait bâtir une maison. Il lui fallait de la terre. La terre n'était pas à donner, pas à troquer. Le Blanc a fait descendre de son bateau la peau d'un animal inconnu des Wabamahigans. Nous pensons aujourd'hui que c'était la peau d'une vache. Il a dit : « Je veux de la terre grande comme cette peau, pour pouvoir dormir sur le sol. » Les Indiens ont pensé qu'il voulait monter une tente pour se reposer. Nul ne saurait empêcher un voyageur de prendre du repos à l'abri du vent et de la pluie. Ils ont accepté. Et le chef des Blancs leur a donné une pièce d'étoffe en échange de ce droit. Puis il a demandé s'il y avait parmi les Wabamahigans un homme assez adroit pour couper toute la peau de vache en une seule lanière pas plus large que le petit doigt. Beaucoup pouvaient le faire, mais une très vieille femme savait couper mieux que personne. Pour ce travail, le chef des

Blancs donnait quatre boutons et une aiguille d'acier.

La vieille s'est assise sur la grève, et elle s'est mise à l'ouvrage.

Tout le monde l'entourait. Tout le monde admirait son adresse.

Sa lanière de cuir était bien moins large que son petit doigt pourtant très maigre. C'était presque un fil, qu'elle dévidait. Son travail a duré longtemps.

Quand elle a eu terminé, le chef des Blancs a empoigné une extrémité de la lanière et un de ses hommes a pris l'autre. Et ils sont partis chacun dans un sens. Accrochant le cuir aux buissons, ils ont décrit un vaste cercle avant de se rejoindre. Là, le chef des Blancs a dit au chef des Wabamahigans :

— Cette terre est à moi en vertu de l'accord que nous avons conclu.

Et tous les matelots riaient.

Sur cette terre, les Blancs ont édifié la première maison de leur compagnie. Le premier poste de traite. Les Wabamahigans n'ont pas protesté, mais ce souvenir est en eux pour leur apprendre à se méfier des hommes blancs qui parlent de conclure un traité.

RÉCIT D'UN MARIN

Première rencontre avec un Indien

C'est en 1611 qu'eut lieu la première rencontre entre Henry Hudson et un Indien monté à bord du Discovery. *Abacuk Prickett, membre de l'équipage, a raconté l'événement :*

« Notre maître lui donna un couteau, un miroir et des boutons, qu'il reçut avec gratitude, et il fit des signes pour dire qu'après avoir dormi il reviendrait. Quand il vint, il tirait un traîneau chargé de deux peaux de renne et de deux peaux de castor. Il prit le couteau que mon maître lui avait donné et le posa sur une peau de castor, le miroir et les boutons sur l'autre. Le maître lui montra une hachette. Il voulut donner au maître une peau de renne, mais le maître voulait les deux et il les eut. Après avoir fait des signes pour dire qu'il reviendrait après trois nuits, l'Indien partit, mais il ne revint pas. »

11

L'automne a donné encore quatre belles journées que les vieux ont passées près du débarcadère, à jouer et à parler. Ceux dont les enfants sont partis à Saint-Georges levaient souvent les yeux en direction de l'aval. Le chef Mestakoshi regardait vers l'amont. Il savait bien que, pour se rendre jusqu'aux lignes de trappe et en revenir, Népeshi mettrait beaucoup plus longtemps, mais il regardait, par habitude. Par amitié. Au soir du quatrième jour le soleil s'est enfoncé dans d'énormes nuées violettes. Les vieux ont dit :

— Demain, nous ne viendrons pas ici.

Et ce matin, sous un déluge qui a transformé la rue en marécage, ils ont pataugé pour gagner la salle paroissiale. Ils ont allumé le poêle et se sont installés sur des bancs qu'ils ont tirés le plus près possible des fenêtres. Ils jouent aux dames. Ils sont neuf et nul ne souffle mot des événements. Ils font comme si la vie suivait son petit chemin de toujours.

Ils sont encore là à midi, au moment de la sortie de l'école. Ils voient passer les enfants qui courent sous l'averse en faisant gicler la boue avec leurs bottes. Puis la porte s'ouvre et l'institutrice entre. C'est une femme ronde avec une bonne face de lune. Tout le monde ici l'aime bien. Elle enlève son imperméable bleu à capuchon et le pose sur une chaise, elle s'avance vers le chef installé à califourchon sur un banc, en face de son partenaire. Leur partie touche à sa fin, il n'y a presque plus de pions sur le damier. La jeune fille salue et tous disent :

— Bonjour, Denise Rafard.

— C'est au chef que je veux parler, mais j'attendrai que sa partie soit finie.

Les hommes se remettent à leur jeu. Le chaman reprend sa méditation, les mains sur les cuisses, le dos bien droit, sa canne sous ses mains, en travers de ses genoux. L'aveugle est à côté de lui. Immobile, les deux mains serrées sur son long bâton comme s'il voulait grimper à un mât, il parle à mi-voix du temps où il voyait. La jeune femme s'est assise à côté de lui. Il se tait. Elle lui demande s'il n'a besoin de rien qu'elle puisse faire pour lui.

Lorsqu'elle est arrivée de Nicolet, voici deux ans, elle ne connaissait pas un mot de la langue des Wabamahigans, à présent, elle la parle aussi aisément que les gens de la Bande. Dès le début, elle s'est toujours très bien entendue avec tout le monde. Lorsqu'elle part en vacances, il manque quelque chose au village.

Le chef passe une jambe par-dessus le banc et se tourne :

— C'est fini.

La jeune femme se lève, approche une chaise en face du chef, s'assied et croise ses gros doigts boudinés.

— Je viens te voir parce que je suis très en colère contre ton arrière-petit-fils.

Il y a quelques rires parmi les vieux qui se sont arrêtés de jouer ou de parler pour écouter. Le regard brun de Denise Rafard s'assombrit un peu. Elle les dévisage lentement avant de revenir au chef.

— Je n'ai pas envie de rire. Ce matin, j'ai appelé Vincent. Il n'a même pas levé la tête. Quatre fois j'ai appelé. Rien. C'est un bon élève. Je suis allée vers lui et j'ai pris son menton pour l'obliger à lever la tête. J'ai dit : Vincent... Il a craché.

Il y a un murmure général. Les mains de l'institutrice se posent sur sa poitrine qui gonfle son tricot de grosse laine brune.

— Sur moi, il a craché. Ici.

Sa main droite monte et son index se pose sur sa joue rose.

Il y a un autre murmure. Le chef soupire. La jeune femme reprend :

— Il a refusé de parler en français. Il m'a dit : « Je suis pas Vincent. Je suis Mestakoshi fils de Mestakoshi. Ceux qui se vendent aux Blancs ne sont plus des Wabamahigans. Moi je suis un Wabamahigan. »

Elle marque un temps. Les hommes se regardent entre eux. Ils s'interrogent en silence pour savoir ce qu'il convient de faire. S'il vaut mieux rire ou prendre la chose au tragique. Peu à peu, la plupart d'entre eux se redressent. Les yeux s'éclairent.

Comme personne ne se décide à parler, l'institutrice revient au vieux chef et déclare d'une voix ferme :

— Je suis venue te dire que je ne tolérerai pas ça. Si une chose pareille se renouvelait, je demanderais tout de suite à quitter Odenamanitak. Je suis ici pour enseigner le français aux enfants, s'ils refusent de le parler, je n'ai plus rien à faire chez vous.

Elle se lève. Sa lourde poitrine tremble. Le chef se lève plus lentement. Ils sont face à face et se regardent. Lui tourne le dos à la fenêtre et son visage se trouve mal éclairé, elle, au contraire, fait face à la lumière grise. Ses joues qui s'étaient empourprées pendant qu'elle parlait sont à présent beaucoup plus pâles que d'habitude. Sa voix vibre un peu lorsqu'elle lance :

— Que tu exiges, chef Mestakoshi, que tout le monde t'appelle par ton nom indien, je le comprends. Mais je ne sais pas si tu l'obtiendras du curé. Il vient dimanche. S'il te dit : « Bonjour chef Paul » on verra bien si tu lui craches au visage !

Elle écarte sa chaise d'un mouvement brusque, fait un pas de côté puis se dirige vers la porte. Au passage, elle ramasse son ciré. Elle veut l'enfiler sans s'arrêter. Comme elle est trop énervée pour y parvenir, elle sort sous l'averse tête nue, avec son imperméable sur le bras. Tous les vieux la regardent. Personne n'a envie de rire.

12

Quand le chef rentre chez lui, tout le monde est là. Il regarde Vincent et dit :

— Habille-toi pour la pluie.

— On va manger, dit Adé.

— Mangez sans nous. Nous avons à sortir.

— J'ai faim, dit l'enfant.

— Moi aussi, mais il faut sortir.

Il a décroché sa carabine 22. Il met dans sa poche un petit sac de cartouches à balles et une ligne enroulée sur une planchette. Il prend également sa hache. L'enfant le regarde. Puis il se tourne vers les autres. Personne ne souffle mot.

— Prends ta hache et viens !

— Il n'est pas habillé, dit Adé.

— Je lui ai dit de s'habiller.

Le ton et le regard sont fermes. Vincent s'habille. Il met un gros blouson de laine et une pèlerine de caoutchouc verte à capuchon. En sortant, l'homme prend trois pagaies qu'il donne à l'enfant.

— Porte ça.

Ils vont le dos courbé sous l'averse, en direction de l'embarcadère. Quand ils y parviennent, Vincent demande :

— Où on va ?

— Pêcher.

— J'ai faim. Puis il y a l'école.

Le vieux chef ne répond pas. Il pose sa hache et sa carabine sur le ponton et s'approche de son canoë que la pluie a à demi empli d'eau. Il va chercher, sous un fût retourné, une pelle d'écorce arrondie et profonde. Il la tend à Vincent.

— Va vider l'eau.

— Pourquoi ?

— Pour embarquer.

— Pourquoi tu fais ça ?

Sa voix n'est pas très assurée. Il doit se retenir pour ne pas pleurer.

— Quand tu auras compris pourquoi, c'est toi qui m'en parleras.

L'enfant serre les lèvres sur sa rage et commence à vider le canoë. Le vieux demeure planté au bord du ponton à l'observer. Il est parfaitement insensible aux gifles glacées de la pluie. Comme l'enfant va plus lentement, il remarque :

— Plus tu iras vite, moins tes mains auront froid.

La marée monte. Sous le crépitement gris de l'averse, on devine les courants contrariant les lames soulevées par le vent. Quand il ne reste presque plus d'eau dans l'embarcation, le vieux passe les haches, la carabine et les pagaies à l'enfant et embarque à son tour. Ils poussent au large et se mettent à ramer ferme. Le vieil homme pique en biais vers la rive sud. À mi-chemin, alors que les arbres sont déjà bien visibles dans cet univers brouillé, l'enfant se retourne pour dire :

— On va pas pêcher là. C'est pas bon.

— Je sais. As-tu pris de la viande, pour amorcer ?

— Non.

— Il faut donc que tu commences par tuer une bête.

Le garçon se remet à ramer, mais ses gestes sont plus brutaux.

— Tire plus long !

Il obéit. Bientôt ils abordent au fond d'une petite anse sur une plage de gravier. Les saules s'ébrouent sous les rafales. Les bouleaux lâchent au vent leurs dernières feuilles qui luisent en filant avec la pluie, plus grises que jaunes. Le vieillard tend la carabine à l'enfant ainsi que quatre cartouches.

— Va chercher de la viande pour pêcher.

L'enfant regarde les cartouches et dit :

— Avec des balles, qu'est-ce que je peux avoir ?

— Tout.

— J'aime mieux du plomb.

— Je n'en ai pas pris. Un vrai Wabamahigan est toujours très adroit.

Vincent a le visage fermé sur sa colère. Il fait trois pas sur la berge et charge son arme. Les autres balles vont au fond de sa poche.

— Et n'oublie pas que c'est en voulant aller vite que le chasseur prend le plus de temps.

L'enfant disparaît entre les touffes de ronces et de saules nains. Le vieux va s'adosser à un tronc de bouleau, le dos au vent, et sort sa pipe dans laquelle il souffle à plusieurs reprises avant de la plonger dans sa blague en peau d'orignal. Son index bourre à tâtons. Il prête l'oreille un moment avant de se cacher sous son capuchon tiré sur le côté pour allumer. Il souffle trois grosses bouffées puis tend à nouveau l'oreille. Le vent, la pluie et les vagues sont le seul bruit. L'enfant est sans doute déjà loin.

Le vieux chef a presque fini sa pipe lorsqu'il

entend claquer la détonation sèche de la carabine. Il attend un moment. Plus rien. Alors il sourit. Et il reprend sa position un peu affaissée, la tête dans les épaules, les bras repliés sur la poitrine, le droit se levant par moments, juste ce qu'il faut pour retirer la pipe le temps que parte au vent un long jet de salive.

L'enfant revient bientôt. Il saute du haut de la berge sur les galets en montrant un écureuil roux qu'il tient par les pattes de derrière.

— Je l'ai eu en haut d'une épinette, assez loin. En pleine tête.

Le vieux prend le petit animal qui a encore son pelage de l'été, d'un brun sourd à reflets olivâtres. Il l'examine et dit :

— Tu vois, avec du plomb, tu risquais de le blesser et qu'il aille crever très loin.

Il reprend la carabine et tend sa large main où l'enfant pose les trois balles qu'il tire à regret de sa poche.

— Prépare tes amorces.

Cette chasse a détendu Vincent. Il sourit. Il sort de sa poche un couteau à manche rouge qu'il ouvre. La lame fend le ventre de l'écureuil, puis tranche la peau des cuisses qu'il dépouille entièrement. Il coupe aux jointures et arrache les deux cuisses. Le vieux tire de la poche arrière de sa veste un sac de plastique qu'il lui tend.

— Mets tout.

Vincent jette l'écureuil dépecé dans le sac qu'il roule et va placer à l'avant du canoë. Il lave son couteau et ses mains, range le couteau puis pousse l'embarcation. Avec le sourire, il dit :

— Viens vite, j'ai faim.

— Conseille à ton ventre de se taire. La truite n'aime pas les gens pressés.

— La truite ?

— Oui. Je veux une truite.

Cela signifie qu'ils doivent monter jusqu'au pied du premier rapide car, à cette saison, la truite à chair rose ne descend guère dans l'estuaire. Le visage de Vincent s'est de nouveau rembruni. Avant de pousser sur sa pagaie, il grogne :

— Pourquoi ?

— Je t'ai dit : quand tu auras trouvé, c'est toi qui m'en parleras.

Le canoë monte le long de la rive. Il faut un long moment avant d'atteindre l'endroit d'où l'on entend le bruit du rapide se mêler à celui de la tempête. Car le vent est de plus en plus violent. De plus en plus froid aussi, il commence à mêler aux grosses gouttes des flocons de neige à moitié fondue. Le ciel est si bas qu'on croirait déjà voir s'avancer le crépuscule.

— Tâche de te dépêcher, lance le chef, je n'ai rien pour monter un abri. Par ce temps, je n'aimerais guère passer la nuit dehors.

— J'ai froid.

— Moi aussi.

— Pousse au large, ordonne l'enfant.

Le vieux obéit, il fait virer le canoë et le dirige droit sur le lieu où bouillonne la pointe du triangle d'eau lisse. L'enfant a posé sa rame et s'occupe d'amorcer sa ligne. Prenant le fil, il le fait tourner au-dessus de sa tête et lance. Entraînée par le plomb, la viande d'écureuil s'en va plonger dans les remous. Le vieux joue des poignets sur le manche de sa pagaie pour maintenir le canoë au centre du large tourbillon qui l'entraîne vers l'aval. Le garçon retire lentement sa ligne. Chaque vibration imprimée par le courant le fait tressaillir. Son visage est tendu. La pluie a collé des mèches noires sur son front où l'attention creuse une ride. Quand l'amorce sort de l'eau, le chef dit :

— Prends ta rame, faut remonter.

Ils se rapprochent de la rive pour profiter du contre-courant et recommencent leur manœuvre. La pluie et le vent redoublent. De temps en temps, le vieux doit prendre la pelle d'écorce et vider le bateau. Ils sont trempés et le froid les pénètre, mais ni l'un ni l'autre ne donnent le moindre signe de lassitude ou d'impatience. Le jour est de plus en plus gris. La nuit déjà ruisselle des nuées bien avant l'heure du crépuscule.

13

Pour nous nourrir et nous vêtir, nous n'avions que les animaux des lacs, des rivières, de la forêt. Parfois en abondance, parfois si peu qu'il pouvait arriver que les plus faibles meurent de faim.

À la fin des automnes et tout le long des hivers, la pêche était dure. Mais les Wabamahigans n'ont jamais redouté le froid. Ils savent endurer toutes les douleurs sans se plaindre, sans se mettre en colère, sans en vouloir aux Forces qui peuvent le bien et le mal. Dans mon enfance, durant des journées, toute la famille restait accroupie au bord de l'eau depuis l'aube jusqu'à la dernière lueur du soir. Les hommes coupaient des branches d'épinettes et les dressaient pour détourner un peu le Nordet. On se tenait à dix pas l'un de l'autre, immobiles, les doigts gourds crispés sur notre ligne. Dès qu'un poisson était tiré de l'eau, le froid le raidissait. Il nous arrivait de casser la glace jusqu'à dix fois au cours du jour. Et tout ça pour un ou deux poissons pas bien gros, ou pour rien du tout.

J'ai dans la tête les visages de certains Blancs qui tenaient le comptoir de la Compagnie de la baie d'Hudson. J'en revois un gros à barbe noire avec des petits yeux comme ceux de la moufette rayée. Il nous payait une peau de renard argenté entre douze et treize piastres. Un trappeur m'a dit un jour que de l'autre bord des mers, ça se vendait deux cents piastres. Une peau de loutre, il nous la prenait à deux piastres. Il payait en farine, en thé, en allumettes, en poudre, en plomb, en pièges de métal. Là-dessus, il gagnait autant que sur les peaux, dans l'autre sens. Tu étalais un bout de tissu sur la banque, et il te mettait la marchandise dedans. Si tu avais de trop, il ne donnait jamais d'argent. Il signait un bon.

— La prochaine fois, si tu n'as rien trappé, tu seras bien content que je te donne tout de même de la farine.

Et ils étaient tous comme lui. Mais lui, je le détestais à cause de ses yeux, de sa mauvaise graisse et de sa façon de rire si tu demandais davantage.

PROPOS D'UN CHASSEUR AMÉRICAIN

Ces Indiens sont vraiment incroyables, ils se battent pour conserver leurs terres et leur droit d'y pêcher et chasser. Mais ils ont leurs règles à eux et personne n'est foutu d'y comprendre quoi que ce soit. J'en ai rencontré un qui refusait de tuer les martres et qui m'a dit qu'un autre Indien l'avait prévenu que toutes les martres lui appartenaient. Je lui ai fait observer qu'il était pourtant sur ce qu'il appelle sa terre. Il m'a répondu : « Oui, mais les martres sont à mon ami. Je n'ai pas le droit de les tuer. » Comment voulez-vous qu'un accord soit possible avec ces gens-là ?

PROPOS D'UN PÊCHEUR AMÉRICAIN

Nous avons payé un guide indien pour nous mener sur les lacs. Nous n'avons presque rien pris. Les Indiens sont des voleurs. Ils nous demandent de l'argent pour nous guider vers des lacs où il n'y a plus de poisson et gardent pour eux les lacs où il y en a.

14

Le jour avait déjà bien décliné lorsque Vincent finit par prendre une truite. Avant, il avait sorti de l'eau d'autres poissons de moindre qualité, mais le vieux chef voulait une truite. Il était temps. À peine avaient-ils amorcé leur retour vers la Longue Île que la pluie s'est brutalement transformée en une grosse neige lourde, toute gorgée d'eau glacée. C'est à peine si l'on voyait à deux longueurs de canoë devant soi. Mais le vieux connaît le fleuve.

Au moment où ils abordent, alors que la neige tombe de plus en plus serrée, Vincent dit en lançant sa truite sur le ponton :

— Je l'ai prise à temps. La neige allait nous obliger à rentrer.

— Non. À cette saison, la neige ne dure jamais longtemps.

— La nuit est pas loin.

— Tu sais bien que c'est le meilleur moment.

Ils sortent les pagaies, la carabine, les haches et les autres poissons. La neige tient sur le bois et sur les touffes d'herbe. Sur la terre, elle fond à mesure qu'elle tombe. Les bottes claquent dans la boue grasse. Ils montent et s'engagent entre les maisons. La lueur des fenêtres est déjà plus vive que celle du ciel, et les tourbillons de neige paraissent plus épais quand ils traversent les clartés. Vincent dit d'un ton un peu railleur :

— T'es content. Tu l'as, ta truite !

— Tu sais bien qu'elle n'est pas pour moi.

Ils marchent sans parler jusqu'à hauteur de leur maison. Là, comme l'enfant oblique vers la porte, le vieux dit :

— Non. On commence par porter la truite.

— À qui ?

— Tu le sais aussi bien que moi.

Vincent émet un grognement, courbe un peu plus l'échine sous les rafales et reprend sa marche. Ils passent devant la salle paroissiale. La génératrice ronfle. Derrière les vitres embuées, on voit les ombres des joueurs de dames. Arrivés à quelques pas de la maison qu'habite l'institutrice, le vieux s'arrête. Vincent l'imite et reste le capuchon rabattu sur les yeux.

— Tu vas dire en français : Denise Rafard, je suis allé pêcher pour toi. Parce que ce qui vient du grand Sipawaban est pur et efface toutes les souillures.

L'enfant demeure figé. Caché sous son ciré.

— Tu te souviendras ?

Le capuchon se secoue un peu de haut en bas et de la neige restée dans un pli tombe sur l'épaule du garçon et glisse. Ils font les quelques pas qui les séparent de la maison. La fenêtre est éclairée mais un rideau empêche qu'on découvre l'intérieur.

— Entre le premier.

Vincent hésite un instant puis ouvre doucement la porte. L'institutrice est assise, le nez au mur, à une petite table encombrée de livres et de cahiers. Elle se retourne. Le vieux tire en arrière le capuchon de Vincent dont le visage ruisselant apparaît. L'institutrice se lève et approche.

— Parle, souffle le chef.

En français, Vincent dit :

— Denise Rafard, je suis allé pêcher...

Sa voix se noue et un énorme sanglot crève. La jeune femme se précipite et se baisse. Prenant l'enfant dans ses bras qu'elle a glissés sous l'imperméable, elle le serre contre elle et dit :

— Comme tu as froid... comme tu as froid...

Le vieux qui s'est retourné pour fermer la porte enlève son ciré et s'essuie le visage longuement. Une larme s'est mêlée à la pluie. La jeune femme vient d'aider l'enfant à se débarrasser de son imperméable et de son tricot de laine trempé.

— Enlève tes bottes.

— Non, dit le vieux. On ne reste qu'un instant. Je crois que tu n'as pas dit tout ce que tu devais dire, petit.

— Oui oui. Il me l'a dit à l'oreille.

Vincent rit à travers ses larmes. Il regarde une casserole émaillée posée sur le poêle à huile. Il dit dans la langue des Wabamahigans :

— Puis tu sais, on est partis sans rien manger. Et sans rien emporter. Et si j'avais pas pris la truite ce soir, j'aurais retourné le canoë, j'aurais dormi dessous et j'aurais encore pêché demain. Et comme ça jusqu'à ce que je prenne la truite pour toi.

Il s'est redressé. Son œil noir est plein de fierté. Le vieux sourit. La jeune femme regarde la truite posée sur la toile cirée de la table qui se trouve au centre de la pièce.

— Elle est très belle. Mais quand je pense que tu pouvais rester jusqu'à mourir de froid et de faim...

— Oh non. J'aurais fait du feu. J'aurais mangé du poisson...

— En attendant, tu vas manger avec moi. (Elle fixe le vieux.) Et toi aussi, chef Mestakoshi.

Elle a insisté sur le nom. Leurs regards s'étreignent un moment, à la fois durs et pleins d'affection.

— C'est vrai qu'on a un peu faim, avoue le vieux en riant.

L'institutrice soulève le couvercle de sa casserole.

— C'est du bœuf à la tomate, dit-elle. Je vais ouvrir une autre boîte, ce sera vite chaud.

Une buée parfumée emplit la pièce. L'institutrice pose trois assiettes sur la table, trois tasses, des fourchettes et des couteaux. Elle approche les deux chaises et va chercher un tabouret dans la pièce voisine qui doit être sa salle de douche.

— Tu prendras ça, dit-elle au garçon. À ton âge, on n'a pas besoin de dossier.

Son visage large et ses yeux bruns ronds qui semblent saillants rient beaucoup. Ses mains font tout avec adresse. Elle va chercher un paquet de pain tranché qu'elle ouvre. Elle apporte aussi sur la table une boîte de biscuits, un pot de marmelade d'orange et un petit fromage à croûte jaune. Elle coupe une portion de fromage qu'elle étend sur une tranche de pain. Elle pose l'autre tranche par-dessus.

— Tiens, toi qui as si grand-faim, en attendant que la viande chauffe, mange ça.

Elle verse du thé dans les tasses et vient s'asseoir. L'enfant mange. La jeune femme et le chef le regardent un moment, puis leurs yeux se cherchent sans vouloir se trouver vraiment. Ils se croisent et ils fuient. Et ils reviennent. Plusieurs fois ainsi avant de s'accrocher vraiment. Les lèvres charnues de Denise Rafard s'entrouvrent sans qu'il en sorte un son. Finalement, elle se décide :

— Si le village s'en va, je serai bien obligée de suivre. Mais si j'étais le chef des Wabamahigans, jamais je ne partirais.

— Moi, je partirai pas, dit le garçon sans s'arrêter de manger.

La jeune femme les regarde tour à tour. Elle hésite un moment avant de dire à Vincent :

— Mais les Blancs, il faut pouvoir discuter avec eux. Si tu connais bien le français, tu pourras mieux te défendre et défendre ta terre.

— C'est vrai, dit le chef. Il faut le connaître et refuser de le parler.

Les yeux de l'institutrice s'agrandissent et son visage reflète l'étonnement.

— Quelle drôle d'idée !

— Tu écoutes ce qu'ils disent, tu as compris, le traducteur parle. Et le temps qu'il met te permet de réfléchir. Tu entends deux fois ce qu'on te dit. C'est plus sûr. J'ai dit à mon fils et à Hervé qu'ils devraient faire comme ça. Ils ne le font pas. Ils sont trop fiers de montrer qu'ils comprennent. Et des fois, je suis sûr qu'ils ont compris de travers.

La jeune femme se met à rire. Ses grosses boucles d'oreilles en métal blanc tressautent et lancent des éclats. Puis son visage redevient sérieux. Elle se lève pour aller chercher sa casserole, mais, avant de l'apporter au centre de la table où elle vient de poser un dessous-de-plat en liège, elle demande :

— Toi, chef Mestakoshi, tu es encore mieux pour parler avec les Blancs. Tu es loin. On t'apporte leurs paroles, tu vas à la pêche, tu y penses et après tu peux répondre.

— Je n'ai pas besoin d'aller pêcher, je sais ce que je veux.

Elle vient leur servir le bœuf à la tomate. Dans la sauce, il y a des morceaux d'oignon et quelques rondelles de carotte. La buée monte des assiettes et Vincent flaire à petits coups.

— Tu aimes ça ?

— Oh oui !

Ils mangent un moment en silence. Puis l'institutrice demande à Mestakoshi :

— Tu sais ce que tu veux. Et les autres ?

Le vieux chef achève de mastiquer une bouchée. Son menton monte très haut à chaque mouvement de sa mâchoire. Ses lèvres se plissent et son nez remue.

— Tout le monde peut aller pêcher. Le fleuve peut parler à tout le monde. Mais peut-être que les jeunes n'entendent déjà plus son langage.

Il hésite. Il lève sa fourchette où il a piqué un morceau de viande. Il la tient à mi-chemin entre son assiette et sa bouche. La sauce goutte lentement. Il la repose pour hocher longuement la tête avant d'ajouter :

— Je ne dis pas ça pour toi, Denise Rafard, toi, tu es avec nous pour nous aider, mais tu vois, ça, c'est encore une chose qui nous vient des Blancs. Depuis qu'ils ont des moteurs pour aller sur l'eau, les Indiens n'écoutent plus ce que dit la rivière. Depuis qu'ils ont des skidoos, ils ne peuvent plus entendre ce que disent la neige et le vent.

15

Nous sommes vieux et nous avons vu bien des choses. Nous avons vu ce que nos fils ne pourront jamais voir parce qu'ils n'ont pas les mêmes yeux que nous. La fréquentation des Blancs a changé leurs yeux.

Nous avons écouté les bruits et le silence de la forêt. Jamais nos fils ne pourront les écouter de la même manière. Les machines leur ont changé les oreilles.

Les bruits et le silence de la forêt nous ont beaucoup enseigné. Ils nous ont donné des leçons que nous ne pouvons oublier. Nous ne pouvons pas les transmettre car seule la forêt détient le secret.

Nous sommes vieux, mais notre mémoire est fidèle. Elle se souvient du temps des chiens et des canoës d'écorce sans moteur. Elle se souvient des saisons qui passaient sans que rien ne vienne troubler les bruits et le silence de la taïga.

Notre route a été longue mais nous n'avons rien perdu en chemin de ce que les pères de nos pères nous ont enseigné. Nous sommes vieux et la vie en forêt nous a révélé les vertus de la terre. Ces richesses qu'elle nous prodigue et que des lois plus fortes que celles des hommes nous interdisent de lui arracher.

Nous autres, les vieux, nous ignorons la langue des Blancs et nous ne voulons pas l'apprendre. Nous sommes ici chez nous et c'est aux visiteurs qu'il appartient d'apprendre notre langue. Pourtant ceux qui nous prennent tant de richesses nous font cadeau de leur langue. C'est la seule chose qu'ils nous offrent et nous n'en voulons pas. C'est notre langue qui sait parler des bois, des rivières, des lacs, des animaux, du ciel et de la terre.

Mais même dans notre langue, il y a des choses que nous ne pourrons jamais exprimer.

Quand on nous annonce que les Blancs veulent prendre notre terre, nous ne trouvons pas de réponse parce que notre cœur se glace. Quand nous apprenons qu'ils voudraient faire couler vers le Couchant des rivières qui ont toujours poussé leurs eaux vers le soleil levant, nous ne savons pas quoi dire parce que notre cœur devient lourd comme une pierre. Il pèse sur notre poitrine et empêche les mots de monter à nos lèvres.

Toute cette malveillance, ces projets diaboliques remuent notre passé au fond de nous et font renaître les visages disparus. Ils tirent des profondeurs de la nuit éternelle des êtres de notre sang morts depuis des éternités et qui se lèvent pour crier de douleur. Leur souvenir s'est perpétué jusqu'à nous par la volonté des gens de notre race qui ont admiré leur savoir et se sont transmis leur histoire de génération en génération.

Nos pères qui les tenaient de leurs pères nous ont appris l'essentiel de ce que notre peuple ne doit jamais oublier, s'il ne veut pas mourir. Ils nous ont appris que la terre est notre mère et que nous n'avons aucun droit sur elle. Si le maître de la vie nous a fait naître sur cette terre, personne n'est en droit de nous en chasser. Lui seul le pourrait mais ne le veut pas. Notre mère est immense et notre amour pour elle est à la mesure de son immensité. Et nous serions condamnés à mourir de honte jusqu'au dernier si nous acceptions l'idée de vendre notre mère.

Nos pères nous ont raconté l'histoire du chef des Wabamahigans d'il y a bien longtemps.

Alors que des Blancs descendus de leur bateau voulaient chasser son peuple pour s'établir à sa place, le chef est tombé à genoux devant eux. De ses doigts crispés il a arraché une poignée de terre qu'il a embrassée puis serrée contre sa poitrine en disant : « Nous vous offrirons tout ce que nous possédons et qui peut s'emporter, mais jamais nous ne vous céderons un pouce de notre terre. » Ces paroles sont en nous comme le chant du vent dans les arbres, comme le grondement des chutes d'eau, comme le craquement des glaces sur les rivières quand revient le printemps. Ces mots sont en nous comme le roulement sourd du galop des caribous en migration. Comme le hurlement du Loup blanc qui a conduit jusqu'ici Tiska la mère de notre peuple. Le Loup blanc : Wabamahigan.

L'ÉCHO *DE SAINT-GEORGES-D'HARRICANA*

Le Nord livre ses secrets

Sur le site des futurs chantiers de construction des barrages, le gouvernement du Québec a dépêché quelques équipes d'archéologues. D'importantes découvertes ont déjà été faites qui prouvent que les territoires de la baie James sont habités par les Indiens depuis plus de cinq mille ans. Ce qui intéresse surtout les chercheurs, ce sont toutes les découvertes qui permettent de situer l'emplacement des premiers lieux d'habitation et leur organisation. Ainsi ces travaux qui n'étaient, à l'origine, destinés qu'à nous fournir de l'électricité, vont-ils se révéler d'une extrême importance sur les plans historique et scientifique. Grâce à eux, nous allons pouvoir connaître et comprendre beaucoup mieux le mode de vie des Amérindiens en Amérique du Nord, bien avant l'arrivée des premiers Européens.

Lorsque les barrages seront mis en eau, tous

les sites inondés auront livré leurs secrets. Et personne ne pourra reprocher aux constructeurs d'avoir noyé le passé de notre pays sous les eaux des temps modernes.

16

Lorsque Mestakoshi et Vincent sortent de chez l'institutrice, la neige tombe toujours. Le froid s'est resserré et les flocons sont moins chargés d'eau. Sur le bourbier de la rue, une couche s'est formée, déjà épaisse. La lueur des fenêtres éclaire des ornières où luisent des reflets parcourus de frissons. Des boules lourdes claquent contre les murs de planches qui sonnent sourdement. Des cris d'enfants courent dans la nuit. Plusieurs voix appellent :

— Vincent ! Vincent !

Le garçon lève vers le chef un regard plein de plaisir. Le vieux tend une main et dit simplement :

— Donne.

Le garçon lui passe les pagaies qu'il portait.

— Allez, va !

Il n'a pas attendu l'ordre pour détaler et ses bottes font gicler la boue.

À peine Mestakoshi a-t-il ouvert la porte de sa maison que Jeanne se précipite :

— Où est-il ?

— Avec les autres.

— Qu'est-ce que tu lui as fait ? Il a pas mangé.

— Il a très bien mangé.

— C'est mon fils, j'ai le droit de...

La jeune femme veut sortir mais le vieux demeure le dos à la porte qu'il vient de refermer.

— C'est mon arrière-petit-fils. Et c'est un Wabamahigan.

— S'il doit être puni, c'est à moi...

— Tais-toi !

La jeune femme ravale ce qu'elle allait dire. Son regard est lourd de colère. Adé et Louise se sont avancées et se tiennent l'une à sa droite l'autre à sa gauche. Le chef se met à rire :

— Trois femmes ne me font pas peur.

Doucement, sans une ombre de mauvaise humeur, Adé se met à parler :

— Je sais ce que tu as fait. Mon âge me permet de comprendre, mais ta petite-fille et la femme de ton fils sont trop jeunes pour comprendre.

Le vieil homme soupire et fait un pas sur la droite pour passer. Il va jusqu'au banc, enlève son imperméable, puis s'assied pour retirer ses bottes. Les trois femmes se sont retournées sans se déplacer. Elles ne le quittent pas des yeux. Après un long silence, la vieille reprend :

— Il y a beaucoup de choses qui changent dans ce monde et que tu n'empêcheras pas de changer.

D'un ton un peu aigre, Louise dit :

— Il voudrait que le monde entier vive à sa manière. Pourtant, Jeanne était pas née et moi non plus quand il a acheté une motoneige.

Jeanne s'empresse d'intervenir :

— Paraît même que c'était la première du village. Et le moteur hors-bord aussi. Et il en était fier. Ben moi, je dis que si Vincent...

Elle s'interrompt. Le vieux vient de se lever. Les poings serrés, il fronce les sourcils. Son regard va d'un visage à l'autre des deux jeunes femmes. Sa belle-fille est la première à baisser les paupières. Jeanne lutte encore un moment, puis, pour ne pas céder vraiment, elle se tourne vers Adé et dit d'une voix où se sent tout de même un peu de crainte :

— Un jour, les Wabamahigans seront seuls... tout seuls.

Faisant demi-tour, elle enfile en hâte ses bottes restées à côté de la porte et sort en lançant :

— Je vais chercher mon petit.

Adé se tourne vers son homme, mais le vieux chef se tient voûté, les coudes posés sur les genoux. Son regard fixe le sol entre ses pieds nus aux larges ongles recourbés et déformés. Après un long moment d'immobilité, il sort sa pipe qu'il bourre lentement.

17

La neige n'a pas tenu. Il en reste par plaques transparentes sur la mousse à caribous qui la colore de jaune. La rue est un marécage où flottent des papiers souillés, des bidons et des boîtes de conserve.

C'est dimanche. Au milieu de la matinée, Mestakoshi a vu passer le curé qui pataugeait, de la boue à mi-bottes. Le vieux chef s'est tenu en retrait de sa fenêtre, mais le prêtre était trop occupé à éviter les flaques les plus profondes pour regarder vers les maisons. Adé qui le guettait aussi a dit en ricanant :

— Pour un peu, il pouvait aller jusqu'à l'église avec son bateau.

Les trois femmes se sont préparées pour se rendre à l'église. Vincent était déjà parti avec d'autres enfants qui l'avaient appelé au passage. Adé a demandé à son homme :

— Tu viens pas ?

Il a fait non de la tête et s'est approché de la vitre où un petit crachin plaquait des gifles de grisaille. Il a regardé les femmes s'éloigner. D'un pas fatigué, il est allé s'asseoir sur une chaise, près du fourneau où le bois humide charbonne. Il demeure un long moment immobile, puis, lentement, comme chargé d'un fardeau énorme, il se lève et va enfiler son grand ciré jaune à capuchon. Il prend sa hache et il sort.

Le froid est pénétrant. Le ciel adhère à la forêt où les troncs des bouleaux dessinent leur résille sur les épinettes. Mestakoshi va derrière sa maison et ouvre la porte branlante de la petite remise où se trouvent ses filets, ses lignes, des bidons et tout un matériel de trappe et de chasse pendu aux poutres du toit ou accroché aux murs de planches. Il y a également là trois moteurs de bateau et deux motoneiges. L'une est presque neuve, l'autre est d'un modèle qu'on ne fabrique plus depuis bien des années. Elle a un guidon en bois, une belle selle en cuir roux patiné et luisant. Le vieux chef la regarde un moment sans rien dire, l'œil comme perdu, un peu vide. Il la secoue en écoutant remuer l'essence dans le réservoir puis, empoignant le guidon, il pose son pied gauche sur la pédale de démarrage et appuie de tout son poids. La pédale cède mais le moteur tousse à peine. L'homme recommence, toujours calme. Après une dizaine d'essais, il s'arrête pour reprendre son souffle, s'accroupit à côté de l'engin et appuie sur le petit levier qui appelle le carburant. Il recommence à actionner la pédale. Le moteur tousse plusieurs fois en crachant de la fumée bleue dont l'odeur emplit la pièce basse. Il finit par se mettre en marche. Sa pétarade est assourdissante. Le chef joue un moment avec la manette des gaz pour régler. Son visage se tend. Son regard s'assombrit. Il semble habité d'une grande douleur.

Il laisse chauffer un peu le moteur avant d'augmenter la puissance. Il lâche lentement l'embrayage. Il n'a pas enjambé la selle, penché à droite sur le guidon, il accompagne la motoneige et doit se coller contre pour passer la porte. La chenillette crisse sur la terre battue. Dès que le seuil est franchi, elle mord dans la boue où s'enfonce le patin directeur. Sans marquer d'arrêt, le vieil homme s'assied en amazone et accélère. Depuis tant d'années qu'il utilise cette machine, il a eu cent fois à franchir des étendues de neige pourrie. Il sait parfaitement comment conduire sur les sols gluants. Son visage s'est détendu. Son regard scrute la rue parfaitement déserte. Seuls quelques chiens crottés jusqu'à l'échine le regardent passer. On dirait qu'une espèce de joie un peu féroce a dominé cette douleur qui l'habitait il y a un instant encore. Son regard se porte vers l'extrémité de la rue qui s'ouvre sur une étendue déboisée où subsistent des traces de neige. Il semble que l'envie le tienne d'aller jusque vers la forêt. Il s'arrête pourtant devant l'entrée de la salle paroissiale, à trente pas de l'église. Il coupe les gaz. La voix grêle, presque fêlée, de l'harmonium grelotte dans les bourrasques. Mestakoshi laisse sa motoneige au milieu de la rue et retourne à sa resserre. Il charge sur son épaule gauche le plus vieux des moteurs à bateau et prend sa hache de la main droite. Il sort. Du pied il repousse la porte et s'en va poser le moteur contre la selle de la motoneige. Gardant sa hache à la main, il va s'adosser au mur de la salle paroissiale, juste à côté de la porte. Immobile, insensible au vent mouillé, sa hache contre sa jambe, il bourre sa pipe et se met à fumer. Son visage ne reflète plus ni douleur ni envie. Son regard s'est détaché des deux engins qui font une tache rouge et noire dans ce matin où la couleur de la boue semble se refléter jusque sur les nuées.

L'harmonium qui s'était tu reprend. Le vieux chef glisse dans sa poche sa pipe qui vient de s'éteindre. Des voix montent. Elles durent un moment et, lorsqu'elles se taisent, la porte de l'église s'ouvre.

Les premières personnes qui sortent regardent avec étonnement la motoneige et le moteur de bateau. Mestakoshi ne bronche pas. Il continue de fixer l'infini.

Très vite, des groupes se forment. On parle. Adé et Amo sortent en tenant de chaque côté la centenaire qu'elles aident à marcher ; tout de suite derrière, viennent le chaman et l'aveugle. Mestakoshi empoigne sa hache et se dirige lentement vers ses deux engins en louvoyant entre les groupes. Tous les regards se tournent vers lui qui ne semble s'intéresser à personne. Il a pourtant vu, du coin de l'œil, le curé debout sur le seuil de l'église.

Le vieux chef va jusqu'à sa motoneige et s'arrête. D'une voix forte et très assurée il lance :

— J'ai été le premier des Wabamahigans à posséder un skidoo. Le premier à acheter un moteur de bateau. Avec ça, je me croyais un homme supérieur aux autres. J'étais fier. Je me croyais plus fort.

Il marque un temps. On dirait soudain que les mots passent moins facilement sa gorge. Il contemple tout le monde avant de poursuivre :

— J'ai eu tort. Les chiens ne boivent pas de pétrole. Ils ne tombent pas en panne. Dans la tempête, ils savent retrouver le chemin du village. Les pagaies sont moins lourdes qu'un moteur.

Il s'arrête encore pour faire des yeux le tour des visages. Un cercle s'est formé, assez large, autour de lui et de ses deux machines. Au passage, l'œil de Mestakoshi remarque le prêtre, en retrait, toujours en haut de l'escalier de l'église. Le silence est aussi dense que les paquets de crachin qui fouettent les visages immobiles. Les enfants sont au premier rang. Vincent regarde intensément le vieux chef.

Une interminable minute s'écoule. Mestakoshi respire profondément, puis, empoignant sa hache à deux mains, il la lève, le tranchant tourné vers le ciel. D'un grand geste, il frappe du talon de l'outil qu'il utilise à la manière d'une masse. Il cogne de toute sa force sur le métal d'où chaque coup tire des étincelles. La tôle se tord, des morceaux giclent dans la boue. Le phare vole en éclats. Quand le réservoir tordu se perce, l'essence coule. Sans cesser de frapper, le vieux lance d'une voix que l'effort rend plus rugueuse.

— Poison de l'air... poison de la terre !

Personne ne bouge. Personne ne dit mot. Personne, non plus, ne remarque le départ du prêtre qui rentre dans son église et referme la porte.

Le vieux chef continue de cogner comme il ferait pour abattre un arbre, sans que son visage porte trace de colère.

S'arrêtant de taper, Mestakoshi prend sa hache d'une main par le milieu du manche et marche vers sa maison. Le cercle s'ouvre devant lui. Son visage glacé s'éclaire quand la main de Vincent vient se couler dans la sienne.

Tout le monde regarde s'en aller dans la boue le vieillard et l'enfant.

Dans ce milieu de jour, on dirait que la nuit monte déjà. Tout est baigné d'une eau sans reflet. L'eau terne des fins d'automne, quand la forêt a perdu son éclat et que domine la tristesse des épinettes noires.

DEUXIÈME PARTIE

LE WIGWAM

18

Les trois femmes ont suivi le vieux et l'enfant. Elles sont entrées alors que le chef rechargeait le fourneau. Personne n'a prononcé un mot. Ils ont mangé dans un silence épais que ni le vent ni les bruits du repas ne sont parvenus à soulever. Un silence qui semblait avoir éloigné la maison du monde habité par les hommes. Même Vincent n'osait parler. Il regardait tour à tour sa mère, Adé, Mestakoshi et un peu Louise.

Selon une habitude aussi vieille que le village, le dimanche après-midi, tout le monde se réunit dans la salle paroissiale. Quand le prêtre se trouve là, c'est-à-dire un dimanche sur trois, il participe aux conversations et parfois même aux jeux.

Le repas terminé, les trois femmes débarrassent la table, puis Jeanne et Louise se préparent pour sortir. Adé regarde son homme qui demeure assis, les deux coudes sur la table, à fumer sa pipe. Vincent est resté à côté de lui. Jeanne ordonne :

— Vincent, enfile ton imperméable.

Le garçon ne répond pas. Il a adopté la même attitude que le vieux chef ; la pipe mise à part, il lui ressemble vraiment et son regard scrute le même infini insondable.

— Vincent, répète sa mère, prépare-toi.

L'enfant ne bronche pas. Le vieux chef se tourne vers lui et pose sa main sur sa tignasse en disant doucement :

— Vincent, va avec ta mère. Des amis vont venir, nous avons à parler.

L'enfant lève vers le vieux un regard où se lit une grande passion. Avec un soupir, il enjambe le banc et va se préparer. Adé est debout entre la table et la porte. Elle semble hésiter. Jeanne lui demande :

— Tu viens pas, grand-mère ?

C'est Mestakoshi qui répond sans se retourner.

— Non, elle ira plus tard... si elle veut.

Jeanne sort la première en entraînant son garçon. Avant de les suivre, Louise lance d'un ton aigre :

— Je ne sais pas ce qu'on vous a fait, mais j'ai hâte que mon homme revienne. Je veux pas manger toute ma vie de la soupe à la grimace, moi !

Elle sort. La vitre de la porte qu'elle a claquée un peu fort vibre. Adé vient s'asseoir en face de son homme, mais elle se tourne de trois quarts pour observer la rue. Le jour sale qui coule de la fenêtre fait luire ses yeux dans le creux profond de ses orbites. Le visage strié de rides jusque sur les pommettes est extrêmement soucieux.

Devant la maison, des gens passent. Les voix viennent jusque-là avec, de temps en temps, un rire ou des cris d'enfants.

Après un moment, le silence se referme. Le vent semble un peu plus violent et le crachin se transforme en pluie. Le tirage se fait mal. Une bouffée de fumée refoulée sort par la porte du foyer et toutes les fentes du fourneau.

Adé finit par soupirer :

— La fin de notre vie ne sera pas belle.

Le vieux soulève seulement ses mains qu'il

laisse retomber sur la table. Sa femme qui s'était tournée vers lui pour parler se remet à fixer la fenêtre.

Bientôt, un pas approche. Un visage se colle à la vitre de la porte qui s'ouvre presque tout de suite. La femme de Népeshi entre après s'être retournée pour faire un geste d'appel.

— On a bien pensé qu'il fallait venir.

Elle laisse la porte ouverte. Le chaman et l'aveugle entrent à leur tour, puis la centenaire aidée par Kinojé et sa femme Odôsi. La centenaire lance :

— Mestakoshi voudrait me voir noyée, avec deux poissons pour m'aider, je ne risque rien.

Tout le monde rit et Mestakoshi annonce :

— Demain le lièvre sera plus à l'aise dans cette rue que le poisson.

— Tu as raison, dit l'aveugle, le vent a déjà commencé de tourner.

Ils enlèvent leurs imperméables ruisselants et prennent place sur les quatre chaises et les deux bancs. Le chef se tourne vers Amo pour dire :

— Ton homme et Makwa auront beau temps pour continuer.

Tout le monde est installé et le silence s'établit avec quelques bruits de semelles sur le plancher et des grincements de chaises. Nul ne parle. Nul ne semble rien attendre des autres.

Après une bonne demi-heure de ce calme, un pas clapote et un visage encadré du caoutchouc jaune d'un capuchon approche de la vitre. La porte s'entrouvre et le curé demande :

— Je peux entrer ?

— Tu sais bien que ma demeure est ouverte à tous.

Le prêtre entre, referme la porte et enlève son ciré en répliquant :

— Comme la maison du Seigneur reste ouverte à ceux qui cessent d'y venir.

Adé s'est levée. Laissant sa chaise au prêtre, elle va prendre place à côté d'Amo sur le banc adossé au mur. Le prêtre s'assied face à Mestakoshi. Il tire de sa poche une grosse pipe. Le vieux chef pousse devant lui sa blague en vessie d'orignal. Le curé bourre minutieusement sa pipe. C'est un homme de forte corpulence, au visage lourd. Ses joues creuses sont tirées vers le bas où elles forment un bourrelet le long des mâchoires. Avant d'allumer son briquet, le prêtre enlève sa tuque de laine noire et découvre un crâne bronzé et luisant entouré d'une couronne de cheveux gris où se tortillent encore quelques cheveux bruns. Dès qu'il a tiré trois bouffées de fumée et tassé le tabac de son index à l'ongle jauni, il lève vers le chef son regard gris-bleu. Il porte un gros chandail noir dont le col à moitié retourné monte jusqu'au lobe de ses longues oreilles décollées. Il dit :

— Je n'aime pas ce temps.

— Personne ne l'aime, dit le chaman.

— Il ne durera pas, fait Mestakoshi. Si tu attends demain pour partir, tu auras froid mais tu ne seras pas mouillé. La lune va montrer son visage mince.

Le silence revient. Il semble que quelque chose se soit détendu. Mais, à mesure que tourne le temps, la tension revient. Tout le monde fume, sauf l'aveugle. La dernière à bourrer sa pipe est Odôsi qui a une belle blague à tabac en cuir fauve achetée au comptoir. Le silence est tel que, lorsqu'elle la referme, le crissement du zip à glissière emplit la pièce où flottent des nuées grises que les respirations percent de remous. Le prêtre tousse pour se racler la gorge et demande :

— Vous ne m'attendiez pas ?

Les Wabamahigans gardent le silence. Sans que les bustes ni les têtes ne remuent, quelques regards se portent vers le chef qui continue de fixer les lointains invisibles. Le prêtre reprend :

— Depuis quatorze ans, vous ne me connaissez donc pas encore ?

Le vieux chef soulève lentement sa main droite qu'il repose sur la table. Son regard dit : « Peut-être. » Ses lèvres minces restent closes.

Les chaises grincent. Des bottes frottent les planches où crissent des grains de sable. Plusieurs personnes toussent et crachent. Une allumette craque entre les doigts de Kinojé dont le visage buriné est éclairé un instant d'une lueur orange.

Avec un peu d'humeur, le prêtre lance en s'adressant à Mestakoshi :

— Dans ce cas, il est normal que j'ignore ton nom de naissance et celui que mon frère t'a donné en pensant à cet homme qui est mort pour toi, sur sa croix.

Le prêtre vient de prendre le crucifix qui pend à son cou, il le soulève presque à hauteur de son visage et le montre au vieux chef. Sa main tremble et la chaîne émet un très léger cliquetis. Mestakoshi regarde un instant la croix de bois brun où est cloué le christ de cuivre, puis fait des yeux le tour du cercle. Comme s'il puisait en chacun un peu de vigueur, son corps légèrement affaissé se redresse lentement. De sa vraie voix de chef, il parle au prêtre, pesant chaque mot.

— Je t'aime bien... Nous t'aimons tous bien. Tu as appris notre langue pour t'approcher de nous. Tu nous as enseigné beaucoup de choses, mais tu as aussi voulu nous faire oublier une partie de notre savoir... Nos Dieux ne sont pas morts. Mais tu nous as trop dit que le tien est le seul. Nous étions prêts à lui faire une place dans notre cœur à côté de nos Dieux, mais tu as voulu pour lui toute la place et ce n'était pas possible.

Il s'arrête un instant. Son regard ne quitte plus celui du curé qui hésite à parler. Mestakoshi continue :

— Nous voulons reprendre notre vie. Nous refusons de croire que Sipawaban notre fleuve et les autres rivières de notre terre accepteront les offenses des Blancs qui sont tes frères. Nos Dieux sauront défendre les os de nos aïeux. Ils le feront avec leur force à eux. Leur force de fleuve, de lacs, de forêts, de vents, de glaces, de pluies et de neige.

Le vieil homme respire profondément et, levant la main pour demander au prêtre de ne pas intervenir, il ajoute avec beaucoup de solennité :

— Moi, chef Mestakoshi, j'ai dit.

Tous ensemble les autres font écho :

— Il a dit et nous le suivrons.

Le prêtre ne réagit pas tout de suite. Le feu pleure doucement dans le foyer en léchant le bois trempé. Un vent ruisselant continue de tremper les vitres et de fouailler la toiture de papier goudronné qui sonne sourd. Aucun regard ne se porte vers le prêtre lorsqu'il se remet à parler :

— Vous étiez de bons chrétiens. Vous ne pouvez pas ainsi vous écarter de Dieu. C'est votre vie éternelle que vous mettez en danger. C'est votre âme que vous risquez de perdre.

Il se tait et cherche en vain un regard à saisir. C'est seulement au moment où il s'adresse directement à lui que Mestakoshi lève les yeux :

— Toi, le chef, tu dois donner l'exemple de la sagesse. Comment peux-tu nier les bienfaits du progrès ? Comment peux-tu te comporter devant les jeunes comme tu l'as fait ce matin ?

— Un chef qui reconnaît ses erreurs n'est jamais un mauvais exemple.

— Ta colère s'apaisera, chef Mestakoshi. (Il appuie sur le nom en détachant bien les syllabes.) Tu reviendras à l'église. Et si la maison de Dieu est transportée loin de l'Île, j'espère bien que vous, les anciens, vous serez les premiers à y entrer avec moi.

— La maison de ton Dieu peut partir, nos morts seront toujours là et nous resterons avec nos morts.

Le prêtre soupire d'un air de dire qu'il renonce à prolonger cet entretien. Il se lève, fait le signe de la croix et dit :

— Je vous bénis au nom du Père, du Fils et du Saint-Esprit. Je sais que le malin n'habite pas vos âmes qui sont limpides comme l'eau des sources.

Il enfile son ciré jaune, coiffe sa tuque noire et attend d'être dehors pour rabattre son capuchon.

Le vent entré tandis que le prêtre sortait remue longuement l'épaisse fumée des pipes. Le crépuscule s'annonce déjà. La lueur qui coule des fenêtres est moins intense que celle du foyer rougeoyant.

19

À quoi sert ce qui nous fait aller si vite ? Nous n'avons rien de plus en arrivant. On nous a fourni des moteurs pour naviguer, mais dans les portages il faut porter le moteur et les bidons d'essence en plus du canot et de tout le reste. Faire deux voyages supplémentaires qui nous dévorent le temps que nous a fait gagner le moteur. Des voyages pénibles. Le moteur est lourd. Moins facile à porter qu'un canot. Sa forme n'est pas faite pour notre dos. En cas de panne, il faut reprendre les pagaies et ramer plus fort pour traîner cette charge énorme du moteur et des bidons.

On nous a fourni des motoneiges, mais l'essence est chère. Les chiens ne coûtaient rien. On les nourrissait avec du caribou et du poisson. La motoneige aussi tombe en panne. Elle ne sait pas retrouver la route du campement. Elle ne flaire pas la piste du gibier. Elle ne nous avertit pas, la nuit, au bivouac, quand un ours approche. Nous n'avons plus que quelques chiens qui peuvent tout juste tirer un toboggan avec des peaux dessus. Beaucoup d'entre nous voudraient échanger leur motoneige contre un bel attelage. Car les chiens étaient les amis de nos enfants. Que sera l'âme de petits qui grandissent sans l'amitié des chiens, dans l'odeur de l'essence, avec la passion de la vitesse ?

Nos enfants voudront aller plus vite encore et ils oublieront que la vie s'en va au fil des lunes et des saisons. Ils oublieront que rien ne peut faire tourner plus vite la roue du ciel où sont les astres qui montrent la route des grandes migrations.

Est-ce que les oies vont plus vite aujourd'hui que du temps de mon père ? Est-ce que les caribous sont plus pressés ? Et les poissons ? Et les autres animaux ? Tous savent que le terme de leur voyage et l'heure de leur arrivée ont été écrits dans le ciel, depuis des éternités, par le Grand Esprit.

Nous avons accepté la motoneige, et le moteur de bateau, et bien d'autres machines parce que nous voulions ressembler aux hommes blancs dont la puissance nous éblouissait comme un gros soleil. Mais nous nous sommes brûlé les yeux et les mains sans pouvoir prendre le soleil. Nous avons cru que cette lumière était celle du Dieu dont nous parlaient les Blancs, nous avons constaté par nos souffrances qu'elle n'est rien d'autre que le feu de l'enfer. Celui dont nous ont tant menacés les missionnaires qui sont eux aussi des hommes blancs avec dans la tête et dans le cœur ce qui n'est pas dans nos têtes et dans nos cœurs.

Il y a des saisons et des saisons, quand j'étais encore un enfant, un évêque est venu sur notre île. Un missionnaire qui nous visitait souvent nous avait tous confessés avant son arrivée. Il nous avait dit et répété que celui qui allait venir était tout proche du Dieu des Blancs.

Quand cet évêque et sa suite ont débarqué des canots, nous sommes tous tombés à genoux et nous avons baissé la tête comme le missionnaire nous avait enseigné à le faire. J'avais pourtant gardé les yeux ouverts et je m'attendais à être ébloui par la lumière de Dieu, mais le sol que je fixais est resté sombre.

Tous ces gens se sont rendus au cimetière dont nous avions décoré les tombes.

L'évêque est allé dans l'église où nous l'avons suivi pour recevoir la communion. Avant de nous la donner, il nous a dit : « En descendant en vous, le Saint-Esprit va vous métamorphoser. Entre ce que vous êtes à présent et ce que vous serez dans un instant il y a autant de différence qu'entre l'obscurité et le soleil, la glace et le feu. N'oubliez pas que vous allez quitter le domaine où peut pénétrer le démon qui fait la chasse aux âmes avec ses flèches et ses pièges. Le Saint-Esprit va faire de vous des êtres forts ; capables d'éviter les flèches et de s'arracher à la mâchoire des pièges. »

Ainsi nous a parlé cet évêque et le missionnaire nous traduisait son propos.

Moi, je m'attendais à devenir autre et je suis resté tel que j'étais. Je m'attendais à éprouver en moi un vaste remuement et je n'ai rien senti de pareil. De ce matin-là où le ciel est demeuré gris, je garde une grande méfiance pour tout ce que peuvent nous promettre les Blancs, et surtout ce qu'ils prétendent nous enseigner pour rendre notre existence plus facile et plus agréable.

S'ils ne nous ont rien donné de ce qu'ils nous avaient promis pour éclairer notre chemin sur cette terre, pourquoi croirions-nous en ces promesses qu'ils ne cessent de nous faire d'une autre vie ? Depuis des millénaires, les Indiens sont accueillis dans le Royaume du Grand Esprit par leurs ancêtres morts avant eux, nous ne voulons pas être guidés par un Dieu étranger vers un monde où ne sont pas les anciens de notre race.

20

Les vieux ne se sont pas trompés. Dès le crépuscule de ce dimanche, le vent a tourné au nord-ouest, le ciel s'est dégagé et un froid clouté d'or a serré d'un coup le Royaume du Nord. La tourbe s'est solidifiée, l'eau des flaques a gelé entre les levées de boue durcie. Dans les petites criques où le courant ne vient pas, le gel a soudé entre elles les herbes couchées sur l'eau.

Quand Mestakoshi sort, le chaman le rejoint :

— Alors ?

— Alors je crois qu'il vaut mieux attendre le retour de Népeshi et de Makwa.

— Ils ne devraient pas tarder.

— Un jour ou deux.

— En attendant, est-ce qu'on ne devrait pas choisir l'emplacement ?

— Je voulais t'en parler.

Ils sont là, debout devant la baraque où le chaman vit seul depuis la mort de sa femme. Le vent qui joue dans les poils de leurs capuchons de parkas semble poser une question.

— Il faut voir Shigoci, fait Mestakoshi.

— J'allais le dire.

Ils s'en vont tous les deux en direction de l'église dont le clocher plaque sa flèche blanche ruisselante de soleil sur un ciel bleu limpide comme un cristal. Deux maisons avant la salle paroissiale, ils obliquent à gauche et ouvrent une porte dont les vitres sont très embuées. La pièce sombre est petite. Il y a le poêle et des peaux de bêtes par terre, dans un angle. La centenaire y est assise, immobile, sa longue pipe mince entre ses lèvres serrées. Quand les deux hommes entrent, elle soulève une main et grimace.

— Il faut que tu viennes, dit le chef.

La vieille se tourne de trois quarts sur le côté et bascule en posant une main sur le sol et en plaquant l'autre contre le mur. C'est sa façon de se lever depuis que ses jambes ont perdu leur vigueur.

— On ne peut pas marquer la place sans toi, dit le chaman.

La vieille ne répond pas. Elle pousse une plainte qui va en s'accentuant jusqu'à ce qu'elle soit debout et qui diminue ensuite, à mesure qu'elle reprend son souffle.

— Allons !

Elle s'enveloppe d'une large couverture bariolée, seule sa main droite et son avant-bras maigre en sortent pour manier le bâton sur lequel elle s'appuie.

Aussitôt dehors, elle est rejointe par une chienne à peu près aussi maigre qu'elle, au poil terne et qui boitille. La centenaire se dirige vers l'église et s'engage entre son mur de planches et celui de la salle paroissiale. Son pas menu glisse sur le sol dur que font sonner les bottes des deux hommes qui la suivent. Deux autres chiens arrivent qui tournent autour d'eux, flairant les grilles et les croix tandis qu'ils traversent le cimetière qui commence derrière l'église. À la tête de chaque tombe, une croix de bois peinte en blanc ou en gris. Sur beaucoup, la peinture s'écaille. Des tertres sont entourés de gros galets, d'autres, moins nombreux, d'une barrière de planches également peinte en blanc. L'une des dernières tombes est cernée par un bâti de lit métallique noir et doré. Les barreaux sont liés entre eux par des fils de fer où sont fichées des branches de résineux.

Rien ne marque la limite du cimetière. Après les tombes, un terrain où poussent des herbes et des arbustes va jusqu'à la lisière du bois où les mélèzes plantent des cônes d'or ternis sur le vert charbonneux des épinettes. Toujours de son même pas qui semble devoir se briser à tout instant, mais sans hésiter, la centenaire oblique légèrement vers le nord. Les hommes se sont arrêtés pour lui laisser prendre une certaine distance. Elle va vers une levée de pierres qui sort de dessous les arbres et s'avance, pareille à une longue corne moussue, légèrement recourbée sur l'espace découvert. La vieille va s'arrêter à une trentaine de pas de la lisière, à l'intérieur de la levée de pierres. Les deux hommes la rejoignent. Mestakoshi dit :

— C'est là que je voulais venir.

— La belette a parfois le même œil que le lynx, observe le chaman.

Ils se regardent avec de la joie dans les yeux. Sans tristesse la centenaire répond :

— La belette a besoin de savoir où elle va mourir.

Elle regarde tout autour en tournant lentement sur elle-même, soulevant à peine les semelles de ses mocassins, puis, tapant le bout de son bâton sur le sol dur, juste à la pointe de son pied gauche, elle dit :

— Marquez la place de feu.

Mestakoshi va jusqu'à la levée de roches et choisit une pierre de belle taille, dont deux faces opposées sont à peu près planes et parallèles. Il l'apporte et la pose à l'endroit désigné par la vieille qui interroge des yeux le chaman. Le chaman hoche la tête. Il semble méditer en contemplant cette pierre. Les deux autres l'observent, attentifs aux réactions de son visage osseux dont la peau frémit au vent. Après un long moment, le chaman lève les yeux vers eux et demande :

— Et si d'autres veulent nous rejoindre ?

En même temps que la vieille désigne du bout de son bâton l'espace entre la pierre qu'ils viennent de poser et la forêt, le chef soupire. Il hausse légèrement les épaules et fait non de la tête en disant :

— Personne ne viendra... Personne !

Comme si ce qu'il dit était sans importance, la vieille explique :

— La place est très bonne. C'est sûrement là qu'ont été les premiers. Je suis née pas très loin d'ici.

Son bâton montre un point entre l'endroit où ils sont et les tombes les plus proches, puis il revient se poser sur la pierre.

— Là, était le wigwam du chef.

Sa voix est moins assurée que son geste et son regard s'est embué derrière les paupières qui battent. Trop bas pour que les autres puissent entendre, elle ajoute :

— C'était là.

Et le bâton bat encore mollement la pierre.

21

Ils sont partout et nulle part en cet automne que vient d'empoigner le premier gel. Ceux qui ont loué une maison à Matagami se démènent pour y installer des poêles à huile, des tables à dessin, des pantographes, une photocopieuse, des appareils de projection, des agrandisseurs, des machines à écrire et à calculer, de nombreux téléphones. Ces hommes-là ne sont pas des ronds-de-cuir. Ce sont des bureaucrates qui ont le feu au cul. Sans cesse à se remuer, à courir, à sauter d'un avion dans un bateau, un camion, un hélicoptère ou sur une motoneige. C'est qu'ils doivent répondre à toutes les demandes de ces gens qu'ils ont expédiés en cent points de la taïga.

Pour une pareille étendue de territoire, ces cent points ne sont rien. Pourtant, en certains lieux, la forêt s'ouvre déjà. De longues griffures la partagent, font saigner la croûte, entamant les tourbières ou attaquant le rocher. Ici sera une route, là-bas un chantier, plus loin un village avec son aéroport. Il faut que le Pays Sauvage s'ouvre aux Blancs.

Des machines amenées pièce à pièce par des hélicoptères sont à l'œuvre. Certaines rasent la forêt à peu près aussi aisément qu'une faucheuse tond une prairie. La roche percée par des mèches explose et vole en gravier. De la poussière monte que le vent couche sur la taïga d'où s'enfuit le gibier.

Pour établir les campements, il a fallu du monde. Des gens de bien des métiers. Ceux de la forêt comme ceux de la construction. Il est venu des hommes d'un peu partout. Du lac Saint-Jean, du Bas-du-Fleuve, des cantons de l'Est, de la Bauce, de Québec, de Trois-Rivières, de Montréal, de Chicoutimi, gens solides et courageux, durs au travail et habitués à se battre avec la forêt.

Au début, on logeait sous la toile. Avec l'arrivée du froid, on monte en toute hâte les bâtisses d'aggloméré, de métal doublé, on met en place de gros wagons sans roues pour des trains sans gare ni voie ferrée, pour des voyageurs prisonniers de la forêt.

Et tout ce que font ces travailleurs leur est dicté par d'autres qui œuvrent à Montréal, dans des bureaux bourrés de cartes et de plans, où se pense et se dessine un univers.

EXTRAITS DE PRESSE

Bien que les Indiens se montrent, à leur habitude, d'une grande discrétion, on croit savoir que les Wabamahigans n'ont pas réussi à convaincre leur vieux chef Paul Mestakoshi de se joindre aux autres pour finaliser la stratégie de défense de leurs terres.

Une délégation d'Amérindiens s'est pourtant rendue à Ottawa en compagnie de deux avocats, pour rencontrer le ministre fédéral des Affaires Indiennes qui les a assurés de son soutien.

Reste la rencontre avec le Premier ministre du Québec. Comme les grands chantiers constitueront le thème le plus fort de sa campagne électorale, il y a gros à parier qu'il fera l'impossible pour amener les Indiens et les Inuits à négocier.

Mais comment des négociations pourraient-elles être menées à bien si les Wabamahigans de la Longue Île n'y prennent aucune part ? Leur seule présence sur cette terre que les travaux menaceraient d'érosion constitue un obstacle difficile à contourner. Or on sait que Paul Mestakoshi et les membres les plus influents de son Conseil de Bande sont farouchement opposés à toute atteinte à l'intégrité de leur territoire.

Les délégués des Wabamahigans ont affirmé que si Paul Mestakoshi n'est pas venu à Saint-Georges, c'est uniquement parce que son grand âge lui rend impossible tout déplacement. Dans les milieux qui connaissent le vieux chef, on serait plutôt tenté de penser qu'il ne veut pas s'engager personnellement dans les négociations tant qu'elles ne sont pas nettement amorcées.

Les Amérindiens auraient fait valoir des droits sur plus de 1,8 million de milles carrés, soit près de la moitié du Canada. Ces terres recèlent des richesses considérables en forêts, minerais, énergie. Pour la seule province du Québec, si une entente devait être élaborée avec les 6 000 Indiens et les 4 000 Inuits, elle porterait sur 132 000 milles carrés. Un accord devrait pouvoir être envisagé sur des bases qui laisseraient aux indigènes la propriété du sol dont ils loueraient certaines parties aux compagnies chargées de l'exploitation. C'est ce qui, parmi les non-Indiens, heurte certains esprits portés à considérer que le sol appartient à la nation. À quoi les autochtones répliquent en montrant les propriétés privées des Blancs et en rappelant qu'ils furent les premiers à fouler du pied le sol du Canada.

22

Le temps est resté au froid sec. La terre durcit peu à peu et s'endort. Les glaces commencent à se former sur les eaux calmes et peu profondes. Le vent froisse les herbes et bouscule les épinettes. Les feuilles des bouleaux volent très haut par poignées pour retomber sur le fleuve.

Mestakoshi, le chaman, l'aveugle et Kinojé se rendent au débarcadère. Ils sont les seuls. Les autres vieux jouent aux dames à la salle paroissiale. C'est ainsi que s'est opérée la scission. Sans paroles, sans explications. Sans qu'il ait eu besoin de rien dire, les autres ont deviné les intentions du chef. Simplement, le lundi après-midi, alors que les quatre étaient assis côte à côte à l'abri d'un canoë couché sur le flanc, la quille face au vent, Djiwan est venu. Il les a regardés un moment en silence avant de parler. Les autres fixaient la taïga. Très loin, par-delà le fleuve.

— Il faut comprendre. Les enfants ne voudront jamais vous suivre... Déjà, les filles parlaient de l'électricité. Ils sont à Saint-Georges. Ils vont voir tout ça... ma femme est pas bien... vous le savez.

Il est allé longtemps ainsi, avec des silences épais entre les phrases. Il revenait sans cesse sur les mêmes raisons. Personne n'a soufflé mot, personne n'a levé un œil sur lui. Il a fini par se taire. Il est resté encore un long moment à regarder le fleuve, puis il a regagné le village.

Les quatre ont passé trois journées ainsi, à regarder de temps en temps vers l'amont. Enfin, le soir du quatrième jour, le bateau apparaît. La marée descend. Il approche vite avec la force des deux hommes jointe à celle du courant. Derrière l'énorme Makwa, c'est à peine si l'on voit de temps en temps l'épaule et le bras de Népeshi dont la pagaie semble se mouvoir toute seule. Mestakoshi se lève lentement. Les autres après lui. Tous les quatre descendent sur le ponton, l'aveugle une main sur l'épaule du chaman. Le chef et Kinojé aident à sortir du canoë les sacs et les rouleaux de toile. Il y a aussi des truites, quatre gros lièvres au pelage encore plus roux que blanc et une vingtaine de gélinottes à queue fine, attachées par les pattes, en deux paquets. C'est la première chose dont parle Makwa :

— On aurait pu en tuer des centaines. Jamais vu ça. Sûrement dérangées par ceux qui veulent nous voler la forêt.

Népeshi vient de prendre pied sur le ponton. Comme le regard du chef l'interroge, il a un geste vague et dit :

— On sait pas. Des fois elles font une petite migration... C'est vrai qu'elles avaient l'air un peu perdues.

Mestakoshi examine les oiseaux comme si ce plumage beige et blanc avait quelque secret à lui livrer.

Ils partent. Mestakoshi va devant avec Népeshi. Derrière eux, Makwa marche à côté de Kinojé. Les deux parlent en même temps.

Kinojé raconte ce qui s'est passé sur l'île, le

colosse raconte leur voyage. Mestakoshi dit simplement :

— Pour être tranquilles, on va aller chez Shigoci.

Il passe chez lui chercher Adé, et il doit élever la voix pour obliger Vincent à rester avec sa mère et Louise qui dit :

— J'ai hâte que René revienne pour le mater un peu, celui-là.

— Celui-là est mon fils. Je n'ai pas besoin de ton mari pour l'élever.

— Mon mari est son grand-père, si tu ne l'avais pas pour donner de la viande à ton fils...

Le chef ne veut pas en entendre davantage. Ces querelles entre les deux jeunes femmes sont fréquentes, il essaie toujours de les éviter.

Népeshi qui est allé poser son sac et chercher sa femme arrive chez la centenaire en même temps que le chef et Adé. Ils entrent tous les quatre. Les autres sont déjà assis sur des peaux de bêtes et des couvertures étalées sur le plancher. Il n'y a aucun siège chez la vieille qui, excepté le fait qu'elle se sert du fourneau, a toujours vécu ici comme sous le wigwam. C'est la première fois qu'ils sont si nombreux chez elle. Après avoir fait des yeux le tour du cercle, elle dit :

— On ne peut tout de même pas mettre le fourneau au milieu.

Tout le monde rit. Mestakoshi prend son ton de chef pour déclarer :

— Que ceux qui reviennent des terres d'en haut nous disent ce qu'ils ont à dire. Népeshi va parler le premier.

Népeshi allume sa pipe, tire trois longues bouffées et commence :

— Les castors sont bien. Ils sont nombreux. Les lignes de trappe...

Il parle un long moment du gibier et de l'état de la forêt. Tout le monde attend qu'il en vienne aux travaux des Blancs, mais personne ne questionne. Et, du même ton tranquille qu'il a pour décrire les huttes des castors, il finit par dire :

— Il y a du monde au-dessus du troisième portage. Ils ont déboisé, grand deux fois comme l'île. Ils ont monté quatorze baraques en aggloméré et un garage en métal. Ils ont un hydravion et deux hélicoptères. Ils ont des petits camions. Je crois qu'ils finissent une piste pour des avions.

Il se tait. Tous les regards restent fixés sur lui. Comme Makwa gonfle son énorme poitrine pour parler, le chef lui fait signe de garder le silence. Népeshi les observe. Ils sont là, à attendre qu'il en dise un peu plus. La question n'est pas prononcée. Elle est entre eux, dans la lumière vacillante qui tombe de la grille du fourneau. La petite fenêtre et les deux vitres de la porte n'éclairent plus. La nuit est venue. Le ciel est invisible, mangé par les reflets. Les visages se devinent tout juste, mais ni les mots ni les silences n'ont besoin de lumière. Chacun d'eux porte sa clarté et son ombre.

Après une longue attente durant laquelle Odôsi, une petite femme ronde et remuante, s'est levée pour recharger le feu, Népeshi se remet à parler. Ils ont vu un autre chantier sur une autre rivière. Puis un autre encore au bord d'un petit lac, puis un quatrième. Il les décrit tous par le menu. Il a retenu pour chacun le nombre de baraques, de camions, de machines. Il a même compté les hommes mais il ne sait pas combien étaient dans les maisons. À la fin, comme il s'arrête de nouveau, n'y tenant plus, le chaman demande :

— Et qu'est-ce que tu crois que ça va faire ?

Là, Népeshi hoche longuement la tête. Ses mains râblées posées sur ses genoux écartés se soulèvent pour retomber.

— À dire comme ça, ça peut paraître beaucoup. Bien sûr, ce qu'ils détruisent mettra du temps à repousser, mais je les vois mal déplacer des montagnes. Ils ne sont pas nombreux. Ils sont loin de nous. Encore assez loin de nos lignes de trappe.

Le chef attend quelques instants, puis comme Népeshi regarde la grille du fourneau sans manifester le désir de parler davantage, il se tourne vers Makwa. Les grosses mains se lèvent. Un poing se serre.

— Moi je dis pas pareil. Je dis que d'autres viendront. Ils ne changeront pas les montagnes de place, mais ils essaieront. Ils essaieront aussi de barrer les rivières. Ce que Népeshi n'a pas dit, c'est qu'il a honte de le dire.

Il se tait un instant comme s'il voulait laisser à son compagnon la possibilité de se reprendre, mais Népeshi ne semble même pas l'écouter. Alors le colosse reprend et ses poings étranglent dans le vide :

— Ils ont des Indiens avec eux. Pour les guider. Pour qu'ils puissent aller partout où il y a du mal à faire. Des Indiens qu'il faudrait...

Le chef l'interrompt d'un geste et d'un regard.

— Est-ce que ce sont des Wabamahigans ?

— Non.

— Alors tu n'as rien à dire. Laisse ta colère s'éteindre. Laisse tes forces se refaire, demain tu en auras besoin.

À présent, c'est à Mestakoshi de raconter ce qui

s'est passé au village en l'absence des deux trappeurs. Il le fait d'un ton neutre. Comme Népeshi a parlé des Blancs. Puis, tout aussi posément, il ajoute :

— Nous vous avons attendus pour monter le wigwam.

23

De tout temps, depuis que les Blancs ont installé leur premier poste de traite sur le rivage de notre terre, il y a eu des Indiens pour les écouter et se mettre à leur service.

Des gens qui ne se contentaient pas de leur donner des peaux en échange de poudre et de plomb. Pour de la pacotille, du tabac, de l'alcool et même de l'argent, il y a toujours des hommes prêts à oublier leur passé, à trahir leur foi. Il y en aura peut-être de plus en plus à mesure que passeront les saisons.

Un jour de fin d'été, il y a bien longtemps, des Blancs venus du Sud ont débarqué au comptoir de la Grande Baie et les employés du comptoir ont fait savoir qu'ils voulaient nous parler. « On vous achète dans les 12 piastres une peau de renard, on peut vous donner jusqu'à cent piastres pour un couple de renards vivants et pas blessés. »

Une grande folie née de ces mots empoisonnés nous a saisis.

J'entends encore le chaman, et le chef, mon grand-père, et tous les plus vieux nous expliquant que l'argent n'est pas tout, qu'il convient de ne jamais offenser l'Esprit des morts en piétinant les traditions qui nous viennent du fond des temps.

Le chef a interdit la trappe aux renards vivants, mais des chasseurs s'y sont lancés en cachette. À l'époque, les Wabamahigans étaient plus nombreux qu'aujourd'hui et les vieux du Conseil ne pouvaient pas savoir ce que tout le monde faisait. Les trappeurs ont enveloppé de peaux, d'herbes, de tissus les mâchoires de leurs pièges. Le comptoir leur a vendu des pelles étroites et solides, pour élargir l'entrée des terriers. Certains ont rampé très loin sous la terre dans les galeries. Un garçon qui aurait mon âge aujourd'hui et serait devenu comme moi est mort sous un éboulement. D'autres ont été blessés. D'autres ont eu les yeux brûlés par des pétards lancés dans les trous. Des renards capturés ont été payés plus cher encore que ne l'avaient annoncé les commis du comptoir de traite. Alors, sans écouter les vieux, des hommes ont chassé de plus en plus. Ils ont blessé des renards dont nul ne voulait, et les renards sont morts en une saison où leur peau ne valait pas un sou.

Nos territoires de chasse ont été visités d'un bout à l'autre. Toutes les buttes défoncées, retournées, éventrées. Et nos lignes de trappe se sont appauvries pour des années. Car, lorsque le renard disparaît, bien d'autres bêtes s'en vont. En ce temps, nous avons vu bien des choses qui ne s'étaient jamais vues chez nous. Même des Indiens se battre entre eux pour un renard.

Mais les Blancs ne savaient pas soigner les renards. Ceux qu'ils avaient payé si cher crevaient dans des cages. Personne n'achetait plus et la folie est tombée après avoir fait bien du mal.

24

L'aube est à peine levée lorsque le vieux chef sort de chez lui. Il a sa hache sous le bras gauche et glisse sa pierre à aiguiser dans sa poche de parka. Adé sort avec lui et reste devant la porte qu'elle tient sans la fermer tout à fait. À voix basse, elle dit :

— On pouvait faire du thé sans réveiller personne.

— Amo en aura fait.

— Dis-lui que j'irai avec elle.

Il s'éloigne. Le vent est à présent franc nord. Il coupe comme une faucille. Trois chiens viennent saluer Mestakoshi qui allonge le pas. Il y a de la lumière chez le chaman et, plus loin, chez Kinojé. Le chef respire ce vent à pleine poitrine. Il regarde le ciel clair qui va du rose à un vert encore froid de nuit. Il regarde ces lampes et c'est un peu comme si quelque chose de jeune l'habitait soudain. Un homme vient de l'autre bout du village. Il lève le bras et fait un grand geste. C'est Makwa avec sa démarche d'ours. Il porte sous son bras un énorme rouleau. Mestakoshi l'attend devant la maison de Népeshi.

— Tu apportes déjà ton lit.

— Moi, j'ai pas de femme pour le porter.

— Tu en as usé trois, tu n'en trouveras jamais une quatrième.

— Ça risque pas que je cherche !

Ils entrent. La pièce sent bon le feu vif et la graisse chaude. Amo vient de cuire de la banique. Elle a aussi préparé de la bouillie de farine et du thé. Népeshi est tout près de la fenêtre. Il affûte sa hache. Makwa dit à Amo :

— Il y a de beaux arbres à écorcer en amont, sur le Sud.

Elle le regarde en souriant. Ses yeux disparaissent, enfouis dans les plis de la peau.

— Tu n'as plus de femme à commander, tu commandes celle des autres.

Ils se mettent à manger. Makwa et Népeshi qui ont encore des dents vont plus vite que les autres. Dès qu'ils ont bu leur thé, ils sortent. À l'angle de l'église, Kinojé, Odôsi et le chaman les attendent. Regardant Odôsi, le chef dit :

— Les femmes viendront plus tard.

Odôsi dont le visage rond au nez très écrasé est enfoui dans le capuchon de loup a un petit sourire sur ses larges dents :

— Moi, je vais maintenant.

C'est dit avec beaucoup de fermeté. Odôsi a sa hache aussi, plus petite que celle des hommes. Mestakoshi prend la tête, vient ensuite le chaman. Il s'appuie sur son long bâton écorcé. Il a sa hache suspendue à l'épaule par une lanière de cuir. Derrière lui, marchent Népeshi, ensuite Makwa, Kinojé et Odôsi. Ils vont gravement, d'un pas mesuré, comme s'ils amorçaient un long trajet. Le sol est dur comme pierre entre les tombes.

Quand ils arrivent devant la dalle apportée depuis cinq jours par Mestakoshi, le chaman dit :

— C'est bien d'être près des morts. Nous les garderons et ils nous garderont.

Les autres se sont arrêtés à quelques pas. Ils demeurent immobiles tandis que le chaman, avec beaucoup d'application, dessine sur le sol, de la pointe de son bâton, un loup en pleine course. Quand il a terminé, il se recule d'un pas et dit :

— Wabamahigan, que ton esprit soit toujours parmi nous dans la vie puis dans la mort. Que ton esprit nous aide à garder notre terre qui a reçu les os des aïeux et recevra bientôt les nôtres.

Le chaman se retourne et fait un signe de tête qui veut dire oui.

Le matin est d'une grande limpidité. Le vent chante bien dans les arbres, mais les hommes et la femme demeurent graves. Ils se dirigent vers la forêt avec quelque chose de presque solennel dans leur démarche. Lorsqu'ils arrivent aux premiers arbres, Odôsi se sépare d'eux. Elle oblique vers la droite en longeant la lisière.

Le chaman et le chef examinent les épinettes. Ils en désignent une, puis une autre. Makwa se met à abattre la première et Népeshi la deuxième. Il faut un moment pour choisir la troisième que Kinojé entame aussitôt. Quand la première se couche, le chef va aider Népeshi. Ils taillent avec grand soin au ras du tronc des coupes bien propres. Dès que la première est prête, Makwa la charge en balance sur son épaule et l'emporte. Il revient chercher la deuxième. Comme la troisième est prête, Kinojé et Népeshi s'en chargent. Le chef et le chaman les suivent. Arrivés près de la pierre, les hommes allongent les trois épinettes, deux par terre, l'autre dessus. Le chef tire de sa poche une solide lanière en peau de caribou. Avec l'aide du chaman, il attache ensemble à quelques pouces du sommet les trois troncs minces et bien droits. À eux tous — mais Makwa serait capable de le faire seul — ils les dressent en écartant lentement la base. Ils posent. Ils se reculent tous pour voir.

— C'est bien, dit le chaman.

Makwa empoigne un pied, Mestakoshi un autre. Népeshi et Kinojé le troisième.

— Allez, ordonne le chef.

Ils s'écartent les uns des autres. Le chaman qui a pris du recul les surveille. Il arrête d'abord Makwa, puis les autres.

— Posez !

Ils posent, le chaman va près de la pierre et regarde en l'air pour voir si le sommet des trois épinettes se trouve bien au bon endroit. Les autres attendent sans perdre des yeux le moindre de ses gestes. Il vient à l'endroit où se tiennent Népeshi et Kinojé. De la pointe de son bâton, il désigne le sol à un demi-pied à peu près du point où pose la base du tronc. Les deux hommes viennent placer cette base à l'endroit désigné. Ensuite, le chaman va se placer plein sud, à égale distance entre deux des troncs du trépied. Il trace sur le sol deux traits qui marquent l'emplacement de l'entrée. Puis son bâton se lève et désigne la forêt.

Les hommes savent qu'ils ont encore à couper dix épinettes puisqu'il en faut treize pour que le wigwam soit conforme à la règle venue du fond des temps. Mais celles-là, chacun est à même de les choisir. Et les haches sonnent clair dans la lumière qui monte. On sent que l'air est sec. L'hiver a déjà posé sa patte sur le pays.

Les hommes n'ont pas encore fini de mettre en place toute l'armature lorsqu'ils voient les femmes et l'aveugle traverser le cimetière. Adé et Amo vont rejoindre Odôsi tandis que la centenaire et l'aveugle viennent vers eux. La centenaire conduit d'abord l'aveugle jusqu'à la pierre centrale où il s'assied. Ensuite, elle prend du champ, regarde, fait le tour de la construction en touchant de la main chaque tronc et vient s'arrêter à l'endroit où le chaman a placé l'entrée. Elle regarde vers le Sud. Entre les buissons et les aulnes de la rive, on voit miroiter le fleuve. Le soleil est juste en face. La vieille hoche la tête :

— Le jour de sa course la plus courte, il ira toucher le fond du wigwam. La place du chef.

— Peut-être que ce jour-là il y aura des nuages ou une tempête de neige, dit le chef.

— Peut-être, mais son regard ira tout de même. Au milieu du jour, quel que soit le temps, il faudra penser d'ouvrir.

Les hommes se remettent au travail. À présent, ils coupent des branches droites qu'ils attachent aux montants. Là-dessus seront fixées les écorces que les femmes vont apporter. Puis ils traînent le branchage de résineux qui servira à tapisser le sol pour éviter que l'on soit en contact avec le froid et l'humidité qui montent de la terre. L'aveugle et la centenaire veulent amener chacun quelques branches.

— Il faut dormir sur un lit qu'on a fait, dit l'aveugle, sinon les esprits malins vous brouillent le sommeil.

Bientôt, Odôsi arrive, courbant le dos sous un énorme rouleau d'écorce de bouleau.

— Ce soir, dit la centenaire, nous pourrons coucher ici.

— Non, dit le chef, trop de vent passera encore.

— Ce soir, répète Shigoci avec l'entêtement d'un enfant.

Tous se hâtent pour fixer les écorces. Les femmes repartent pour revenir avec des rouleaux de peaux de bêtes, des poêlons, une marmite. Elles ont chaud en dépit du vent. La centenaire qui

arrive bien après les autres, à bout de souffle, grimace de rire en disant :
— J'ai vingt ans.

25

— Quand les vieux caribous quittent le troupeau, ils n'ont plus guère avant d'être dévorés par les loups !

C'est une jeune mère qui crie ça de loin, en entraînant ses deux filles. D'autres sont venues avec elle chercher leurs enfants que la vue du wigwam avait attirés au sortir de l'école. Vincent a hurlé. Il s'accrochait à la veste du vieux chef. Adé a été obligée d'aider Jeanne à l'emmener jusqu'à ce qu'il se calme sur la promesse qu'on le laisserait venir coucher une nuit ici.

On les voit à peine qui s'en vont entre les tombes, vers les lumières du village. Malgré le vent qui n'est pas favorable, on entend les génératrices.

Les vieux profitent des dernières lueurs pour rentrer ce que les femmes ont apporté, puis pour charger de pierres le bas des écorces et des peaux recouvrant le wigwam. Makwa dit :

— On renchaussera dès que la neige sera tombée. On est toujours mieux, quand y a de la neige.

Ils rejoignent les femmes, l'aveugle et le chaman. Ils installent leurs lits. Le chef face à l'entrée, les autres se répartissent tous les neuf comme les rayons d'une roue, les pieds au centre.

Il reste de la place du côté de la porte. Ils la regardent mais personne ne dit rien.

Leur couche préparée sur l'épais matelas d'épinette odorante, ils viennent s'asseoir autour du foyer. Le feu flambe droit vers le trou de tirage. Des étincelles montent en zigzaguant un peu. Seul le regard de l'aveugle demeure fixe. Dans ses yeux morts, la flamme danse. Les autres semblent tous chercher quelque chose. Ils ont pourtant gardé l'habitude des petits wigwams qu'ils montent en forêt durant les chasses, mais ce n'est pas la même chose. Il n'y a pas que la taille qui diffère. Il y a la sensation. Ici, c'est pour vivre. Peut-être pour mourir. Le feu est installé entre d'énormes pierres plates que Makwa a apportées près de celle avec laquelle on avait marqué le centre. Elles auront le temps de noircir, de se couvrir de graisse.

Contre elles, trois chiens se sont déjà installés, qui ont senti que la vraie vie se tient ici. Au trépied, Adé a suspendu sa grande marmite. La buée sent le poisson fumé.

Une fois tout le monde assis, le feu est le seul à vivre vraiment, à remuer et à chanter. Personne n'ose prendre la parole le premier en ce lieu qui les enveloppe et qu'enveloppe la nuit claire.

Adé s'est levée trois fois pour remuer dans son chaudron lorsque le chaman se décide :

— À présent, chef Mestakoshi, tu dois nous dire ce qui est entré dans ton cœur sous ce wigwam.

Les yeux du chef se ferment. Son visage se tend. On y lit un effort intense. Enfin, d'une voix sourde, qui ne rappelle ni sa voix de conversation ni celle dont il use dans les conseils, le vieux se met à parler :

— Rien ne pouvait être bon pour nous dans des

maisons carrées. Dans un village qui n'est plus en cercle autour de sa place de feu.

Sa main qui tremble à peine se lève lentement et décrit un large cercle dans l'espace. Les autres suivent son geste des yeux et toutes les têtes hochent d'approbation. Même l'aveugle qui n'a pas suivi le geste fait oui. Le chef reprend :

— Jadis, toutes les forces du peuple indien venaient du Cercle Sacré de la Nation. Un cercle lumineux comme un arbre fleuri dans le soleil. Mais les Blancs sont arrivés et le cercle s'est brisé. L'arbre fleuri est mort.

Il se tait pour interroger du regard le chaman. Celui-ci lève son bâton et dessine lui aussi un cercle dans la lueur du foyer.

— L'arbre fleuri est mort, chef Mestakoshi, parce que les quatre quartiers du cercle qui le nourrissaient se sont écartés de lui au moment où le cercle s'est rompu. L'Est avec sa clarté de l'aube lui apportait la jeunesse et la paix. Le Sud lui donnait la chaleur de la vie qui vient du grand soleil. Les nuées du Couchant étanchaient la soif de son feuillage et de ses racines. Le Nord donnait à cet arbre la force de chanter dans les hivers de glace comme il nous la donne.

Le chaman laisse retomber son bâton et Mestakoshi observe un long silence avant d'ajouter :

— Tout est rond. L'univers entier est contenu dans le cercle.

Une fois encore, le chef dessine un cercle dans l'espace, et les autres suivent des yeux sa main en répétant :

— L'univers entier est contenu dans le cercle.

— Le ciel est rond tout autour de nous. La terre est ronde ; si tu tournes sur place en regardant au loin tes yeux en font le tour. La lune est ronde. Le vent est rond, il tourne autour de la terre. Le chien tourne pour se coucher en rond. Pour ses petits, l'oiseau construit un nid rond. Même la lumière du jour, même les saisons qui reviennent toujours décrivent un cercle autour de nous.

Mestakoshi se tait. Il paraît épuisé. Il laisse aller un long soupir. Sa poitrine se creuse, ses épaules s'affaissent et son dos se courbe sous un poids terrible. Les autres observent en silence son visage fermé, incliné vers la lueur du feu. C'est à peine si ses yeux sont une fente mince où luit parfois une lueur pas plus épaisse que le tranchant d'un couteau. Comme il se redresse à demi pour reprendre la parole, les autres retiennent leur souffle. Sa voix est encore plus sourde :

— Comment les Wabamahigans ont-ils pu oublier tout ça ? Et moi qui suis leur chef, comment ai-je pu l'oublier ?

Il se redresse un peu plus. Ses paupières se soulèvent à demi et son regard fait lentement le tour du cercle pour venir s'arrêter sur le chaman qui se tient à sa droite. La voix retrouve sa force :

— Je ne suis plus digne d'être votre chef.

Un murmure s'élève, tourne et fluctue. Les têtes remuent, les bustes s'inclinent, les mains se soulèvent, chacun cherche à interroger chacun. La voix aigre de la centenaire fait taire tout le monde :

— Tu ne dois pas dire pareille chose, chef Mestakoshi. Nous avions tous oublié la grande force du cercle pour vivre dans les maisons carrées des Blancs... maudites soient ces vilaines boîtes sans âme. L'âme de notre peuple est ici, sous le wigwam. Toi, Mestakoshi Okik, tu es le premier à t'en être souvenu. Nous ne voulons pas d'autre chef que toi.

Tandis qu'elle parlait, le buste de Mestakoshi s'est lentement redressé. Son regard a retrouvé son intensité. À présent, alors que tous sont suspendus à ce qu'il va dire, il demeure lèvres closes, fixant par-dessus le feu un point très précis de l'espace. Quelque chose que personne d'autre n'essaie de découvrir, loin, très loin, peut-être vers le sud, l'endroit du cercle de la terre où va se perdre le vent du nord. Un long moment du miaulement de la nuit et du pétillement des bûches passe encore avant qu'il ne reprenne la parole. Sa voix a retrouvé son timbre sonore.

— Le wigwam est rond comme l'était dans les temps écoulés le Cercle de la Nation ; il est rond comme doit le rester le Cercle de la Bande. Peut-être le cercle se défera quand mourra le dernier d'entre nous si les jeunes ne viennent pas le maintenir. Mais nous n'avons pas le droit de le laisser se déformer... J'ai dit.

Il y a un murmure d'approbation avec des sourires et des hochements de tête. Le chaman lève son bâton et tout le monde se tait.

— Si des jeunes viennent nous rejoindre, c'est qu'ils auront refusé ce que proposent les Blancs. C'est qu'ils auront oublié le nom donné par le prêtre blanc pour ne garder que leur nom indien, comme nous le faisons.

Son bâton désigne Adé.

— Toi, femme du chef que le prêtre avait baptisée Ursule, tu es Adé.

— Je suis Adé parce que ma voix est celle de la corneille.

De petits rires fusent, mais le regard du chaman reste dur. Son bâton désigne le voisin d'Adé qui est Népeshi.

— Toi qu'on avait baptisé Léon, tu es Népeshi Neko.

— Je suis Neko parce que, dans la lutte, je file comme le sable entre les doigts des plus forts.

Tous les regards se portent vers Makwa qui

approuve en souriant et en mimant avec ses énormes mains celui qui tente vainement de retenir du sable.

Le chaman continue le tour du cercle et son bâton reste braqué le temps que vienne chaque réponse :

— Je ne suis plus Adrienne, je suis Amo parce que je fais des provisions comme l'abeille.

Désignant alors l'aveugle qui le fixe de ses yeux morts comme s'il le voyait, le chaman poursuit :

— Toi qui ne vois plus depuis des lunes, personne sauf le curé ne t'appelle jamais Abel. Tu es Ockijik Anibach.

— Je suis Ockijik depuis que mes yeux sont perdus. On me dit Ocki, c'est plus vite fait.

Tout le monde rit sauf le chaman qui poursuit son tour de cercle.

— Toi, Makwa, personne ne t'a jamais appelé Oscar. Je viens de chercher tout au fond de ma tête pour retrouver ce nom.

— Oui, je suis Makwa parce que j'ai la force de l'ours, mais je sais bien que je suis moins rusé que lui. Et les hommes ne me respecteront jamais comme ils le respectent.

— Et tu ne seras jamais aussi habile ni aussi patient que lui pour la cueillette des airelles, lance la centenaire que le chaman s'empresse de désigner :

— Toi qui parles tant, toi qui as plus de cent ans et qui as vu tant de choses, on t'avait baptisée Marie, pourtant, tu es restée Shigoci.

La vieille hoche un moment sa tête aux cheveux très noirs et à la face parcheminée. L'étincelle minuscule de son regard disparaît, enfouie sous les rides.

— Ce n'est plus à mon âge qu'on change de nom. Si j'en prenais un autre, je n'aurais pas le temps de l'user. Je sais bien que je ne ressemble plus guère à la belette si agile, mais je reste tout de même Shigoci.

Tout le monde approuve et le chaman désigne Kinojé et Odôsi en faisant aller son bâton de l'un à l'autre.

— Toi Kinojé et toi Odôsi, vous avez toujours été le brochet et la carpe. Ce n'est même pas la peine de chercher vos autres noms, personne ne s'en souvient.

Là, le chaman marque un temps. Il est trop près de Mestakoshi pour le désigner de son bâton. Il tourne lentement son regard vers lui et, avec beaucoup de gravité, il se décide à dire :

— Tu ne seras plus jamais le chef Paul. Toi Okik aussi solide que le cyprès, tu es le chef Mestakoshi comme Népeshi est Népeshi parce qu'il faut que les gens du Conseil puissent signer de leur vrai nom. Tu restes le chef Mestakoshi.

— Merci, chaman. Toi, tu es Dêpaga et tu le resteras car je ne vois pas ce qui pourrait te faire engraisser.

Adé laisse s'écouler les rires avant de se lever. Elle se penche et soulève le couvercle de la marmite. Aussitôt les bouches s'emplissent de salive. Les narines palpitent. Les regards se mettent à pétiller comme le feu.

Le vent prend de la gueule à mesure que s'épaissit la nuit qui monte du fleuve. Il miaule au sommet des perches d'épinettes. Il peut se mettre en colère, le wigwam est solide ; il a été monté par des hommes qui n'ont rien oublié de la vraie vie.

26

Il y a au fond de nous la longue patience héritée de Tiska qui a su marcher durant des lunes derrière Wabamahigan, le Loup blanc. Nous pouvons vivre sur notre île jusqu'à la fin des temps sans rien changer à notre vie. Sans rien demander à personne.

Certains des plus jeunes du Conseil de Bande prétendent que nos enfants ont besoin de l'école pour apprendre à se défendre contre les Blancs. Il y a même des Blancs qui parlent ainsi. Et nous avons du mal à comprendre ces gens qui veulent à tout prix fournir des armes aux Indiens pour qu'ils puissent lutter contre leur propre Bande. Si personne ne venait nous prendre notre bien, nous n'aurions à nous défendre de rien.

Des Cris qui sont venus nous rendre visite au cours de l'été nous ont raconté que des Blancs sont occupés à fouiller notre sol. Ils grattent comme des bêtes, avec leurs pattes, pour découvrir notre propre passé. Ils déterrent les os de nos aïeux et recherchent leurs armes et leurs outils pour les emporter dans des villes. Non contents de nous prendre notre gibier, nos arbres, ils nous volent ce que nous avons de plus précieux.

Tout ce qu'ils déterrent était encore bien vivant

avant qu'ils ne nous apportent leurs maisons, leurs églises et leurs écoles.

Nous savons mieux que les Blancs ce qu'il faut à nos enfants pour devenir des hommes. Et ce n'est pas dans les écoles que les enfants recevront cet enseignement. C'est avec nous, dans la taïga.

La taïga n'est pas tendre. Pourtant, le combat que nous menons contre elle est une lutte loyale. Et la taïga finit toujours par nous donner ce qui est nécessaire à notre vie.

Si les Blancs viennent ici nous enseigner ce dont nous aurons besoin pour leur barrer la route de nos terres, c'est qu'il y a dans leur tête quelque chose que nous ne parvenons pas à comprendre. Quelque chose qui n'a rien de commun avec notre manière de penser.

Nous, les vieux, nous continuons de croire que seul nous serait utile l'enseignement de la forêt, si personne ne voulait nous la prendre. Seul nous serait utile le grand savoir du fleuve, si personne ne venait avec l'intention de détourner son eau.

Et nous ne comprendrons jamais comment est fait l'esprit de ceux qui souhaitent s'emparer de nos territoires et qui prétendent nous donner les moyens de les en empêcher. Nous sentons poindre là quelque chose de diabolique qui nous effraie bien plus qu'une guerre.

EXTRAIT D'UN ARTICLE DU JOURNAL DE SAINT-GEORGES

Les Indiens ingrats

... les Indiens qui refusent que s'effectuent les grands travaux de la baie James oublient ce qu'ils nous doivent... Sur le seul plan de la santé, on peut affirmer sans risque de contredit sérieux que, sans l'arrivée des Blancs, leur peuple aurait depuis longtemps disparu. La vaccination et les soins qu'on leur donne gratuitement les ont préservés de toutes les épidémies...

EXTRAIT D'UN ARTICLE DE LA REVUE MÉDICALE

... Avant que les allochtones n'envahissent le Nord du pays, les autochtones ignoraient les méfaits de la diphtérie, de la grippe, rougeole, petite vérole et autres fièvres typhoïdes. On pense qu'il n'y avait chez eux que de très rares cas de tuberculose et aucune trace de maladies vénériennes. Leurs corps étaient, à l'inverse de celui

des Blancs habitués depuis des générations, absolument sans aucune défense contre ces maladies.

Pendant et après la guerre que se livrèrent Anglais et Français, de très nombreux Indiens et plusieurs Inuits moururent de maladies apportées par les troupes et, en particulier, de petite vérole. En 1780, une terrible épidémie de petite vérole ravagea tout le nord du pays. On estime que trois Indiens sur cinq succombèrent de cette maladie contre laquelle il n'existait alors aucun remède...

27

Jamais les enfants du village n'ont autant couru. Chaque midi et chaque soir, à la sortie de l'école, ils viennent voir les vieux sous le wigwam. Ils ne sont plus que douze depuis le départ de certaines familles pour Saint-Georges, et c'est Vincent qui mène la bande. Non qu'il soit le plus âgé ou le plus fort, mais il est l'arrière-petit-fils du chef Mestakoshi.

Les premiers jours, les mères ont crié. Elles sont allées les attendre à la sortie de l'école, mais ça n'a pas duré. Leur nonchalance naturelle a vite repris le dessus. Surtout avec l'arrivée de la neige qui s'est mise à tomber deux soirs après l'installation du wigwam. Une vraie neige d'hiver, cette fois, poudreuse et hachée de Nordet.

Alors, aussitôt arrivés, les enfants viennent s'asseoir autour du feu et ils écoutent. Il y a sept filles et cinq garçons mais les filles ne sont pas les moins attentives aux histoires de pêche et de chasse entendues cent fois. Chacun des anciens a sa spécialité. Le chef raconte la longue marche de Tiska, la mère de tous les Wabamahigans. Le chaman parle de la création du monde et de la capture du soleil qu'on a attelé à la terre pour qu'il l'entraîne dans l'espace et éclaire sa route. Il dit ça en quelques phrases. Et tous les enfants crient :

— Et avant ? Avant la terre, Dêpaga, qu'est-ce qu'il y avait ?

— Vous le savez.

— Oui ! Il y avait de l'eau partout.

— C'était le grand lièvre Michabou qui était chef des animaux. Il a ordonné au castor de plonger pour chercher la terre, mais ce sacré castor était trop gras, il n'a pas pu descendre assez profond. La loutre a plongé aussi, mais elle était trop paresseuse. Et vous savez qui a réussi ?

— C'est le rat musqué !

— Il a remonté quelques grains de sable sous ses griffes et Michabou qui était très malin en a fait la terre.

Le chaman laisse souvent à l'aveugle le soin de raconter comment un petit garçon qui tendait des pièges dans la neige a capturé le soleil.

En regardant Makwa qui fait des grimaces et des gestes balourds pour imiter l'ours, la centenaire en raconte la chasse.

— En ce temps-là, on le mangeait pour avoir sa force et son adresse. Vous savez bien qu'il se tient debout comme l'homme. Il pêche le saumon et il cueille des fruits. C'est pourquoi, des fois, on appelle Makwa d'un autre nom. Est-ce que vous le connaissez, ce nom ?

Et tous les enfants crient :

— Moukouchoum ! Moukouchoum !

— Alors, en hiver, quand on voyait de la buée sortir d'un trou de neige, on savait qu'il dormait là, on formait le cercle autour et qu'est-ce que tout le monde criait ?

— Moukouchoum ! Moukouchoum !

C'est la fête un bon moment, mais il y a toujours une petite voix pour demander :

— Et à présent ?

Sur un ton moins enjoué, la centenaire dit :

— Aujourd'hui, Moukouchoum se nourrit des ordures des hommes. Il va vers le sud manger leurs déchets. Sa viande ne donne plus ni la force, ni l'agilité, ni l'intelligence. Et quand il y aura des Blancs dans tout le Nord, ce sera encore pire.

Dans ces moments-là, les hommes qui jouent aux dames, les femmes qui cousent des mocassins ou des moufles de fourrure s'arrêtent. Tous les regards qui s'étaient mis à pétiller d'enfance s'assombrissent.

Mais les écoliers ne sont pas venus là pour s'attrister. Vite, on raconte comment Moukouchoum le curieux sortait de son trou pour voir qui menait si grand tapage.

— On le tuait. Tout le monde se mettait à le dépecer. Mais attention, on ne le tuait pas s'il venait près de nous avec amitié. On le tuait seulement s'il voulait se sauver ou nous mordre.

Népeshi raconte les aventures du lièvre qui cherchait le vent du Nord. Kinojé ne connaît que des histoires de pêche et de poissons. Il fait rire les enfants en allongeant son museau et en imitant le brochet dont il porte le nom.

Ce soir, l'heure passe et on n'entend pas approcher les enfants. Les vieux ne disent rien. Ils attendent. Adé remue la sagamité, les autres femmes tirent l'aiguille, les hommes jouent, sauf le chaman qui feuillette son éternel catalogue et l'aveugle qui se tient le buste droit, les mains sur les genoux fixant le feu de son regard obscur.

Et puis, soudain, les chiens se lèvent. Ils s'éloignent du foyer en direction de la portière de peau tendue par deux perches. Mais ils ne grognent pas. Des voix d'hommes approchent. La queue des chiens remue. L'aveugle dit :

— C'est René et Damien... Ils sont trois. L'autre ne parle pas... Peut-être Hervé.

Les voix se taisent. Les pas s'arrêtent et la neige gelée crisse encore sous les semelles. La portière s'écarte. René entre. Puis Damien et Hervé qui referme soigneusement derrière lui. Ils quittent leurs parkas. Tous les trois portent des chemises à carreaux très colorées. René est à peu près de la taille de son père, mais moins large. Ils saluent. René va embrasser Adé et le vieux chef Adé dit simplement :

— Vous avez été longs.

— Il faut le temps de tout, dit Damien.

Les trois hommes prennent place dans la partie du cercle restée vide, le dos à l'entrée. René est au centre, Damien à sa droite, Hervé à sa gauche. Le chef leur laisse le temps de bourrer une pipe et de l'allumer, puis, regardant son fils, il dit simplement :

— Alors ?

— Tout le monde est de retour.

Une étincelle d'intérêt éclaire l'œil de ceux qui sont là, femmes et hommes. Odôsi lève la main et, en même temps, demande :

— Tu veux dire que mes enfants aussi sont rentrés avec leurs petits ?

— Tout le monde, je dis.

René Mestakoshi ressemble à son père, avec moins de rides et un visage aux traits moins accentués.

— On peut savoir pourquoi ils ne sont pas restés chez les Cris de Saint-Georges ?

Les délégués ont préparé des réponses à toutes les questions. René n'a aucune hésitation. Il ne cherche pas ses mots comme il lui arrive souvent de le faire en Conseil :

— Chez les Cris, ils étaient bien. Mais la place

manque un peu. Et puis, du moment qu'il n'y a pas de danger ici, à quoi servirait de s'en aller ?

— Aucun danger, dis-tu ?

René regarde fixement son père. Il ne sourit pas vraiment, mais il y a sur son visage comme une lueur de triomphe. Il répète qu'il n'y a pas de danger et se tourne vers son compagnon de gauche :

— Pour ce qui est du droit, c'est Hervé qui va expliquer...

Il marque un temps et, pour qu'on ne pense pas qu'il s'agit d'intelligence ou de savoir, il ajoute en regardant les vieux :

— On s'est entendu comme ça. Chacun a à dire.

Hervé aussi a dû préparer son propos, mais il a beaucoup moins que René l'air de réciter. De sa voix grave et chaude, il explique :

— La situation, pour le moment, est assez claire. Nous sommes allés tous les trois à Ottawa avec les délégués des Cris et ceux des Inuits. C'est le ministre des Affaires Indiennes du Gouvernement Fédéral qui nous a reçus. Nos avocats ont dit qu'on ne cédera jamais nos terres. Nous irons devant les tribunaux.

Il s'arrête, attendant une question qui ne vient pas. Ses deux compagnons l'écoutent et regardent le wigwam comme s'ils en faisaient l'inventaire. Hervé reprend :

— Les frais de justice et les honoraires de nos avocats, c'est le Gouvernement Fédéral qui les prend à sa charge.

Un lourd silence s'installe entre eux. Hervé à son tour examine le wigwam. Les vieux attendent des questions à son sujet. Les jeunes attendent des questions au sujet des travaux. Rien ne vient. À la fin, Hervé se décide à ajouter :

— Pour le moment, ils continuent les travaux,

mais on obtiendra un jugement pour les arrêter. Les avocats en sont sûrs.

Comme il se tait de nouveau, René Mestakoshi se redresse, regarde son père avec beaucoup d'autorité et lance :

— Le Provincial serait prêt à donner beaucoup d'argent. On a dit : nos terres ne sont pas à vendre. Point final.

Le gros Damien se redresse à son tour pour ajouter :

— On leur a dit : Ce qu'on veut, c'est rester tranquilles chez nous et garder nos terrains de chasse.

Le vieux chef hoche la tête. Avec un petit sourire, il dit doucement :

— Vous avez bien travaillé. Vous vous êtes conduits comme des chefs.

Hervé demeure impassible, exactement comme les vieux, mais René et surtout Damien se rengorgent. Ils échangent des regards entendus. Le vieux chef leur laisse un moment, puis, comme ils ne se décident pas à parler, c'est lui qui reprend la parole :

— Vous avez bien parlé... quand les travaux seront arrêtés et qu'il n'y aura plus un Blanc sur nos terres, vous aurez gagné le droit d'être des chefs.

Le visage des deux hommes se renfrogne. Celui d'Hervé reste impénétrable. Le regard des vieux s'est éclairé.

Un long moment s'écoule encore avec juste les froissements du vent au-dessus du trou à fumée et le peu de bruit que fait Adé qui décroche le chaudron. Il y a quelques soupirs, puis les trois visiteurs se lèvent et sortent lentement. Une large bouffée d'air froid vient bousculer la bonne tiédeur du wigwam.

EXTRAITS DE PRESSE

... les Indiens et les Inuits refusent tout compromis. Ils s'opposent aux travaux et font appel au Gouvernement Fédéral pour qu'il prenne leur défense. Leur porte-parole rappelle ses devoirs au ministre des Affaires Indiennes en ces termes : « La Constitution canadienne donne à votre gouvernement juridiction sur les affaires indiennes. Fiduciaire des droits des autochtones, il est leur protecteur. La volonté manifestée par le gouvernement du Québec de mettre la main sur une grande partie des terres indiennes constitue une violation du droit des Indiens. C'est à vous qu'il appartient de faire respecter ce droit. »

Ainsi, une fois de plus, à cause des Indiens qui coûtent déjà très cher à la collectivité, le Fédéral et le Provincial vont-ils se trouver opposés dans une bataille juridique qui risque de mener au gaspillage des deniers publics.

Les Indiens nous pousseront-ils vers le nucléaire ?

C'est au nom de la préservation de la flore et de la faune que les autochtones et ceux qui les soutiennent voudraient interdire la construction des grands barrages de la baie James. Sans fatiguer nos lecteurs avec un étalage de chiffres qu'ils pourront, s'ils le désirent, trouver dans les rapports des experts, résumons en quelques mots les conclusions de ces rapports. Elles nous paraissent assez claires pour qu'il soit enfin mis un terme à ces querelles d'un autre âge :

Si les tribunaux donnent raison aux autchtones, la fermeture des chantiers aura des conséquences qui peuvent être désastreuses. Pour remplacer les centrales prévues sur les barrages et qui donnent une « énergie propre », il faudra édifier, tout au long du Saint-Laurent, un important chapelet de centrales nucléaires. Or, il ressort de toutes les expertises sérieuses que cette solution compromettra l'équilibre écologique bien plus gravement encore que ne le feront les travaux de la baie James. Ils provoqueraient notamment le réchauffement des eaux du fleuve qui aurait des conséquences désastreuses sur la faune aquatique et sur la flore de la vallée.

À vouloir trop préserver la nature, on finira par en compromettre dangereusement l'équilibre.

EXTRAIT DE JOURNAL DE LA NATURE

Si les Indiens et les Inuits du Nord québécois s'inquiètent des conséquences que peut avoir, sur la faune de leur territoire, l'implantation de tout un système de barrages, de retenues d'eau et de dérivations, ils ne sont pas les seuls. Plusieurs scientifiques des universités du Canada viennent de rendre publiques les conclusions d'une étude d'où il ressort que, pour les caribous qui constituent l'essentiel de la nourriture des autochtones, on pourrait redouter bien des maux. Le rapport dit notamment :

Parmi les impacts possibles pouvant être engendrés par les aménagements hydroélectriques, soulignons, entre autres :

— l'inondation des habitats d'été et d'hiver ;

— l'inondation des terrains de vêlage ;

— la modification des itinéraires de migration ;

— l'augmentation du taux de noyades due à l'élargissement des étendues d'eau traversées au cours des migrations ;

— la destruction de certains habitats due à la présence d'un grand nombre d'hommes et de machines ;

— l'augmentation du risque de feux de forêts ;

— l'augmentation de la mortalité par suite d'accidents survenus sur des parcours où auront été ouvertes des crevasses à la suite de l'abaissement du niveau des eaux.

On peut regretter que ce rapport ne soit publié qu'après l'ouverture des chantiers.

28

L'hiver s'est installé. Il gémit autour du wigwam et s'engouffre dans l'ouverture chaque fois qu'on rentre du bois, chaque fois que quelqu'un sort pour se rendre en forêt faire ses besoins. Une bonne vie s'est mise à ronronner autour de ce feu entretenu nuit et jour et qui est redevenu le centre de tout.

Les enfants, qu'avait retenus un soir le retour des canoës, ont vite repris l'habitude de venir. Ils ont amené avec eux ceux qui étaient partis chez les Cris de Saint-Georges. Ceux-là aussi écoutent les récits des vieillards, mais il leur arrive de parler. Leur séjour là-bas leur a révélé bien des choses. Déjà ils se trouvent parmi ceux qui ont à raconter.

Mestakoshi, le chaman et l'aveugle les laissent dire. Les autres, et surtout les femmes, ne se bornent pas à écouter. Ils questionnent. Ils veulent savoir ce qu'est une vraie réserve toute proche de la cité habitée par les Blancs. Les enfants ne se font pas prier pour expliquer, pour fournir mille détails. Leurs yeux pétillent d'envie lorsqu'ils évoquent les maisons chauffées et éclairées à l'électricité sans qu'il y ait besoin de faire ronfler des génératrices, de transporter des bidons, de ne pas oublier d'emplir les réservoirs.

Les automobiles. Les rues de la ville où sont des magasins aux vitrines ruisselantes de lumière regorgent de marchandises. Tous ont rapporté des cadeaux. Tous ont traversé un monde où ce ne sont plus la forêt, le fleuve, le ciel qui règlent la vie et imposent la marche du temps.

Parmi les filles et les garçons qui n'ont pas quitté la Longue Île, certains disent qu'ils voudraient voir ce pays d'une autre vie ; quelques-uns, comme Vincent, froncent les sourcils et répliquent que les Wabamahigans sont un peuple de la taïga, des lacs et des fleuves. Les vieux hochent la tête et échangent des regards. Quand il faut sortir pour le bois, ce sont les plus grands des enfants qui le font. Un soir que le froid est plus vif et le Nordet plus tranchant, en rentrant avec ses bûches, une fille observe :

— Ma mère dit qu'un jour nous serons dans une réserve au bord d'une route. Nous prêterons aux Blancs nos rivières et ils nous donneront de l'électricité et de l'argent. Resteront dans la taïga les fous qui voudront continuer de vivre comme des loups.

Vincent et ceux qui sont toujours de son bord se font menaçants. Le vieux chef et le chaman doivent élever la voix pour ramener le calme. Le silence qui suit n'est pas le même que celui qui règne ici en d'autres moments. Quelque chose s'est brisé et chacun doit le ressentir sans oser en parler. L'aveugle essaie de raconter, mais il sent que personne ne l'écoute vraiment. Adé se lève :

— C'est l'heure de rentrer, les enfants.

Filles et garçons sortent. On entend le froid craquer comme du verre sous les pas. Et puis, très vite, ce sont les éclats d'une dispute qui parviennent jusque sous le wigwam. Les vieux écoutent décroître les voix. Ils demeurent figés à contempler leur feu. Très longtemps après le départ des enfants, Mestakoshi murmure avec un soupir :

— Le monde ne sera plus jamais le même.

29

Jadis, les Wabamahigans n'habitaient nulle part. Ils allaient sans trêve d'un bord à l'autre de leur pays. C'est ce qu'ils n'auraient jamais dû cesser de faire. Les vieux nous parlaient de ces époques nomades dont la connaissance leur était venue de plus âgés qu'eux.

C'est la Grande Compagnie de la baie d'Hudson qui a semé le poison de notre existence en établissant sur la côte des postes de traite. Les Indiens n'ont plus chassé pour leur propre subsistance, ils ont piégé pour le troc des fourrures qui a fait entrer en eux le germe du mal. Pour vivre plus près des magasins dont ils étaient devenus dépendants, ils se sont établis. Ils ont eux-mêmes creusé la tombe que les Blancs devaient sceller en créant les réserves. Devenus gibier sans défense, les Indiens trappeurs sont tombés dans le piège tendu par les Blancs.

Les commis de la Compagnie ont dit : « Ne perdez pas votre temps à chasser pour la viande, nous avons de meilleures denrées à vous donner en échange des fourrures. » Et nous avons passé nos hivers à trapper pour la fourrure, à nettoyer et à traiter les peaux des renards, castors, fouines, rats musqués et autres bêtes. Tout ce travail a modifié l'équilibre de la nature et apporté de l'or dans les caisses de la Compagnie. Nous avons mangé de moins en moins de castors, d'outardes, de poissons et de baies sauvages. Nos enfants ont perdu l'habitude de cette provende qui venait des lacs, des rivières, des bois et qui contenait la force du vent, du soleil et du ciel. Ils ont mangé la nourriture de l'homme blanc et n'ont plus la vigueur et la résistance que nous avions jadis. Nos enfants ne sont plus les mêmes hommes que nous et les enfants de leurs enfants auront complètement rompu avec la sève qui monte en abondance de notre terre.

Aujourd'hui, les postes de la Grande Compagnie ne nous vendent plus le thé en vrac, le sucre, la farine en grands sacs, ils ne nous proposent plus des produits sains. Ils nous vendent du jello, du thé parfumé en minuscules sachets, du pain moisi sous son enveloppe transparente, des boîtes de Seven-Up, des jus colorés, des tas de conserves. Les mères et les grands-mères ne savent pas ce qui est bon pour les petits. Et les petits se gavent de chips et de biscuits pour chiens. Car les Blancs fabriquent des pâtisseries spécialement pour les chiens. Et ils nous les vendent.

Jadis, toutes les femmes savaient ce qui était bon pour les enfants. Jamais une mère n'aurait proposé de la viande de vison ou de renard, ni celle du lynx, encore moins le foie de l'ours blanc qui est le plus terrible des poisons. Les jeunes femmes ne savent plus ces choses, elles n'ont pas appris à reconnaître ce qui est pareil au foie de l'ours sur les rayons des comptoirs.

EXTRAIT D'UNE LETTRE, NON DATÉE,
D'UN MISSIONNAIRE

Les sauvages ont bien de la chance de nous avoir et que nous les aimions comme nous les aimons. Nos gens des postes de traite sont avec eux d'une gentillesse et d'un dévouement admirables. Mais les sauvages ne méritent guère tout le mal que l'on se donne pour eux.

Figurez-vous que le gérant du comptoir, ayant remarqué qu'ils aiment les pommes de terre, s'est donné la peine de leur en enseigner la culture. Eh bien, leurs enfants sont allés déterrer les semences pour les manger. On a voulu leur montrer l'élevage des poules, ils les ont laissé prendre par les renards. Mais le comble, c'est que voyant le peu de cas que ces gens font de la viande d'oie sauvage que l'on avait salée en masse et mise en conserve dans de beaux barils de bois, on s'est dit qu'au moment de la mue, alors que les oies en troupeaux sont faciles à capturer puisqu'elles ne peuvent s'envoler faute de plumes, on pourrait en prendre et les élever comme des oies domes-

tiques pour en manger durant les périodes de disette. Mais les sauvages, qui sont paresseux et ne s'intéressent à rien de ce que l'on fait pour eux, ont mal soigné les pauvres animaux qui se sont mis à périr.

EXTRAIT D'UNE LETTRE D'UN AUTRE MISSIONNAIRE À LA MÊME ÉPOQUE

Je me demande si, un jour, les envoyés de la Grande Compagnie sauront ce que sont les sauvages et ce qu'il est permis de faire pour leur venir en aide.

Les sauvages sont chasseurs, ils ne seront jamais cultivateurs. Et c'est ce qui montre bien qu'en certains domaines, ils sont plus avisés que nous. Comment pourrait-on se faire cultivateur dans un pays où la terre est pauvre, où le vent ravage tout, où l'hiver n'en finit pas, où il gèle même au mois d'août ? C'est pourtant ce que certains employés des postes de traite s'étaient mis en tête : faire de ces chasseurs des jardiniers. Bien entendu : échec total.

Les sauvages ont toujours séché et fumé la viande des oies. Pour leur vendre du sel et des tonneaux vides, les gens des postes de traite leur ont enseigné à saler cette viande. Mais les sauvages n'ont guère apprécié cette nourriture nouvelle. J'ai goûté les deux. Je suis tout à fait de l'avis des Indiens. On aurait pu, on aurait dû en rester là. Que non ! C'était compter sans l'obstination des Anglais qui rêvent d'imposer au monde entier leur culture, leur langue et leur manière de vivre.

Un capitaine de vaisseau eut la lumineuse idée de préconiser l'emprisonnement et l'élevage des oies sauvages. On fit venir à grands frais d'Angleterre d'énormes rouleaux de grillage. On obligea les sauvages à édifier, sous la direction de quelques Blancs, de vastes cages. Au moment où elles muent, les oies ne peuvent que courir et nager. Les sauvages sont très habiles sur l'eau comme sur terre pour les rassembler en un troupeau compact, comme feraient nos bergers et leurs chiens avec leurs moutons. C'est un spectacle auquel il faut avoir assisté, pour mesurer l'adresse, la ruse et l'esprit de bande des gens d'ici. Ils arrivèrent donc, sans trop de difficultés, à mettre en cage quelques milliers de ces volatiles. Seulement, ces oies-là, pour être de la même famille que les nôtres, n'en sont pas moins de caractère très différent. Elles refusèrent obstinément la captivité. C'était bien pitoyable vision que de les observer lorsque leur beau plumage eut repoussé. Habitées par leur instinct de migration, attirées par les vastes espaces, elles tentaient de prendre leur essor et se heurtaient avec violence au grillage. Elles ne touchaient pas aux grains de maïs qu'on leur lançait. Certains sauvages voulaient les tuer pour en fumer la viande, d'autres voulaient leur rendre la liberté, mais les Anglais refusèrent. Leur esprit de domination entendait s'exercer même sur les oies. Ils estimaient que la faim finirait par leur assouplir le caractère. Plutôt que de s'avouer vaincus, ils préférèrent s'obstiner jusqu'à ce que la dernière de ces pauvres bêtes fût morte d'épuisement.

Telles sont les leçons que certains Blancs donnent aux sauvages alors que nous nous évertuons à leur enseigner l'immense bonté de Dieu qui respecte toute forme de vie.

30

Un grand froid s'est mis à tourbillonner sur le Royaume du Nord. Il tire de tous les horizons des nuées grises et blanches qu'il déchire sur le bleu vernissé du ciel. Le vent plonge de plus en plus souvent des hauteurs jusqu'au ras du sol. Il soulève des tourbillons de neige très fine. Il râpe jusqu'à découvrir les mousses en certains lieux, pour lever plus loin des congères énormes.

Des lames glacées et tranchantes passent en sifflant contre le wigwam. Elles poussent parfois leurs pointes les plus effilées jusqu'au foyer dont le corps ardent lance une plainte.

Les soirées sont longues. La bande des enfants s'est scindée. Vincent ne vient plus qu'avec trois ou quatre autres, et encore, il y a des soirs où il est seul. L'institutrice est venue elle aussi, par trois fois. Chaque fois, elle s'est assise en face du vieux chef. Ils ont parlé du temps, de l'école, des gens. Des conversations lentes, avec d'interminables silences qu'on sent peser sous la course du vent. Dans la journée, les hommes sortent. Ils vont pêcher et chasser sans trop s'éloigner de l'île. Le fleuve n'est pas encore pris par les glaces qui ourlent les rives. Les femmes ne sortent que pour le bois et l'eau. La centenaire fait sa part. C'est naturel. Elle va plus lentement, porte de moins grosses charges, mais elle le fait et personne ne s'en étonne.

Cette nuit, elle se met à tousser beaucoup plus que d'habitude. Réveillée, Amo se lève et dit :

— Tu es malade, ton front est mouillé.

— Cherche-moi ma prêle. Mon père qui est mort à cent huit ans ne se soignait qu'avec ça.

Amo fouille dans un grand sac en peau de caribou où la vieille femme a entassé ses hardes et tout un fourbi de menus objets. Dans une petite poche à cordons faite d'une vessie d'orignal, elle trouve la prêle desséchée dont elle fait une forte décoction. Les autres se sont réveillés et, sans se lever, suivent ses gestes des yeux. Elle fait boire la centenaire qu'elle a adossée à un ballot de peaux de caribou destinées à la confection des mocassins.

— Ça va déjà mieux, fait la vieille.

Son visage est d'un jaune cireux. Et les autres cherchent au creux de ses rides le signe de sa mort.

À partir de ce moment, elle s'enfonce dans une torpeur que vient seulement rehausser de temps à autre un râle ou un accès d'une toux profonde et grasse. Sous le wigwam s'installe un silence qui se tient là comme pour écouter hurler les journées et les interminables nuits.

À l'aube du septième jour, le temps est différent. Le vent miaule encore en s'entortillant à la cime des plus hautes épinettes, mais ce n'est plus guère qu'un jeu sans violence. Les peaux et les écorces de bouleaux craquent sous la pression du gel. Quand le vieux chef sort, il sent sa poitrine se gonfler d'une force neuve. Une grande envie de départ est en lui. Hier, des trappeurs ont quitté le village. Il a entendu pétarader les motoneiges et, cette nuit, il a rêvé d'un attelage de chiens et de longues marches sur les lignes de trappe des hautes terres.

Voici trois ans qu'il n'est pas monté à la trappe. Il se sent pourtant la force de le faire. Est-ce que les jeunes vont vraiment trapper beaucoup cet hiver ? Est-ce qu'ils vont respecter la tradition du partage avec les vieux ? Mestakoshi regarde monter la lumière et se retirer les ombres bleues sur la neige luisante et dure comme un marbre.

Dans le wigwam, la centenaire est reprise par une toux qui semble vouloir lui arracher les entrailles. Mestakoshi rentre. Dès que la vieille s'arrête, à bout de souffle, il dit :

— Il fera beau plusieurs jours.

— C'est sans doute qu'il me faut la tempête, fait la vieille d'une voix rauque. Elle est dans mon caractère. Les miens me l'ont assez répété... et vous aussi.

Elle refuse de boire autre chose qu'un peu de sa prêle. Les autres mangent en silence. La vieille ne dort pas, mais ses yeux sont clos, ses doigts squelettiques sont crispés à la peau d'ours qui couvre son corps.

Vers le milieu de la matinée, elle demande à Népeshi d'aller annoncer aux siens qu'elle s'apprête à quitter ce monde. Il revient peu après suivi par le fils de la centenaire qui a quatre-vingt-trois ans, cinq femmes, quatre hommes et quatre enfants qui sont toute sa descendance. Ils s'installent autour du feu. Josée qui a une trentaine d'années se met à glapir en se tordant les mains :

— Ils l'ont tuée en l'amenant ici. C'est un crime. Les Wabamahigans sont menés par des fous.

— Te tairas-tu, maudite mouche noire !

Le fils de Shigoci lance cette réplique d'une

voix nette qui ne semble pas sortir de son corps recroquevillé portant une toute petite tête dont la peau cuivrée est tirée comme si les os allaient percer de toutes parts.

La jeune femme plonge son visage dans ses mains et éclate en sanglots. Shigoci fait un gros effort pour parler :

— Celle-là, elle peut faire sa comédie. Doit bien y avoir vingt lunes qu'elle avait pas mis les pieds chez moi. Elle savait même pas qu'il pleuvait dans mon lit... Le bois, si j'avais pas eu des amis pour m'aider...

Sa toux l'interrompt. Quand elle se tait, son fils dit :

— Je suis bien coupable. Jamais je n'aurais dû te laisser pour aller habiter avec eux. C'était pour les petits... Je voulais profiter d'eux.

Il parle de son égoïsme. Il évoque son enfance. La vieille a fermé les yeux. Son souffle s'apaise peu à peu. Son visage prend l'aspect d'un vieux buis usé par le frottement. Il n'a pas plus de tressaillements que si la mort avait déjà fait son œuvre. Elle écoute certainement avec quelque satisfaction ce fils qui évoque ce qu'elle était jeune maman, qui parle de sa beauté et de la belle enfance qu'elle lui a donnée. Les autres ne bronchent pas. Josée a cessé de pleurnicher. Les visages sont tendus mais pas vraiment douloureux.

Lorsque le fils se tait, le silence s'établit. Chacun semble attendre une réponse de la vieille. Après un long moment, sans rouvrir les yeux, d'une voix plus calme et plus jeune que celle de son fils, elle dit :

— Je me sens bien... Je partirai pour le grand sommeil quand le prochain soleil se montrera. Encore beaucoup de temps à ajouter à celui que j'ai vu couler... Je vous reverrai dans le monde des Esprits.

Elle se tait. Une de ses petites-filles dit :

— Tout de même, il existe des médicaments.

La centenaire grimace ce qui veut encore être un sourire.

— J'ai cent et trois ans... Il n'y a plus de médicaments.

Un profond soupir soulève la peau d'ours où sont toujours accrochés ses doigts tout en os.

— À présent, mes enfants, il vous faut aller.

Elle ne rouvre pas les yeux pour regarder sortir les siens. Son fils qui reste le dernier met péniblement un genou à terre. Il pose sa main aussi maigre que celles de la vieille sur le front moite. Il murmure quelques mots que personne ne parvient à comprendre. Il se relève et sort sans se retourner.

31

Dès que la terre a pu faire germer les premières graines et nourrir les premières plantes, la prêle s'est mise à pousser. Elle était une herbe comme elle est de nos jours. Très vite, elle a grandi. Toujours avec son tronc creux et ses longues aiguilles, elle a dominé la forêt. Deux fois plus haute que les plus hautes épinettes, elle a gagné sur les autres arbres. Beaucoup sont morts dans son ombre.

Les glaciers recouvraient encore le pays où nous vivons. Quand ils ont commencé de fondre, la végétation les a suivis dans leur recul vers le nord. Les vagues vertes étaient pareilles à celles de la marée lorsqu'elle monte à l'entrée de l'estuaire.

Et la prêle était là, parmi les premières plantes. Comme elle l'avait fait sur les terres du Sud, elle s'est mise à dominer. Elle tenait sous son ombre le reste de la forêt.

Depuis toujours les Wabamahigans sont liés à la plante de vie. Ils ont suivi sa progression vers le Nord quand d'autres peuples les ont chassés des terres du Sud.

Au fil des temps, la prêle a retrouvé la taille qu'elle avait à l'aube du monde. Nos pères se souvenaient de l'avoir connue plus haute qu'aujourd'hui.

Trois fois comme une main, elle peut grandir davantage lorsque les castors élèvent un barrage qui fait monter l'eau. Si la prêle a la force de pousser pour dominer les eaux, c'est qu'elle n'a rien perdu de sa vigueur. C'est cette vigueur qui coule dans nos veines lorsque nous buvons l'eau verte où elle a trempé.

Des temps révolus, elle a également su conserver la pureté. C'est pourquoi elle guérit les maux et redonne force aux malades.

Les gens de notre race qui vivent plus de cent ans ont tous bu la prêle. Elle est la plante des Dieux. Elle inonde le corps de toutes les richesses puisées dans la terre, dans les eaux, dans la lumière du soleil et de la lune. Si on ne lui voit jamais de fleurs, c'est qu'elle fleurit à l'intérieur de sa tige comme les beaux esprits à l'intérieur des cœurs.

Nous qui gardons si précieusement le savoir des anciens, nous redoutons que nos enfants le perdent, et qu'ils ne soient plus tout à fait de la même race que nous. Car nous savons que nul ne saurait être un vrai fils du Loup blanc s'il ne détient les secrets de la taïga.

32

Le jour s'est écoulé lentement de la forêt. Il fait presque nuit lorsque Mestakoshi et Népeshi rentrent avec quatre perdrix des neiges. La vieille ouvre un instant les yeux, hoche à peine la tête et remue le bout de ses doigts.

Les deux hommes se déchaussent et quittent leur parka. Dès qu'ils ont pris leur place, le silence se fait. Tous demeurent parfaitement immobiles, le buste droit, les mains posées sur les genoux et le regard sur ce visage décharné dont la vie se retire comme l'eau de l'estuaire quand baisse la marée. Les paupières sont closes au fond des rides. Le visage de Shigoci semble plus jeune qu'il ne l'était hier.

Une heure peut-être passe ainsi avec la seule plainte du vent et la respiration de cette poitrine qui soulève encore la peau d'ours. Adé se lève pour mettre du bois sur le feu. Elle s'approche et, d'une caresse, elle remonte une mèche de cheveux noire et luisante que la sueur colle sur le front de la mourante. Les paupières s'entrouvrent. Les pupilles se sont décolorées, le regard n'est plus qu'une lueur d'eau trouble. La voix est un souffle à peine audible et toutes les têtes se tendent pour l'entendre.

— Dans les maisons carrées, on sort les morts par la porte et les morts ne savent pas où ils vont. Moi, je sais où je vais. Vous ouvrirez le wigwam du côté du couchant pour sortir mon corps.

Elle ferme les yeux. La couverture se soulève plus vite. Un peu de salive coule au coin de la bouche. Adé va l'essuyer. Quand son souffle s'est calmé, la vieille reprend :

— Vous mettrez mon corps sur les pieux et je verrai encore passer l'hiver. Quand le gel s'en ira, mes os iront dormir avec ceux des ancêtres. Si le fleuve rendu furieux par les travaux des Blancs vient à noyer notre île, mes os pourriront plus vite et mon esprit maudira les Blancs.

Elle cherche un bon moment sa respiration au fond de sa poitrine en tumulte où grondent des colères secrètes.

— Vous direz au curé que je suis partie au pays des Dieux. Les hommes se déchirent et les Dieux vivent en paix.

Elle ferme de nouveau les yeux. Puis, sans pouvoir les rouvrir, elle murmure :

— Nous nous retrouverons.

Une grimace de douleur tire vers ses joues creuses les mille plis qui gravent un soleil autour de ses lèvres. La fente de sa bouche se creuse un peu plus, comme si sa peau s'enfonçait entre ses gencives édentées.

Ce soir, les Wabamahigans ne mangent pas. Ils boivent leur thé en silence et fument leur pipe dont la fumée monte avec la chaleur du foyer.

Odôsi sort pour prendre du bois. On entend crisser ses mocassins sur la neige gelée. Quand elle rentre avec ses bûches sur son avant-bras, le mouvement qu'elle imprime au wigwam déplace une plaque d'écorce. Un paquet de glace décollé glisse en prenant de la vitesse et son raclement paraît énorme.

Le temps s'est arrêté. À deux reprises, parce que la respiration de Shigoci devient plus pénible, Adé se lève et essaie de lui faire prendre une potion que le chaman a composée. À de l'huile de castor, il a mêlé la poudre des neuf herbes de la taïga et un extrait d'écorce d'aulne. Il a passé le tout dans un linge très fin pour ne garder que l'esprit de la terre et du vent. Le breuvage est clair, mais la mourante ne peut plus rien absorber. Adé renonce.

La nuit est presque immobile. Le vent la pousse en gémissant faiblement à la sortie du trou à fumée. De temps en temps, il descend jusqu'au foyer pour en remonter quelques étincelles. Parfois, un chien se lève et s'étire, puis, tournant sur place un moment, se recouche, le museau sur la queue.

Lorsque Mestakoshi sort pour se soulager, le plus gros des chiens le suit. Comme tous les autres, il est du village. Il n'appartient à personne en particulier, mais il allait souvent mendier chez Shigoci et dormir devant sa porte. C'est un gros père à toison rousse et à gueule d'ours débonnaire. Il va se coucher à quelques pas du wigwam. La lune à son dernier quartier éclaire à travers un voile qui a éteint la plupart des étoiles. Mestakoshi murmure :

— La neige va revenir.

Il rentre. Le chien reste dehors. L'air vif provoque un sursaut du feu et réveille le chaman dont la tête était tombée sur la poitrine. Il se redresse et observe Shigoci. À mesure que l'heure avance, les regards se fixent plus intensément sur le visage de la centenaire. Elle n'a pas remué depuis qu'elle a cessé de parler. Son souffle s'est amenuisé. Ce ne sont plus que des graviers qui roulent au fond de sa poitrine.

Souvent, les regards se lèvent vers le trou à fumée pour y guetter l'approche de l'aube, mais il semble que la nuit refuse de s'éloigner.

Le feu faiblit, mais Adé attend qu'il n'ait plus rien à dévorer avant de lui redonner deux bûches qui se mettent à pleurer leur résine.

La bouche de Shigoci s'entrouvre. Un râle ténu fait vibrer sa lèvre. Il se prolonge, puis s'éteint d'un coup. La mâchoire inférieure s'abaisse. La poitrine se vide.

La peau d'ours cesse de vivre.

Personne ne bouge. Quelques minutes passent, puis, devant le wigwam, le gros chien bourru se met à hurler. Les deux autres se lèvent. Mestakoshi leur ouvre et sort avec eux. Ils vont s'asseoir à côté du gros et se mettent à hurler avec lui, le museau pointé vers la lune qui pâlit. Du village, d'autres hurlements répondent.

Le vent est faible. La lumière blême ruisselle sur la neige. Un énorme soleil rond pointe derrière les dents noires des épinettes.

EXTRAIT DE L'ÉCHO *DE SAINT-GEORGES-D'HARRICANA*

Les pionniers de 1971 rendent hommage à ceux des années 30

Au moment où les bulldozers et les tronçonneuses des hommes qui ouvrent la route vers la baie James allaient atteindre les ruines du rang de Val-Cadieu, bûcherons et terrassiers ont dû marquer un temps d'arrêt.

C'est sur la demande de M. Robillard, maire de Saint-Georges, que Me Garnaud a décerné, à titre posthume à l'ensemble des pionniers de Val-Cadieu, l'ordre des Pionniers du Nord dont il est le fondateur et le Grand Maître. Il faut rappeler que M. Stéphane Robillard, aujourd'hui âgé de soixante-quatorze ans, était tout enfant lorsque ses parents sont venus s'installer ici pour fonder notre belle cité.

Hier, accompagné de quelques anciens de la colonisation, M. Robillard est allé recueillir un peu de terre sur la dernière parcelle cultivée par Cyrille Labrèche dont nous n'avons pas oublié la fin tragique. Placée dans un bocal cacheté, cette terre sera conservée à l'hôtel de ville de Saint-Georges en attendant de prendre place dans un musée de la colonisation dont notre municipalité nourrit le projet.

Visiblement très ému, M. Stéphane Robillard a prononcé quelques mots. Puis, les larmes aux yeux, il est allé dans les ruines de l'église où est mort Cyrille Labrèche pour ramasser un morceau de la cloche qui s'est brisée en écrasant le malheureux. M. Robillard veut conserver cette pieuse relique en souvenir de la peine des premiers colons.

On sait qu'au moment où s'est décidé le projet de route vers le nord, M. Robillard était intervenu avec autorité pour que les ruines de l'église et des maisons soient brûlées avant le passage des engins de terrassement et que le tracé soit déplacé de manière à respecter le cimetière où dorment les pionniers de Val-Cadieu.

TROISIÈME PARTIE

LE MINISTRE

33

La tempête s'est levée vers le milieu de la nuit. Une neige d'une rare densité s'abat sur la taïga, pétrie par un Nordet qui hurle sur tout le pays. La tourmente se lève très loin, sur les glaces du Groenland. Elle traverse la mer et la terre de Baffin, elle balaie le détroit d'Hudson et la baie d'Ungawa pour aborder au Royaume du Nord qu'elle attaque de plein fouet avec une rage exceptionnelle. Les bêtes qui l'ont sentie venir se sont terrées. Les Inuits et les Indiens aussi qui l'avaient prévue, mais les Blancs sont surpris. À la mi-novembre, une pareille furie du ciel plaque l'hiver d'un coup sur la terre comme une énorme gifle. Dans les villages, tout se recroqueville au chaud des maisons. Sous leur wigwam, les vieux Wabamahigans écoutent le ciel en entretenant leur feu qui dévore.

Sur tous les chantiers de la baie James, quatre mille hommes éparpillés dans la taïga luttent contre la tornade pour préserver le matériel. Partout, des camions sont bloqués, des machines arrêtées, des convois aveugles roulent au pas jusqu'à devoir s'immobiliser en pleine forêt. Pas un avion, pas un hélicoptère ne peut prendre l'air.

Un mur blanc s'est soudain dressé qui va de la terre grise aux nuées grises invisibles.

À Saint-Georges-d'Harricana, c'est l'obscurité presque totale. Seules quelques voitures sèment des lueurs dans les tourbillons. Des lignes sont coupées, des poteaux arrachés. Le téléphone est muet.

Jusque sur la vallée du Saint-Laurent, l'ouragan déferle en écrasant la forêt. À Montréal comme à Québec, à Trois-Rivières comme à Ottawa, les rues appartiennent tout entières aux éléments en furie. Des voitures roulent pourtant, des gens courbés en deux s'engouffrent dans l'entrée des immeubles. Ceux qui vivent ou travaillent en haut des tours ne voient plus les lumières de la terre, seulement le défilé vertigineux de la neige folle.

De tout le Labrador, de tout le Royaume du Nord, du Québec comme de l'Ontario, les seuls qui ne voient rien de la tempête sont les mineurs de fond et les travailleurs des grands chantiers qui, déjà, ont creusé d'immenses galeries dans la roche. Sous ces voûtes où l'on pourrait bâtir des cathédrales, des machines grosses comme des immeubles de trois étages attaquent la montagne. Des grues emplissent les bennes de camions de trois cents tonnes qui s'en vont dehors vider leurs chargements. Les chauffeurs ont tant vu de tempêtes que c'est à peine si le rythme de leur ronde se ralentit. Quand ils regagnent à vide le tunnel, la neige par paquets tombe de leur carrosserie, les roues plus hautes qu'un homme transforment le sol en bourbier. Les ouvriers au casque bleu posé sur les passe-montagnes de laine continuent leur travail. Ceux de l'extérieur luttent pour tenter de réparer ce que brisent les rafales de plus en plus violentes. Les antennes de radio et les relais sont emportés, les lignes de téléphone brisées.

Pourtant, on ne sait comment, un message est parvenu de Montréal jusqu'au fond des immensités glacées. Il vole d'un chantier à l'autre, de baraquements en dortoirs, de bureaux en camions comme si un vent du Sud parvenait à remonter le torrent de la tornade. Quelques mots hachés que nul n'est certain d'avoir bien compris et qu'on hésite à colporter tant l'ordre paraît insensé : « Arrêt immédiat des travaux. Arrêt immédiat des travaux... »

Des milliers de travailleurs se regardent, s'interrogent.

— Impossible !

Vers le milieu de ce jour qui semble charrier la nuit de l'aube vers la nuit du crépuscule, des hommes qui ont lutté des heures contre la neige rugueuse comme du sable et un vent qui les oblige à s'accrocher aux buissons réussissent à rétablir une liaison téléphonique. Les chefs de tous les chantiers sont à l'écoute. Ils attendent le message que lance un homme depuis un bureau de Montréal lui aussi assiégé par la tempête.

— Décision de justice. Ordre d'arrêter immédiatement tous les travaux, sauf la maintenance du matériel et la subsistance du personnel sur place.

À peine le message est-il reçu qu'une bourrasque plus brutale que les autres arrache à la taïga une poignée d'arbres dont elle balaie de nouveau les fils et les poteaux.

Et le vent seul continue de parler.

34

Du bout de son bâton, le chaman montre le côté nord du wigwam.

— Je suis bien tranquille, c'est plus solide que leurs maudites maisons.

La journée coule, toute de violence à l'extérieur, à peine plus inquiète que d'habitude à l'intérieur quand un coup de bélier ébranle la charpente d'épinettes et la couverture d'écorces doublées de peaux. Autour du foyer, les vieux Wabamahigans sont sans impatience. Ils savent que ce temps de fauve durera trois, six ou neuf jours. C'est la règle bien établie du Nordet. Ce n'est pas leur première tempête, même si aucune ne s'est montrée aussi brutale que celle qui rugit depuis la mi-nuit.

Ils ne sont guère retournés au village que pour des assemblées du Conseil de Bande, assez pour constater que trois de leurs anciennes demeures se sont déjà écroulées. Sans doute des jeunes ont-ils pris quelques planches ou quelques chevrons, c'est pourtant la neige, les averses et les rafales qui ont fait le plus gros travail.

Les hommes tressent des appelants avec des brindilles de saule et de mélèze. C'est l'aveugle qui est le plus habile pour cette besogne délicate et Makwa le plus gauche avec ses énormes pattes.

Les femmes sont déjà en train de préparer la sagamité du soir lorsque la pétarade d'une motoneige déchire soudain le bruit de la bourrasque. Les chiens se lèvent, mais ne grognent pas. Le moteur s'arrête tout près de l'entrée et Makwa va dénouer la courroie qui tient ferme la portière de peau. Un côté s'ouvre, juste de quoi livrer passage à une forme encapuchonnée qui se casse en deux pour entrer. Une autre suit et Makwa s'empresse de refermer.

Les capuchons bordés de loup basculent et les parkas restent vers l'entrée. L'institutrice et le gros Damien ont tous deux le visage barré d'un grand sourire. La jeune femme est très rouge. Le vent de la vitesse et celui de la nuit ont fouetté ses joues rondes où roule une larme.

Ils prennent place tous deux à l'endroit où s'assoient toujours les visiteurs. Ils regardent les vieux, puis se regardent. Qui va parler ? La jeune femme fait un signe à Damien qui dit d'une voix un peu trop claironnante :

— Ça y est ! On a gagné !

Il est aussi essoufflé que s'il était venu au pas de course. Il laisse passer le temps de trois ou quatre respirations avant de reprendre, toujours aussi haut :

— C'est Denise Rafard qui est venue me chercher. Elle l'avait entendu à midi sur sa radio. Puis plus rien. Tout était brouillé... On n'était pas sûrs... Elle a fait sa classe. Moi je suis resté tout l'après-midi à écouter... sur son poste. C'est le meilleur du village. On vient de l'entendre encore.

Il regarde Denise qui opine du chef. Alors il lance en se claquant les cuisses :

— Plus de travaux. C'est fini... Ce que j'aurais aimé être à Montréal avec René et Hervé et tous les autres délégués... Sûr que ça doit être la grosse rigolade !

Comme les vieux semblent indécis, il se tourne vers la jeune femme qui dit :

— C'est exact. Je l'ai entendu aussi. Le tribunal de Montréal a rendu un jugement ordonnant l'arrêt immédiat de tous les travaux. Il y a eu des déclarations de plusieurs personnes. Même le ministre des Affaires Indiennes dit qu'il est satisfait. C'est tout ce que j'ai pu comprendre.

Ils se regardent un moment en silence, puis Damien reprend la parole :

— Je crois qu'il faudrait réunir la population pour annoncer ça. Faut que tu viennes, chef Mestakoshi. Et le chaman aussi, et Népeshi puisqu'il est du Conseil.

— Par ce temps, dit Denise Rafard, ça peut attendre à demain.

— Non, lance Damien. Tout le monde doit savoir. Si le chef Mestakoshi peut pas venir, je ferai l'annonce.

Mestakoshi dont le visage est demeuré impassible se lève lentement. Les autres l'imitent. Damien enfile sa parka.

— Je vais devant prévenir tout le monde.

Comme il se tourne vers l'institutrice, elle lui fait signe d'aller. Tandis qu'il sort, les autres se préparent. Les femmes chargent le feu et le couvrent de cendres humides. La pénombre envahit le wigwam où les silhouettes se déplacent lentement. C'est à peine si l'on entend craquer les brindilles d'épinettes sous les pieds. Parce que le tirage du feu est moins fort, l'odeur des corps et celle des fourrures se font plus denses. Le chef sort le premier, puis le chaman et l'aveugle. Népeshi fait passer l'institutrice devant lui. Les autres suivent. Makwa reste le dernier pour refermer et rouler sur le bas des peaux formant la portière un lourd rondin de bouleau.

La nuit est très épaisse. L'institutrice allume une torche électrique. Le faisceau blanc n'éclaire que la course des flocons serrés. Mestakoshi qui vient de lacer ses raquettes ordonne :

— Éteins ta lumière. Je sais le chemin bien mieux dans la nuit. Tu n'as pas de raquettes, tu passeras la dernière.

Ils vont à la file, dans une obscurité palpable. L'institutrice suit Adé qui lui a donné à tenir la pointe d'un châle. Ils ont déjà atteint le milieu du cimetière lorsque se devinent les premières lueurs du village. Leur clarté donne encore plus d'épaisseur au rideau mouvant que tisse le vent. La forêt hurle moins fort à cause de la proximité des toitures qui déchirent les rafales et miaulent plus aigu que les épinettes.

Lorsque les vieux parviennent près de la salle, ils sont surpris de ne pas entendre la grosse génératrice. Derrière les vitres, on voit se déplacer la flamme de quelques bougies. Des gens arrivent. Certains portent des torches électriques. Des voix crient :

— C'est la panne !

— Ça fait vingt fois qu'on essaie de le lancer. Y partira pas.

Mestakoshi se fraie un passage et entre, suivi des siens. Une forte odeur de fuel emplit la salle. Un homme arrive en maugréant :

— C'est foutu. Une tôle est tombée sur le tuyau qui va des fûts au moteur. Les deux fûts sont vides et le tuyau est coupé.

— On voit assez avec les bougies.

Il y a des cris et une bousculade. Des rires d'enfants et quelques jurons. Le chef élève la voix pour réclamer le calme. Juste à ce moment-là, entre Damien. L'aveugle demande :

— Les paroles ont-elles besoin de lumière ?

— Asseyez-vous, lance Damien, et fermez la porte.

Il faut un moment pour que le calme s'établisse. Le long bâtiment craque comme un vieux navire sur une mer démontée. Il y a peut-être une vingtaine de bougies que des gens tiennent levées. Quatre autres sont posées sur la longue table derrière laquelle les membres du Conseil ont pris place. Damien lance :

— Denise Rafard, elle est là ?

Près de la porte, une forme bouge et l'institutrice répond :

— Je sortirai si tu le demandes ou si tu n'as pas besoin de moi.

Damien se tourne vers le chef Mestakoshi qui fait un signe à la jeune femme.

— Je te demande de venir. Nous ne sommes pas en Conseil. Et puis, tous les Wabamahigans savent que tu es leur amie.

Et les choses se passent à quelques mots près comme elles se sont passées sous le wigwam. Mais ici, quand le gros Damien lance la nouvelle que tous connaissent déjà, une grande clameur monte qui fait vibrer les vitres et couvre le bruit de la tempête. Quand le silence est à peu près revenu, Damien lance de sa voix de victoire :

— C'est la preuve que nous avions raison de nous battre. Quand nos délégués vont rentrer, il faudrait peut-être faire une grande fête.

Il s'est tourné vers le chef Mestakoshi qui hoche la tête et dit :

— Nous ferons une grande fête. Mais il faudra apporter davantage de bougies.

Un rire énorme éclate qui dure un bon moment

avec des vagues et des remous. Puis, avant de se lever, le chef dit encore :

— Espérons que ce jugement rendu par un tribunal de Blancs est un vrai jugement. À présent, il faut aller dormir en attendant d'en être assurés.

Il y a beaucoup de murmures, mais tout le monde se lève. Le bruit des chaises, des bancs et des bottes se mêle au flot du vent qui continue de charrier la nuit folle d'un bord à l'autre des terres du Nord.

EXTRAIT DE L'ÉCHO *DE SAINT-GEORGES-D'HARRICANA*
(16 novembre 1973)

À la stupéfaction générale et à l'étonnement même des Indiens et Inuits qui n'en espéraient pas tant, la Cour supérieure de Montréal a rendu publiques les conclusions d'un jugement de 170 pages, enjoignant aux entreprises qui travaillent sur les chantiers des territoires de la baie James de s'abstenir immédiatement de poursuivre leurs travaux, opérations et projets concernant la construction de routes, digues, barrages, ponts et tous travaux connexes.

Il aura donc fallu onze mois au tribunal pour faire droit aux revendications des 7 000 Inuits et Indiens qui s'opposent à l'ouverture de ces chantiers.

Mais les chantiers sont ouverts et, durant ces onze mois, les travaux se sont poursuivis.

Les responsables interrogés estiment que plus de 300 millions de dollars ont déjà été dépensés. Ils évaluent à 600 000 dollars par jour l'entretien des chantiers paralysés. Encore se déclarent-ils dans l'impossibilité d'établir des prévisions pour le coût du matériel qui pourrait être endommagé du fait de son immobilisation prolongée par le froid intense qui s'annonce.

Le triomphe de la cause des autochtones ne va pas sans opposer, une fois de plus, la Province du Québec au pouvoir fédéral. Les observateurs ne manquent pas de souligner que c'est le ministre fédéral des Affaires Indiennes qui a accordé une subvention de 500 000 dollars aux autochtones pour assurer leur défense.

Mais il semble que la bataille juridique ne soit pas terminée, la Société d'Électrification de la baie James a, en effet, immédiatement interjeté appel de ce jugement.

35

Les vieux Wabamahigans ont regagné leur wigwam assiégé par la tempête. Quand ils ont ravivé le feu, le chaman a dit :

— Le peu de temps que nous venons de passer dans un bâtiment à angles me fait aimer encore plus notre foyer rond. Son amitié avec le vent est bien plus grande.

Personne n'a répondu. Personne n'a soufflé mot du jugement des Blancs. Tous se sont couchés sous les peaux de bêtes en écoutant cette voix du ciel bien moins aiguë, bien plus harmonieuse ici qu'au village.

Mestakoshi n'a rien dit, le lendemain non plus. Leur vie a repris comme si rien ne pouvait plus en modifier le cours tranquille. Ils sont là, pareils à des plantes au repos, protégés de l'hiver par ces écorces et ces peaux et par la neige dont le vent a renchaussé le bas du wigwam. Il n'y a vraiment plus un souffle d'air qui filtre. À tel point que, lorsque le feu n'est pas assez vigoureux pour attaquer des bûches vertes, ils doivent entrebâiller la porte pour attiser le tirage.

Durant les trois jours de mauvais temps, seuls l'institutrice et Vincent sont venus leur apporter des nouvelles. La radio continuait de parler du jugement qui a provoqué beaucoup de réactions.

— Une vraie tempête, a dit Denise Rafard.

Mestakoshi s'est contenté de rire en constatant :

— Une tempête où il n'y a que du vent ne laisse rien sur la terre.

Makwa a lancé :

— Oui, mais avant cette tempête de paroles, ils l'ont abîmée, la terre. Les blessures resteront.

— Je suis trop vieux pour les voir se guérir, mais la taïga parvient toujours à tout faire disparaître. Du moment que les rivières ne sont pas barrées, rien n'est perdu.

Quatre jours passent encore après la fin de la bourrasque. Le froid a serré d'un coup. Il tient le Royaume du Nord sous sa griffe d'acier. Il est d'un bleu très pur avec des reflets presque émeraude, avec des aubes et des crépuscules de sang, avec de la cendre violette partout sur la taïga où le blanc ne domine pas. Dans les nuits, il serre encore plus fort. Il devient noir et argent. Même sa voix est métallique. Il est d'une terrible solidité et pourtant, tellement tendu, tellement effilé qu'on le croirait constamment prêt à se rompre.

En l'écoutant craquer, faire éclater les arbres, écraser la neige et gémir contre les obstacles, Mestakoshi revoit les hivers de trappe et de chasse. Lorsqu'il essaie de se représenter les Blancs sur leurs chantiers figés, il a du mal à les imaginer. Il ne voit que des camions comme on lui en a montré sur des journaux, engloutis sous les neiges et les glaces. Ces hommes qui ignorent tout de la taïga seront-ils jamais à même de lutter dans l'isolement contre un froid pareil ? Le vieux chef qui a jadis secouru des trappeurs blancs se défend d'espérer que l'hiver tue les hommes des chantiers.

Ils attendent sans en parler le retour des délégués. À présent, l'avion peut voler. La banquise doit être assez dure pour qu'il vienne s'y poser. À deux ou trois reprises on a entendu des vrombissements dans le ciel, mais trop haut. Trop loin. On s'immobilise, on tend l'oreille, les regards interrogent les regards, par-delà le ronflement du feu le bruit du moteur s'éloigne.

Et puis, dans l'après-midi du septième jour après l'annonce du jugement, arrive l'institutrice que Clément amène sur sa motoneige. Clément a plus de cinquante-cinq ans. Il est aussi du Conseil. Il n'est pas venu vivre sous le wigwam parce qu'il demeure avec ses enfants. Il s'assied à côté de l'institutrice et tout le monde comprend tout de suite qu'ils n'apportent pas de bonnes nouvelles.

La pomme rouge de Denise Rafard ne sourit pas. Les yeux de Clément vont de ce visage rond au feu comme s'ils suivaient une mouche. C'est un petit homme large d'épaules et presque sans cou. Il parle très peu et toujours en cherchant ses mots. Il finit par dire :

— Denise Rafard va vous expliquer. Elle a entendu... La radio, c'est en français... moi, je comprends pas.

L'institutrice respire longuement, ses gros seins tendent son chandail noir à chevrons gris. D'une voix pas bien hardie, elle commence :

— Il paraît que la cour d'appel a décidé que les travaux peuvent reprendre. C'est provisoire. Il y aura un autre jugement... mais en attendant, ça va continuer.

Le visage de Mestakoshi n'en dit pas davantage que lorsqu'il a appris l'ordre d'arrêt des travaux. Là encore, c'est Makwa qui parle :

— Je m'en doutais ! Et Damien, y vient que pour rigoler. Pour dire que les vieux...

Comme il hésite sur un mot, le chef se hâte d'intervenir :

— Clément est du Conseil autant que Damien.

Puis, se tournant vers Clément :

— Pas besoin de réunion. Les gens sauront.

Le petit homme fait oui en balançant sa grosse tête posée directement sur ses épaules. Il dit :

— On en saura plus quand ton fils et Hervé reviendront.

Il regarde l'institutrice comme s'il n'osait pas se lever avant elle. Denise Rafard ajoute :

— Vous savez, rien n'est perdu. Des fois, les procès durent des années.

D'une voix un peu aigre qu'il n'a pas souvent, Népeshi lance :

— S'ils interdisent les travaux quand notre fleuve n'aura plus d'eau, ce sera trop tard.

— La taïga se défendra, fait le chaman.

L'institutrice se lève et enfile sa parka. Clément l'imite et ils sortent. Makwa les suit et on les entend parler sans pouvoir comprendre ce qu'ils disent.

Les autres demeurent figés. Seules les lueurs du feu font vivre les regards.

36

Aucun homme ne saurait édifier des barrages aussi solides que ceux des castors. Personne ne parviendrait aussi bien qu'eux à creuser des canaux pour flotter les bois.

Depuis que le monde est monde, jamais les castors n'ont cessé leurs travaux. Sans relâche, ils bâtissent des digues et construisent des huttes avec le bois de la forêt, la boue des cours d'eau et la tourbe des marais. Pourtant, les arbres continuent de pousser, les rivières suivent leurs cours éternel, les tourbières entretiennent leur vie profonde et secrète, le soleil et le vent poursuivent leurs jeux dans les vallées.

Quand nous pensons à nos terres de trappe du Haut Pays, comment pourrions-nous croire que les eaux monteront un jour à hauteur des cimes sans que ce soit la fin du monde ? Comment des hommes parviendraient-ils à faire de cette terre ce qu'elle était avant le retrait des eaux sans provoquer la fureur des Dieux ?

Comment nos yeux pourraient-ils voir pareilles choses et où serions-nous réfugiés pour les voir ?

Comment pourrions-nous seulement imaginer qu'un seul de nos fleuves cesse de couler ?

Les rapides ont besoin de bondir au grand soleil

sur les rochers, c'est seulement de cette manière qu'ils épuisent leur colère. Il faut que les caribous en migration puissent traverser les rivières où ils ont l'habitude de le faire depuis des millénaires ; que les saumons retrouvent leur chemin de toujours pour remonter à leurs frayères.

Comment pourrions-nous imaginer que des hommes nous obligent un jour à quitter ces lieux où les Wabamahigans vivent depuis si longtemps ?

Comment imaginer que des rivières où tant de générations d'Indiens ont navigué dans leurs canoës, où tant d'hommes et de femmes ont pêché pour se nourrir depuis l'arrivée de nos ancêtres sur cette terre puissent disparaître ?

Et qui aurait l'orgueil assez grand pour vouloir se mesurer à elles ?

Nous n'avons jamais redouté ni le froid, ni la neige, ni l'ours, ni le loup, ni la violence des rapides, et aujourd'hui, si près de notre mort, nous avons peur des hommes et de leurs lois qui ne sont pas les nôtres. Nous avons peur que notre terre que nous sentions si solide sous nos pieds nous soit volée.

37

Peut-être en raison du grand beau temps, l'ordre de reprise du travail parvient sur les chantiers bien plus facilement que l'ordre d'arrêt, sept jours plus tôt. Qu'il vienne par radio, par téléphone, par avion, par hélicoptère, par camion ou motoneige, une grande joie se lève dès qu'il est lancé. Les Québécois qui travaillent ici sont bien de la race des pionniers. Du chef de chantier diplômé des grandes écoles d'ingénieurs au plus modeste des manœuvres, tous ont dans le sang cette volonté farouche de faire rendre à cette terre tout ce qu'elle recèle de richesses.

Et pourtant, les échos de la presse qui leur parviennent sont presque tous pour condamner cette vaste aventure.

— Faut se battre contre la roche, et faut se battre aussi contre ceux qui seront les premiers à récolter les fruits de ce qu'on fait.

Ils plaisantent. Mais ils se demandent s'ils ont bien fait d'accepter ce défi. Et précisément parce qu'il s'agit d'un défi, parce qu'on leur a tant et tant répété qu'ils vivent une des plus grandes aventures des temps modernes, ils sont fiers d'être là.

Certains sont encore sous la tente, d'autres dans

des bâtisses de contreplaqué. Ils se chauffent avec de gros poêles à fuel. Des génératrices tournent jour et nuit pour leur donner de la lumière. Leur grande crainte est que l'avion qui leur amène le carburant ne puisse pas se poser sur la glace des lacs où souffle un vent terrible, où se lèvent de subites poudreries.

Quand l'un d'eux se blesse sérieusement, il n'y a pour le soigner que des trousses de premier secours. Pas de médecin, rarement un infirmier de métier. En attendant l'avion ou l'hélicoptère, il faut se tordre de douleur sous une tente car une loi que ces hommes maudissent à chaque accident interdit la possession et l'emploi de tout ce qui pourrait atténuer la douleur en tout lieu où nul médecin n'est présent pour prescrire. Un pouce arraché, une cuisse entaillée par une tronçonneuse, un pied écrasé par un rocher, il faut voler jusqu'à Matagami enroulé dans dix couvertures, couché sur le métal glacé d'une carlingue sans chauffage.

C'est dur, la vie sur les chantiers. Un homme lance :

— Je sais pas si les colons du temps de Champlain en ont bavé autant.

Les autres rient. Un graisseux de roues réplique :

— Pas besoin de remonter si loin. Mon père était colon en Abitibi en 1934, je te dis que c'était encore pire !

Leur souffrance est une fierté. Sur le chantier de LG2, le plus important, ils sont déjà cent cinquante. Parmi eux, il y a un « vieux ». Pas loin de quarante ans. Il était de la première équipe débarquée pour la première exploration. Quand il raconte, le soir, sous la tente-réfectoire où ils s'entassent à cinquante pour leur repas, on boit ses paroles. On en réclame. Lorsqu'un nouveau arrive, on veut qu'il entende lui aussi et on écoute avec lui. Si le vétéran oublie un détail, il y a tout de suite quelqu'un pour se souvenir à sa place :

— Et ça, tu lui dis pas ?

À force d'écouter, ils ont l'impression d'avoir vécu avec lui cette aventure de ses débuts. La lutte était plus rude, la douleur et le risque bien pires, mais quelle joie de pouvoir dire plus tard :

— La baie James, j'y étais dans les premiers !

38

L'hiver a passé sur les terres et les glaces du Nord. Vincent vient toujours, avec quelques camarades, entendre les récits des vieux. Le feu libre d'un vrai foyer les attire autant que le mystère de ces personnes d'un autre temps qui vivent comme en un jeu. Dans les jours clairs et calmes, Mestakoshi et Népeshi les ont parfois emmenés avec eux pour chasser les perdrix blanches et lever les collets.

Le prêtre vient de temps en temps. L'institutrice est la plus fidèle.

Chaque fois que l'avion qui se rend à Poste-de-la-Baleine se pose sur la banquise en aval de l'île, des hommes vont aux nouvelles avec leurs motoneiges. Le soir, René ou plus souvent Hervé viennent voir les vieux. Et c'est chaque fois le même refrain que l'on écoute sans broncher :

— Nos avocats avancent. Y aura un autre jugement.

Le seul qui ne puisse s'empêcher de réagir est Makwa. Il grogne à sa manière d'ours grinchcux :

— Sûr que les machines à casser les montagnes avancent plus vite que les avocats.

À la fin de février, les trappeurs reviennent des

Hautes Terres. Aucun d'entre eux ne se montre sous le wigwam. Le chaman observe :

— De mon temps, un homme ne serait pas revenu au village sans commencer par rendre visite au chef.

Mestakoshi ne bronche pas. Makwa les rencontre en allant au bois. Népeshi aussi et Kinojé et également sa femme Odôsi qui apprend beaucoup par sa fille. Vincent apporte des revues où l'on voit des photographies des travaux. Il traduit comme il peut et, plusieurs fois, l'institutrice traduit aussi.

Les vieux se contentent de serrer les lèvres.

Le printemps éclate. La banquise craque, le fleuve charrie ses glaces comme chaque année. Puis se mettent à monter des tourbières des myriades de moustiques et de maringouins. Une boucane se consume en permanence devant le wigwam. Bientôt s'allume le feu du fumoir pour la viande des oies que les chasseurs tuent au passage.

La vie est faite de ces gestes vieux comme le temps qui font oublier qu'une menace pèse sur ce qui se perpétue ici depuis tant d'années.

Alors que l'estuaire a à peine fini de pousser ses glaces vers la mer, arrive par la radio la nouvelle qu'un ministre de Québec s'est envolé avec sa suite pour rendre visite aux Indiens de la baie James. Il a prévu de venir sur la Longue Île où sont les Wabamahigans.

C'est le gros Damien triomphant qui vient l'annoncer au chef Mestakoshi :

— Tu vois, c'est eux qui se déplacent. C'est qu'ils savent notre force. Ils ont peur.

— S'il vient et si c'est vraiment un grand chef, c'est qu'il veut notre terre.

— C'est un grand chef et il faut que ce soit toi qui le reçoives.

— Tout dépend de ce qu'il veut.

— Tu le sauras quand il te l'aura dit.

Mestakoshi cesse de répondre et Damien s'en va. Après lui, c'est René qui arrive avec Hervé.

— Il faudra que tu sois là.

— Pas avant de savoir quel vent le pousse.

Ils discutent un moment, puis, élevant légèrement le ton, le vieux chef déclare avec une solennité qui en impose :

— Je suis le grand chef des Wabamahigans, celui qui vient est pour le grand chef des Blancs ce que toi, mon fils, tu es pour moi. C'est toi qui lui parleras. Tu me diras ce qu'il veut de nous. Si sa demande est compatible avec notre conception de la terre et avec ma dignité, j'irai. Tu dis toi-même qu'il ne nous rend pas visite pour faire signer, mais pour expliquer. Je ne comprendrai pas. Ma présence alourdirait la rencontre.

Il se tait. Ils sont devant le wigwam dans la fumée de la boucane. Le soleil est chaud. C'est le milieu de juin.

Les regards des vieux sont braqués sur Hervé, et sur René dont l'attitude dit assez qu'il est fier d'être chargé de recevoir le ministre. Son père observe un long silence avant d'ajouter :

— Tu demanderas tout de même à Denise Rafard d'être là. Elle écrira des choses dans son cahier. Quand vous viendrez me dire, elle viendra avec vous.

Hervé approuve. Il semble satisfait de cette décision. René beaucoup moins.

— J'ai dit, lance le vieux chef en se tournant vers l'entrée du wigwam.

Les deux conseillers s'éloignent. Ils sont déjà au milieu du cimetière lorsque Népeshi dit :

— Moi, si tu veux, je peux aller.

— Moi aussi, s'empresse de dire Makwa.

Le vieux chef fait du regard le tour des visages, lentement, comme s'il voulait que ce qui se trouve au fond de lui pénètre très profond dans le cœur des autres. Puis, d'un ton presque doux, il dit :

— Ira qui voudra.

Personne ne répond. Tout le monde sait que personne d'ici ne voudra se rendre au-devant du ministre.

39

Les jours ont passé sans qu'on parle beaucoup de cette visite attendue. Sous le wigwam, la vie se poursuit à peu près comme si rien ne se préparait. Seul Makwa se rend souvent au village. L'ours a besoin de rencontres. Est-il parfois tiraillé entre l'envie d'une existence plus animée et le besoin de vie calme, dans les vieilles traditions ? Sans doute est-il surtout d'une nature très curieuse que tout intéresse. Kinojé et Odôsi vont de temps en temps voir leurs enfants.

— Pas besoin d'aller là-bas, dit l'aveugle, pour deviner ce qui s'y passe. Moi qui ne vois rien, je peux vous raconter ça en détail. Ils se sont tous assis sur des braises. Depuis, ils ne tiennent plus en place. Ils vont décorer la grande salle comme pour Noël.

Le soir même, Vincent parle de ces préparatifs. Il le fait avec mépris en ajoutant :

— Nous aussi on a formé la bande des vieux.

— Vous êtes combien ? demande Adé.

— Quatre.

— Et qui est l'aîné ?

— Ben, c'est moi.

— C'est bien, observe le chaman, le plus vieux des vieux a onze ans.

— Parfaitement. Et leur ministre, quand y sera là, on viendra chez vous.

— Non, tranche Mestakoshi, vous irez avec les autres.

Vincent ne répond pas. Il regarde le chef d'un air de dire qu'il aura sa revanche.

Le lendemain, l'institutrice demande :

— Savez-vous ce que fait Vincent, avec les trois de sa bande ? Eh bien, ils montent un wigwam de l'autre côté du village.

Nul ne bronche, mais l'émotion voile plus d'un regard.

À l'aube suivante, le vieux chef sort seul. Il marche jusqu'au bois où il s'engage. Il gagne la rive nord de l'île. C'est une zone de broussailles où l'on ne vient guère qu'au printemps et en automne pour chasser les oiseaux en migration. D'épaisses nuées de vermine ailée montent du sol spongieux. Mestakoshi a enfoncé une tuque de laine jusqu'au bas de ses oreilles comme pour affronter un grand froid. Il tire d'énormes bouffées de sa pipe. Il s'essuie souvent les yeux et le dos de sa main ruisselle de sang.

La construction des enfants n'est pas difficile à découvrir. Pour n'être pas vus du village, ils ont choisi la partie la plus dense de la forêt. En abattant ce qu'il leur fallait d'épinettes pour leur armature et le matelas de branchages, ils ont débroussaillé une belle place. Le sol est tassé. Des pierres ont été apportées pour le foyer intérieur et pour un autre, devant la construction, comme si un fumoir devait également être édifié.

Le wigwam est à la taille des enfants, exactement à l'image de celui des vieux. La couverture d'écorce est déjà aux trois quarts. Mestakoshi s'en approche et l'examine avec attention. Il se déplace comme s'il redoutait de casser quelque chose. Sa grosse main touche pour s'assurer que tout est solide.

Vincent et ses amis ont réussi à se procurer quelques vieilles peaux d'orignal et de caribou. Le chef reconnaît des lanières qu'il avait laissées dans sa remise. Ces courroies usées et maintes fois rafistolées suffisent à faire bondir autour du wigwam commencé huit chiens de traîneau splendides. La vision est fugitive mais douloureuse.

Ce n'est pas le premier wigwam que construisent les enfants, mais ils n'avaient encore jamais rien monté de cette taille et qui ait ce fini. D'habitude, ils se tiennent à proximité du village et traînent dans des constructions ouvertes à tous les vents de vieilles ferrailles, des boîtes de conserve, des bouteilles et des bidons de plastique. Tout ce qu'ils ont utilisé ici vient de la nature.

Le vieux chef s'éloigne à regret, la poitrine un peu serrée, en s'appliquant à ne rien déplacer qui risque de révéler son passage.

Quatre soirs passent sans que Vincent ne vienne voir les vieux. Le chef se demande avec une pointe d'angoisse si le garçon n'a pas eu vent de sa visite. Quand l'enfant revient, c'est Adé qui s'empresse de lui demander ce qu'il a fait :

— J'avais trop de devoirs.

Enfin, après une semaine d'attente qui paraît d'autant plus longue que nul n'en souffle mot, le jour est là.

Mestakoski se garde bien de sortir. L'aveugle et le chaman demeurent avec lui sous le wigwam. Mais les autres sont dehors, près du fumoir depuis un bon moment, quand on entend l'hydravion, Il tourne deux fois au-dessus de la Longue Île avant de se poser sur le fleuve. L'eau est déjà haute. Ce n'est pas tout à fait le milieu de l'après-midi. Le ciel est pur. La forêt silencieuse.

Le chef n'est même pas tenté de sortir. Le chaman et l'aveugle restent avec lui. Ils sont exactement comme s'ils ne voulaient rien savoir de ce qui se passe. D'ici, ils ne peuvent rien entendre, mais Adé ne tarde pas de rentrer pour les renseigner :

— En tout cas, on peut dire qu'il n'est pas tout seul. Il y en a au moins quatre avec lui. Et je crois bien qu'il en reste dans leur avion.

C'est exactement comme si elle parlait à un billot. Elle hésite. Les autres rentrent. Népeshi dit :

— Je vais monter pêcher à la pointe de l'île.

Makwa dit :

— Je vais avec toi.

Ils sortent. On les entend parler un moment en préparant leur matériel et leurs amorces, puis leurs voix s'éloignent et c'est le silence. Le jour est calme. Le wigwam est largement ouvert mais on ne voit que le fumoir, des hautes herbes et, pardessus, des pointes d'épinettes qui se détachent sur le ciel où sont suspendus trois tout petits nuages blancs. Il n'y a pas un souffle de vent.

— Ils ne pêcheront rien, observe Kinojé.

— Ils le savent bien, dit Mestakoshi avec un sourire.

Kinojé montre le damier. Le chef fait oui de la tête. Ils s'approchent tous deux du jour, s'assoient face à face et se mettent à jouer. Les femmes ont repris leur travail. Adé et Odôsi coupent des lanières de cuir, Amo est partie au bois. Seuls le chaman et l'aveugle demeurent au fond du wigwam. L'aveugle raconte une chasse aux caribous durant laquelle son père et lui ont porté secours à un trappeur blanc qui s'était cassé un bras en tombant d'une cache à viande.

— Jusqu'à sa mort, ce trappeur est venu nous voir chaque année sur nos lignes de trappe. Il m'a donné un couteau et il a voulu une toute petite peau en échange. Dans ses coutumes à lui, c'était pour éviter que la lame vienne à couper l'amitié.

C'est le moment des longues journées, mais le soleil est déjà couché lorsque les deux pêcheurs reviennent. Ils n'ont pris que très peu de poissons. À peine ont-ils posé leur matériel que les chiens se lèvent et regardent vers le village. Le ciel est rouge et jaune vers le Couchant. Le clocher s'y découpe presque noir.

— Quelqu'un vient, dit Makwa.

Mestakoshi et Kinojé sortent rejoindre les autres.

— C'est Denise Rafard. Elle court.

L'institutrice arrive très essoufflée. Son visage est plus rouge que d'habitude. En essuyant la sueur sur son front, elle a écrasé des maringouins. Elle a du sang jusque sur le nez. À mots hachés, elle s'adresse au vieux chef :

— Il faut que tu viennes. Le chaman aussi, et les autres.

— Qu'est-ce qu'il y a ?

— Ils ne veulent pas laisser partir le ministre. Les femmes sont enragées, même certains enfants. Damien a frappé le secrétaire du ministre. Ils disent qu'ils veulent le garder et qu'ils ne lui donneront à manger que du poisson pourri.

— Venez !

Le chef Mestakoshi s'est adressé à tous les siens. Sans se soucier de savoir comment ils suivent, il allonge le pas. Denise Rafard trottine à côté de lui.

— Ton fils et Hervé ne voulaient pas s'éloigner. Il n'y a plus qu'eux pour les retenir de boxer les Blancs.

— Qu'est-ce qu'ils ont donc dit ?

— Rien de plus. Ils n'arrivent pas à se comprendre bien. Les femmes voudraient tout de suite tout, d'autres veulent l'arrêt des travaux. Personne n'est d'accord avec personne et ce ministre ne peut même pas parler.

Mestakoshi ne dit plus mot. À présent qu'ils approchent, les cris leur parviennent par vagues violentes.

40

Lorsque Mestakoshi ouvre la porte de la salle paroissiale, le chahut est à son comble. Les quelques personnes qui le voient entrer se taisent et s'assoient. Les autres, pour la plupart debout sur les chaises et les bancs, continuent de crier. En face, sur une estrade, très serrés les uns contre les autres, il y a le Conseil à droite, puis les cinq Blancs. Le ministre est à côté de René. Tous ont desserré leur cravate et déboutonné leur col de chemise. Bruns ou pâles, tous les visages sont luisants. Les regards farouches ou inquiets. Le sol est jonché de boules de papier. Des guirlandes déchirées pendent du plafond. Des gens sont debout sur les côtés, dans les encoignures des fenêtres et devant la porte à laquelle ils tournent le dos. À deux pas du chef Mestakoshi, une jeune femme hurle d'une voix stridente :

— On prendra des fusils pour tirer sur vos barrages !

Mestakoshi s'avance, pose sa grosse main sur le bras de la furie et serre à faire mal. Prête à mordre, la femme se retourne. Instantanément, la haine dans ses yeux se mue en frayeur. Ses lèvres tremblent. Posément, le chef dit :

— Va t'asseoir.

Elle se faufile et s'éloigne. En quelques instants, tout le monde découvre le vieux chef que suivent Népeshi, Makwa et Kinojé. Le silence se fait. Il est tout de suite tendu. Épais comme la fumée bleue qui flotte sous les globes électriques. Le ronflement de la génératrice devient énorme. Les autres vieux arrivent, un peu essoufflés, avec l'institutrice. D'une voix très enrouée, René lance un ordre. Il se fait un remue-ménage dans les premiers rangs d'où sortent des chaises qu'on aligne au pied de l'estrade. Les vieux vont y prendre place, sauf le chef, le chaman et Népeshi qui montent sur l'estrade. Le ministre et les siens se lèvent. Avant de s'avancer vers eux, le chef se retourne, cherche Denise Rafard à qui il fait signe d'approcher. C'est seulement quand elle l'a rejoint qu'il fait les deux pas qui le séparent encore des Blancs. Sa démarche et ses gestes sont mesurés, comme ralentis par l'épaisseur du silence moite qui écrase l'assemblée. Il serre les mains qu'on lui tend.

Le ministre est à peine plus petit que le vieux chef. Il a un visage plein, un front haut et des cheveux noirs tirés en arrière. Son regard brun est franc. Il sourit. Sa main est solide. En français, très lentement, il explique :

— Mlle Rafard nous a déjà aidés. Elle va traduire. Elle connaît la langue des Wabamahigans bien mieux que mon interprète.

L'homme à lourdes lunettes qui se tient en retrait dit dans la langue de Mestakoshi :

— C'est vrai, moi je n'ai jamais eu la chance de vivre à Odenamanitak.

— Tu peux venir vivre avec nous, réplique le chef. Denise Rafard te dira qu'ici la vie est bonne.

La traduction faite, le ministre lance :

— La vie est bonne à condition qu'on n'oblige pas les prisonniers à manger du poisson pourri.

La salle se met à rire. Le rire tombe dès que Mestakoshi lève la main. Les visages se referment aussitôt.

— Tu n'es pas prisonnier, tu es invité. Si tu as faim, nous te donnerons la meilleure part de ce que nous avons de meilleur. Tu n'as pas fait tout ce chemin sur ton oiseau pour être ici dans la colère.

— Je suis heureux de rencontrer les anciens et de constater qu'on ne m'a pas menti en me parlant de la grande sagesse du chef Mestakoshi.

Pendant que l'institutrice traduit, il y a quelques murmures. Le vieux chef les fait taire. Il hoche la tête. Le ministre dit encore :

— Je suis venu jusqu'à toi parce que tu es mon aîné. C'est à moi de me déplacer. Et toi, tu refuses de venir où nous vivons. Je suis venu en ami, en toute confiance. Sans police pour me protéger. Je suis là pour parler avec toi et conclure une entente.

Le chef répond calmement :

— Je ne suis pas venu ici pour parler. Je suis venu parce qu'on m'a dit que tu n'étais pas accueilli comme tout visiteur doit être accueilli.

Il y a quelques rires et des murmures que Mestakoshi arrête d'un regard tandis que l'institutrice traduit. Le ministre rit et dit :

— J'ai bien pensé que ce n'était pas la coutume de ton peuple. Mais je voudrais que tu écoutes et que ton peuple écoute ce que j'ai à dire à propos des travaux.

Mestakoshi fait non de la tête avant même que la traduction ne soit achevée. Puis, toujours avec le même calme, la même hauteur, il répond :

— Je sais que vous avez entrepris des barrages et des routes sur nos terres. La seule chose que je vois, c'est que vous l'avez fait sans nous demander la permission.

Il y a des grondements. Une houle secoue les têtes. Le chef fait un geste de la main comme s'il voulait assommer un lièvre et il tranche net les murmures.

— Je suis venu pour en parler, dit le ministre.

Le chef Mestakoshi montre l'estrade jonchée de papiers, la salle dont la décoration a été arrachée et la houle des têtes.

— On ne parle pas de choses importantes en un lieu souillé par la colère. On ne parle pas de choses importantes après avoir crié et menacé ou après avoir subi des menaces. Les têtes ne sont pas habitées par l'esprit de clarté.

Le ministre se penche vers un de ses compagnons et parle bas avec lui, puis, se tournant vers Mestakoshi, il dit :

— Dans une heure, le fleuve n'aura plus assez d'eau pour que mon hydravion puisse s'envoler. Si tu peux nous héberger et nous assurer ta protection, nous resterons ici.

Mestakoshi n'a pas à réfléchir pour répondre :

— Tu ne risques rien ici.

Le ministre le sonde du regard quelques instants.

— J'aimerais dormir sous ton toit.

Il y a des rires.

— Mon toit est le wigwam.

— J'aimerais dormir sous ton wigwam.

Avec beaucoup de gravité, le chef dit :

— Ce sera un grand honneur pour moi et pour mon peuple.

EXTRAIT D'UNE LETTRE D'UN CONSEILLER AUX AFFAIRES INDIENNES ADRESSÉE AU MINISTRE DE L'INDUSTRIE

Les Inuits et les Amérindiens sont encore habités par la patience des anciens. Les jeunes le sont déjà moins et il est à craindre que leurs enfants ne le soient plus du tout. Seront-ils terroristes ? Mystère ! Vous avez bien vu que ceux de Saint-Régis commencent à creuser des trous dans la route lorsqu'ils ne sont pas satisfaits. Je crois que nous tablons beaucoup trop sur la patience séculaire des trappeurs. Les jeunes ne sont plus guère trappeurs, et bien moins patients. Ils le seront encore moins quand on leur aura pris leurs territoires de trappe.

Dites-vous bien que lorsque vous aurez édifié des lignes à haute tension à travers leurs terres pour vendre du courant aux Américains, rien ne leur sera plus facile, pour revendiquer, que de faire sauter vos pylônes. Et vous savez que certains d'entre eux commencent à dire que vous voulez vendre leur pays aux États-Unis.

EXTRAIT D'UNE LETTRE D'UN MISSIONNAIRE JÉSUITE

Je vais parfois dans un village de sauvages où certains vieux accrochés à leurs croyances refusent absolument de se convertir. Et pourtant, parce qu'il est le chef du village et qu'il habite la plus vaste et la plus belle tente, lorsque la température m'interdit de célébrer ma messe en plein air, c'est le plus dur de tous qui m'offre l'hospitalité pour l'eucharistie. J'en suis chaque fois profondément bouleversé. Et il me semble, à chanter la gloire de notre Dieu en cet espace où on en adore d'autres, que quelque chose de très beau et de très chaud se passe. C'est un peu comme si je retrouvais ici la pureté de l'étable de Bethléem. Il me semble que Notre Seigneur qui veut bien se placer sous les espèces du pain doit se sentir à l'aise sous des écorces de bouleaux et des peaux de bêtes...

41

Avant de quitter la salle, le chef Mestakoshi a donné des ordres. Makwa et Kinojé iront allumer un feu près du ponton. Ils y passeront la nuit pour garder l'hydravion où couchent le pilote et le radio. Hervé logera chez lui deux des compagnons du ministre et René les deux autres. Tous sont sortis de la salle sous le regard des Wabamahigans toujours silencieux. Beaucoup d'hostilité se lisait encore sur certains visages, mais l'autorité du chef demeurait bien assise.

La nuit n'était pas encore là quand ils sont arrivés au wigwam. L'institutrice qui les avait accompagnés a demandé à Mestakoshi s'il avait quelque chose à demander.

— Dis à cet homme que mon toit est le sien. Les Wabamahigans ont l'habitude de dormir dehors, à côté du feu. S'il désire être seul pour la nuit, nous lui laissons la place.

Le ministre a éclaté de rire :

— Au contraire, je suis heureux d'être avec eux. Nous allons tous faire des rêves de fraternité.

L'aveugle a laissé le temps de la traduction puis :

— Dis-lui que, si mes yeux morts ne le voient pas, mon cœur le devine.

— Tu peux aller au fond de moi, dit le ministre, tout y est limpide. Rien n'est caché.

Le ministre a dit à l'institutrice qu'elle pouvait se retirer.

À présent, les vieux sont autour du foyer, comme d'habitude. Odôsi est allée porter de la banique, du poisson fumé et du thé à Kinojé et à Makwa. Quand elle rentre, elle reprend sa place. Personne ne souffle mot. La sagamité cuit dans le chaudron noir.

Au bout d'un moment, le ministre se met à parler. Il fait des gestes. Il montre le feu, le chaudron, puis tend le bras vers l'extérieur pour désigner le fleuve. Mestakoshi comprend assez le français pour savoir ce que cet homme lui explique. Les barrages n'empêcheront pas les rivières de couler. Les Indiens pourront continuer de pêcher et de vivre comme ils le voudront. Il laisse son hôte s'exprimer avec ses gestes répétés plusieurs fois et les mots qu'il prononce lentement. Cet homme a un visage qui inspire confiance, mais, au comptoir de la Grande Compagnie, on a connu bien d'autres Blancs au visage sympathique et qui volaient les Indiens. Mestakoshi hoche la tête de temps en temps et, quand le ministre se tait, il a un geste de désespoir pour signifier qu'il n'a rien compris.

Adé se lève et annonce que la sagamité est prête. Elle prend sa louche et emplit une gamelle émaillée qu'elle tend au ministre. Amo lui donne une cuillère. L'homme tient un moment le récipient brûlant avant de le poser sur le sol devant lui. Dès que tout le monde est servi, Amo regagne sa place et le silence se fait. Les regards sont braqués sur le visage du ministre qui semble écouter la nuit. La portière est restée à demi ouverte. La fraîcheur entre et coule comme une source pour envelopper le feu et lui donner vie.

Des nocturnes se répondent d'une rive à l'autre du fleuve et leurs appels viennent jusqu'ici. Le ministre est attentif à tout. Les chiens vont le flairer et il les flatte d'une main qui connaît. Il les écarte sans brutalité mais fermement quand ils tentent de s'approcher de sa gamelle. Dès que le vieux chef se met à manger, tout le monde fait comme lui. Après la deuxième bouchée, le ministre s'adresse à Amo :

— C'est bon... C'est très bon !

Sa mimique est assez éloquente pour qu'on comprenne sans les mots. Amo sourit et hoche la tête. Son visage aux pommettes très saillantes exprime une grande satisfaction. Elle énumère tout ce qu'elle a mis dans sa sagamité et le ministre, à chaque mot, fait oui de la tête comme s'il avait parfaitement saisi.

Tandis qu'ils mangent, la nuit achève de sortir lentement de terre. Adé se lève pour aller fermer le wigwam.

Dès qu'elle a repris place, Amo et Odôsi servent des filets d'oie fumée sur de la banique cuite le matin même. Ensuite ce sont des truites fumées.

Le ministre mange avec grand appétit. Il répète souvent que tout est très bon et les femmes le remercient en souriant et en hochant la tête.

Lorsqu'ils ont terminé leur repas et sortent les pipes, le ministre tire de sa poche un paquet de cigarettes. Il se lève pour en offrir, mais seule Odôsi en prend une qu'elle défait et bourre dans sa pipe. Elle dit en français :

— C'est bon.

Tout le monde rit et le ministre demande :

— Tu parles français ?

Odôsi fait non de la tête. Dans sa langue mais

avec force gestes, elle explique que ses petits-enfants vont à l'école et parlent français. Elle, elle sait dire : « Bonjour. C'est bon. C'est beau. Le feu. L'oiseau. » Elle est trop vieille pour apprendre.

Le ministre a allumé sa cigarette comme les Wabamahigans allument leur pipe, en enflammant une brindille sèche au foyer. Il fume à longues goulées, et il parle. Il explique lentement que les barrages ne tueront pas les rivières. On a mené toutes les études utiles et des spécialistes de la flore et de la faune ont fait en sorte que les précautions nécessaires soient prises. Les Wabamahigans hochent la tête. Ils ont l'air très intéressés par ce que dit cet homme qui, pris par son propos, s'est mis à parler de plus en plus vite. Après un long discours, lorsqu'il se tait, Mestakoshi fait un geste de désespoir pour signifier qu'il n'a rien compris. Le ministre a lui aussi un geste par lequel il veut dire qu'il est désolé. Un moment passe, puis le chaman se met à parler. Il dit que les Wabamahigans n'ont pas besoin de barrages, d'électricité et de maisons carrées. De son bâton, il montre à plusieurs reprises le cercle de la toiture qui les protège et parle longuement de la rondeur de l'univers qu'il ne faut pas détruire.

À son tour, le ministre écoute exactement comme s'il suivait parfaitement l'exposé du chaman. Il prêtera la même attention aux longs propos du chef Mestakoshi qui lui parlera de leur vie, de la chasse et de la trappe et de tout ce qu'ils ne veulent ni donner ni prêter et encore moins vendre.

Quand le vieux chef se tait, il est déjà tard. Tout le monde sort pour les besoins d'avant la nuit. Les femmes remettent du bois et de la mousse humide sur le feu du fumoir. La lune est à son dernier quartier et son mince croissant éclaire très peu. Les étoiles scintillent comme si un vent violent les malmenait, mais ici, il n'y a que le souffle frais qui monte de la mer.

Quand les hommes rentrent, Adé qui était revenue sans qu'on la remarque, tel un animal de nuit habitué à se déplacer sans bruit, a préparé une couchette pour leur hôte. Trois peaux d'ours sont étendues sur une peau d'orignal. Une autre est roulée pour poser la tête, deux couvertures en peaux de lièvres cousues sont à demi repliées. Tandis que le ministre se déshabille et se couche, les autres hommes préparent leur lit. Ils déroulent leurs peaux et Mestakoshi comprend fort bien quand le ministre remarque :

— Mon lit est mieux que les autres... J'ai trois peaux d'ours... Vous avez moins que moi.

Il fait comme s'il n'avait pas compris et dit :

— Je te souhaite de trouver sous notre wigwam le sommeil où vivront les plus beaux rêves, ceux qui montrent des hommes en train de s'entraider, de se soigner les uns les autres et de s'aimer comme des frères doivent s'aimer.

Le ministre remercie et souhaite bonne nuit.

Le chef, le chaman, l'aveugle et le ministre sont couchés depuis un bon moment quand les trois femmes reviennent. Elles posent du bois près du feu qu'elles rechargent et couvrent, elles ferment la porte après avoir fait sortir les chiens, puis elles se couchent. Elles regardent à la dérobée cet homme blanc dont elles savent très bien qu'il fait semblant de dormir.

42

— Tu auras un beau ciel pour t'envoler chez toi, dit Mestakoshi.

Les quatre compagnons du ministre et l'institutrice sont très tôt devant le wigwam où les femmes ont allumé un feu pour le thé et la cuisson d'une banique fraîche. Tout le monde mange. Des femmes et des enfants font cercle autour. Aucun homme n'est venu. Le traducteur à moustaches et à lourdes lunettes laisse parler l'institutrice.

— Je ne vais pas chez moi tout de suite, dit le ministre, je vais à Poste-de-la-Baleine voir ton ami Newata, et après j'irai encore à Wemindji, à Estamain, à Fort-Rupert.

Quand il prononce certains noms, les Wabamahigans sourient. Il poursuit :

— J'espère que partout je rencontrerai des hommes aussi courtois que toi, chef Mestakoshi.

Le vieux hoche la tête. Il sourit à peine pour répondre :

— J'espère qu'il y aura partout des chefs pour te recevoir dignement, et pour te dire qu'ils veulent absolument laisser aux seuls castors le soin de construire des barrages sur nos rivières.

— Je suis certain que tu n'as pas dit ton dernier mot, chef Mestakoshi. À présent que nous pouvons nous comprendre, je vais t'expliquer ce que nous voulons faire, et aussi ce que mon gouvernement propose en échange du droit d'utiliser l'eau des lacs et des rivières. Tu dois savoir...

Mestakoshi lève la main droite. Son regard est lourd d'autorité. Le ministre se tait. Le vieux chef prend son temps, boit un peu de thé et dit :

— Tu as dormi sous le wigwam avec nous, tu es notre ami. Je voudrais que tu restes notre ami. Que tu n'essaies jamais de t'appuyer sur notre amitié pour tenter de me faire vendre ma mère. Moi, je n'ai rien à savoir de ta volonté, mais toi, tu dois savoir que je ne céderai pas. Je mourrai sur cette île. Dans la terre de Kinomanitak mes os iront rejoindre ceux de mon père et du père de mon père. Si tu essaies de tuer Sipawaban et que la Longue Île soit emportée par les eaux, c'est que notre amitié aura été trahie et les survivants de mon peuple sauront que tu avais la langue fourchue. Je te donne mon amitié, je te demande de la garder forte et belle.

À mesure que l'institutrice traduit, le ministre hoche la tête. Son regard ne quitte pas celui du chef Mestakoshi.

Lorsque la traduction est terminée, il a un geste des mains qui retombent sur ses genoux.

— Je ne peux pas t'obliger à m'écouter. Je ne peux que regretter pour ton peuple et pour toi que tu refuses d'examiner ce que nous vous offrons. Je te remercie de ton hospitalité. La plus grande joie que tu pourrais me donner serait ta visite chez moi. J'ai dormi sous ton toit, j'aimerais que tu viennes dormir sous le mien. Tu réfléchiras à ma proposition. Si tu décides de l'accepter, Denise Rafard me le fera savoir. Un avion viendra te chercher et te posera tout près de chez moi. Tu suivras exactement le chemin que prennent les outardes pour s'en aller au cap Tourmente.

Le ministre se tait. Mestakoshi le remercie et tous se lèvent.

— Nous irons avec toi jusqu'au fleuve.

Ils partent. Mestakoshi et le ministre en tête, avec l'institutrice à leur gauche et le traducteur à leur droite. Suivent les vieux et les compagnons du ministre, puis les femmes qui étaient venues voir et les enfants. À mesure qu'ils traversent le village, le cortège grossit. Dès qu'ils sont en vue du fleuve, ils découvrent des hommes et quelques enfants sur la rive, près du feu allumé par Kinojé et Makwa. Le pilote et le radio sont là et bavardent avec eux. Quand le ministre arrive, le radio dit :

— Je viens d'avoir le chef de police de Matagami, il n'a pas pu parler aux chefs des villages où nous allons. Tous sont à la pêche. Il conseille de retourner à Matagami pour attendre qu'il ait joint les chefs. Il dit que seuls les chefs peuvent répondre de notre sécurité.

— Non, dit fermement le ministre. Je n'ai pas de temps à perdre. Je vais où j'ai prévu d'aller.

Denise Rafard a traduit à l'oreille de Mestakoshi qui dit au ministre :

— Chez nous, il faut avoir le temps. C'est toujours en voulant courir que le chasseur perd la trace qu'il suivait. Attends que les chefs soient de retour. Je sens que leur pêche touche à sa fin.

— Tu as la sagesse, dit le ministre en prenant la main du vieux chef.

Au moment où ils se séparent très émus l'un et l'autre, Mestakoshi prend des mains d'Adé qui l'a apporté un gros rouleau de fourrure tenu par des lacets de cuir. Il le tend au ministre et dit :

— Si tu es tenté de trahir notre amitié, dors sur cette peau d'ours où tu as dormi chez moi. Elle enlèvera durant le silence de la nuit les mauvaises idées que le bruit de la journée aura fait entrer dans ta tête.

43

Nos pères s'en souvenaient très bien : un jour, des Blancs sont arrivés. Les Wabamahigans et d'autres Indiens les ont accueillis chez eux. Ils ont offert ce qu'ils possédaient. Ils ont partagé leur demeure et leur nourriture avec ces visiteurs qui leur faisaient l'honneur de venir admirer leur pays.

Pour remercier les Indiens de leur hospitalité, les Blancs ont dit qu'ils voulaient à leur tour montrer leur pays à quelques Indiens. Plus de cinquante Wabamahigans ont accepté de partir. Il y avait des hommes, des femmes et des enfants. Il n'en est revenu que très peu. On pouvait les compter avec les doigts des deux mains. Tous les autres étaient morts.

Dans leur lointain pays où il faisait beaucoup plus chaud qu'ici, les Blancs leur ont fait monter leurs wigwams derrière des grillages. Ils leur ont donné du bois pour leur feu et de la nourriture. Des milliers et des milliers de visiteurs sont venus les voir. Ils leur jetaient par-dessus les grillages des nourritures étranges que les enfants mangeaient. Et les Blancs riaient beaucoup.

Les Wabamahigans qui étaient partis n'ont plus jamais revu les hommes qui étaient venus jusqu'ici.

Les survivants ont rapporté chez nous beaucoup de maladies que les chamans ne savaient pas guérir. Un grand nombre d'enfants sont morts. Des adultes aussi. C'est depuis ce temps-là que le peuple des Wabamahigans est beaucoup moins nombreux.

Dans notre jeunesse, les vieux nous ont souvent raconté ce qu'avait enduré notre peuple du fait de cette trahison des Blancs. Ils nous disaient de ne jamais oublier les lois sacrées de l'hospitalité, mais de nous méfier toujours des Blancs.

Nous avons continué de raconter ces choses à nos enfants et à nos petits-enfants, mais nous avons grand-peur qu'ils ne nous aient pas entendus.

EXTRAIT DE L'HISTOIRE DES AUTOCHTONES DU NORD CANADIEN, *DE KEITH CROWE (ÉDIT. HURTUBISE, 1979)*

En 1880, huit Inuits du Labrador furent persuadés par un commerçant allemand, Hagenbeck, de faire le tour de l'Europe dans une exposition. Ils périrent tous de la petite vérole, à Paris.

En 1893, un homme d'affaires américain prit cinquante-sept Inuits, hommes, femmes et enfants, qui ne savaient pas à quoi s'attendre, et les exhiba à l'Exposition de Chicago. La moitié d'entre eux moururent là-bas et les autres revinrent chez eux malades et sans le sou.

En 1898, le même homme persuada trente-trois autres Inuits de se rendre en Europe, en Afrique et en Amérique. Tous périrent à l'exception de six qui revinrent chez eux en 1903, porteurs de la diphtérie, de la typhoïde et de la syphilis, maladies qui se répandirent sur la côte du Labrador.

EXTRAIT D'UNE LETTRE D'UN MÉDECIN BLANC
(octobre 1978)

Les Indiens se plaignent de nous. Je suis bien placé pour savoir que nous leur apportons beaucoup. Pourtant, sur certains plans, ils ont raison. L'un d'eux me disait par exemple que jadis, quand ils allaient trapper, ils pouvaient laisser sans aucune crainte leur fusil, leurs pièges et leur canot en pleine forêt ou au bord d'une rivière. Personne n'y touchait jamais. Il ajoutait : « Je ne sais pas si ce sont les Blancs qui volent, mais depuis qu'ils sont là, on ne peut plus rien laisser. »

QUATRIÈME PARTIE

LE GRAIN DE SABLE

44

Notre pays s'en va bien loin d'ici. Nos territoires de trappe et de chasse couvrent toutes les hauteurs à la tête des eaux. Des rivières y naissent qui coulent vers le nord, vers l'est, vers le sud et vers l'ouest. Notre pays est partagé entre la taïga et la toundra. Nous savons vivre où finissent les arbres. Nous savons vivre au bord des lacs et sur les lacs quand ils sont pris par l'hiver. Nous savons vivre dans la forêt épaisse du côté du grand soleil. Les tourbières, les marécages, les étendues de roches, les sols pelés par le vent ne nous font pas peur.

Durant des siècles, personne n'a cherché à nous prendre notre pays. Tout le monde le trouvait trop aride.

La forêt était trop loin pour que les Blancs aient intérêt à la couper.

Seuls venaient ici des trappeurs, mais nous avons fait amitié avec eux. Ces hommes-là savent que celui qui veut vivre de la forêt doit faire en sorte que la forêt vive.

Celui qui s'habille de fourrure doit faire en sorte que l'ours et le renard peuplent son territoire. Celui qui se nourrit de caribou doit faire en sorte que le troupeau soit toujours nombreux.

Le pays où nous sommes est le plus beau. Ses lacs sont généreux. Ils donnent de l'eau à toutes les terres et à toutes les mers. Nous n'allons pas ailleurs, mais nous savons que la plupart des pays sont liés à une seule mer. Ils n'ont qu'une seule pente. Le nôtre a des cours d'eaux qui partent dans toutes les directions comme les rayons du soleil.

Notre pays est rond comme le jour qui sort de terre d'un bord de notre pays pour s'endormir sur l'autre bord.

Notre pays est rond comme la nuit qui tourne autour de lui en entraînant la lune et les étoiles.

Les hommes venus du pays où tout est carré ne pourront jamais empêcher notre pays d'être rond.

Ils peuvent nous faire mourir jusqu'au dernier, le Grand Esprit restera. Il saura tirer du Levant la graine que le soleil du Sud fera germer, que le vent du Nord fortifiera, que les pluies venues du Couchant empliront de sève et de liqueur de vie.

Notre pays est riche et si les Blancs ont trop peur de l'hiver pour venir l'habiter, ils veulent y vivre le temps de lui arracher ses richesses. Celles que nous n'irons pas chercher. Elles font partie de la terre. Elles doivent lui rester. Notre présence gêne ceux qui veulent s'en emparer.

Nous savons bien ce que les Blancs auraient voulu. Ce que certains d'entre eux voudraient encore. Ils voudraient notre mort.

N'osant pas nous tuer, ils ont créé des réserves. Ils auraient voulu que Kinomanitak soit la prison des Wabamahigans, mais notre île ne sera jamais une prison pour nous parce que les eaux qui l'entourent sont avec nous. Personne ne pourra nous empêcher d'aller sur nos terrains de chasse. Même en nous donnant tout ce qu'un homme peut désirer de nourriture, de confort et de luxe, ils ne pourront jamais nous condamner à la prison. Il leur faudrait nous exterminer.

Certains missionnaires ont prêché ce qu'ils appellent, en français, la *sédentarisation*. Dans notre langue, il n'y a rien qui permette de traduire ce mot.

Qui donc pourrait nous empêcher de marcher sur notre terre ? Qui oserait nous priver de la profondeur des bois et de l'immensité de la toundra ?

Nous n'avons jamais emprisonné aucun homme, aucun animal. Nous tuons pour nos besoins, mais nous ne condamnons personne à l'esclavage.

Nos troupeaux sont libres.

Ce sont les outardes et les oies qui s'en viennent chaque printemps nicher dans le Grand Nord, qui s'en vont chaque hiver vivre dans le Grand Sud.

Ce sont les caribous qui paissent dans la toundra et la taïga en toute liberté. Ils vont d'est en ouest, de leurs terres de vêlage à leurs terres d'hivernage. Nous tuons ce qu'il nous faut pour manger, mais jamais aucun de nos ancêtres n'a eu l'idée de les emprisonner entre des barrières. C'est pourquoi les Blancs se croient le droit de venir tuer les bêtes de nos troupeaux ; que diraient-ils si nous allions tuer celles qu'ils tiennent prisonnières de barrières ?

Nos terres vont bien loin et nous voulons être libres de marcher sur nos terres comme nos troupeaux sont libres de voler dans les immensités du ciel ou de courir sur les immensités de la terre. Comme les bancs de saumons sont libres de remonter et de descendre les fleuves et de traverser les immensités des mers. Nous refusons les barrages qui couperaient la route de migration des saumons et qui tueraient nos rivières où vivent les castors qui sont notre richesse.

EXTRAIT D'UNE LETTRE D'UN MISSIONNAIRE

Nous nous interrogeons parfois sur les sources d'une certaine méfiance des sauvages à notre endroit ; pour ma part, je vois la plus claire dans le castor. La fourrure de cet animal fut jadis l'une des grandes richesses du pays. Il y en avait partout, mais, à force de le massacrer, on l'a fait fuir vers le Nord et les Grands Lacs. Il fut un temps où la seule foire de Montréal voyait vendre et expédier vers l'Europe plus de cinquante mille peaux par année. C'était, pour les colons, l'aventure et la fortune. On vit alors nombre de cultivateurs abandonner le labour pour la trappe ou le commerce.

Il n'est pas exagéré de dire que, à certaines époques, la vraie monnaie du Canada fut la peau de castor. Mais ce que d'aucuns avaient pris pour inépuisable manne s'est révélé bien fragile. Les premiers à pâtir de la raréfaction du castor furent les sauvages. Leur vocation étant la trappe et la chasse, beaucoup d'entre eux ont dû se déplacer pour suivre les animaux dont ils vivaient.

Et ces gens que nous prenons souvent pour moins intelligents qu'ils ne sont ont bien compris qui était responsable de leur malheur.

45

C'est le quatrième hiver qui entend gronder les machines sur le vaste pays des Indiens du Nord. La route de glace, depuis deux ans, voit passer des convois énormes de décembre au dégel. Près de six cents kilomètres entre Matagami et le chantier LG2 sur la Grande Rivière.

À travers la taïga rasée, les tourbières comblées et matelassées de bois, sur les ponts de glace que font trembler les fardiers transportant des machines de centaines de tonnes et des maisons entières.

De rudes hommes ont ouvert ce chemin et l'entretiennent en permanence, souvent coupés de tout, isolés, perdus dans des tempêtes interminables. Des convois de cent camions y roulent en aveugles, chaque conducteur le regard rivé sur les feux arrière de celui qui le précède.

Ils foncent vers ce chantier dévoreur de matériel, de machines, d'outillage, de ciment, de ferraille, de carburant et de vivres ; où plus de cinq cents personnes œuvrent jour et nuit, se relayant par équipes, poursuivant à la lueur des projecteurs des travaux de géants. Pour cette population qui augmente d'année en année, on a bâti deux villes. Une petite, assez luxueuse, pour le personnel d'encadrement, une autre plus dense, de longs baraquements où logent par dix conducteurs, grutiers, boutefeux, cuisiniers et tant d'autres appartenant à cent corps de métiers.

Ils ont creusé le sol, monté des murs hauts et épais comme des immeubles, ils ont réduit en poussière des montagnes où ils avaient rasé les arbres. Ils ont ouvert des pistes où peuvent à présent se poser des avions de ligne et ces Hercule dont le ventre se vide de milliers de tonnes de marchandises. Car la route de glace qui disparaît avec le dégel ne suffit pas. C'est en été que les chantiers connaissent la plus intense activité, c'est du dégel au prochain gel que tout doit leur tomber du ciel, les hommes comme les choses.

De leurs bureaux, un chef de chantier et toute une équipe d'ingénieurs dirigent ces travaux qui commencent à émerveiller le monde. Les plus grands journaux, les plus importants magazines, les télévisions de tous les continents ont expédié sur place leurs meilleurs enquêteurs. La Société de la baie James possède un service de relations publiques de première force. Elle édite sa propre revue, elle organise d'innombrables visites. Les travaux sont la gloire du Québec. Ils sont d'une telle envergure qu'on ne se demande presque plus s'ils seront rentables, s'ils constitueront une gêne pour les uns ou les autres, on s'émerveille. Le monde envie ce pays si riche en houille blanche, ce peuple de pionniers qui n'a pas hésité à se lancer dans cette aventure que tant de grands esprits avaient condamnée dès les premières épures.

Sur chaque chantier, à tous les niveaux, on sent la passion du travail. C'est le sang des premiers colons si rudes qui coule dans les veines des hommes d'aujourd'hui.

Partout où ils œuvrent, la taïga s'ouvre, la terre

est éventrée, la roche est percée de galeries, réduite en blocs, puis en graviers, puis en poussière. Des digues montent, larges à la base comme des villages, longues à perte de vue, hautes à donner le vertige. Tout le pays indien fume. Les explosions le secouent jusque dans ses profondeurs.

Les Dieux des bois et des eaux frémissent. Jamais encore ils n'avaient subi pareil assaut des hommes. Jamais encore la planète n'avait été blessée comme elle l'est en ce Royaume du Nord dont on a pourtant fouillé les profondeurs pour en extraire tous les métaux.

Les gens qui survolent les digues commencées éprouvent le sentiment que ces levées de terre sont sans cesse parcourues par des processions de fourmis. Mais ici, chaque insecte transporte un grain de poussière de plusieurs tonnes.

Sur la taïga tout un peuple de mammifères, tout un grouillement d'insectes, des nuées d'oiseaux s'enfuient effrayés. Jusqu'au fond des lacs et des rivières, les poissons par milliers ont senti frémir le roc. Les falaises tremblent comme du cristal. Le souffle brûlant des explosions ploie les épinettes. Des orages bien plus soudains que ceux des nuées d'été déchirent les entrailles du sol en toute saison. Le ciel gronde. Des moteurs l'habitent jour et nuit. Pour animer cette vaste fête de poussière et de feu, de roulements et de rugissements, il y a des hommes. Minuscules, frêles et terribles. Perdus en ces vastitudes que pourtant ils dominent. Des hommes par milliers que la terre voudrait repousser mais qu'habite un féroce acharnement.

46

Les seuls qui soient en mesure d'arrêter les hommes, ce sont les hommes. Le grain de sable qui peut bloquer la machine, ce ne peut être que l'homme.

La peur qui habite les dirigeants de la Société d'Électrification, celle qui va s'installer bientôt dans les bureaux des responsables du plus important chantier, ce n'est pas la forêt qui l'inspire. Elle ne naît pas de l'hiver, de l'épaisseur du roc, des distances, de l'isolement, du redoutable Nordet. Elle ne vient pas non plus du voisinage des Indiens hostiles aux travaux. La plus grande peur vient de soupçons très vagues, de bruits qui courent comme le vent entre les maisons des cadres et les baraquements des ouvriers. On entend beaucoup dire, depuis le début de décembre, que quelques semeurs de troubles se seraient fait embaucher à LG2. On prononce des noms, on examine certains dossiers. De nombreuses entreprises plus ou moins importantes ont sur place du personnel dont on murmure qu'il n'aurait pas toujours été trié sur le volet.

— Y a des contracteurs qui se laissent influencer par des syndicats pour l'embauche.

— On commence à voir des gros bras qui la ramènent un peu haut.

— Sont pas plus d'une douzaine, c'est assez pour faire du vilain.

— Y trouveront toujours des mécontents pour les suivre.

— Paraît que c'est tous des repris de justice.

Personne ne sait rien de bien précis, mais tout le monde parle. La crainte et l'admiration se côtoient. Au désir de continuer à travailler en paix, d'empocher des salaires que l'on est sûr de ne retrouver nulle part ailleurs, se mêlent des jalousies, l'admiration aussi, que bien des hommes rudes portent à la force physique. On se montre un ancien boxeur, un karatéka très connu de certains et qui n'en est pas à sa première bagarre. Ces hommes commencent par remettre en question le règlement intérieur du chantier. Ils incitent leurs camarades à ne plus le respecter. La tension monte entre les entrepreneurs et ces délégués un peu particuliers qui menacent souvent d'employer la force pour obtenir ce qu'ils demandent.

— Ça brasse pas mal.

— Y en a qui se sont fait bousculer sec.

— Faut porter plainte au bureau.

— Pour se faire casser la gueule ?

— Le chef de chantier dit qu'il peut rien faire, il a pas un seul rapport écrit.

— On sait même pas ce qu'ils veulent.

— Ce qu'ils veulent ? C'est grossir leur section. C'est mettre la main sur la totalité des travailleurs.

Dès le début du mois de mars, les choses se gâtent. Des bagarres éclatent, des hommes sont expulsés du chantier. Les délégués qui se sentent surveillés provoquent réunion sur réunion, utilisent des locaux sans autorisation, arrêtent le travail sur certaines parties du chantier.

Un matin, ils font irruption dans le bureau du chef de chantier après avoir coupé sa ligne téléphonique. Ils exigent sans motif le renvoi de certains contremaîtres. Ils brandissent la menace d'une grève générale sans parvenir à en donner les motifs. Les sabotages commencent. Une fièvre inquiétante s'empare du campement. Bon nombre de travailleurs se sont retirés dans les chambres où ils attendent. La grève éclate. Elle est générale parce que ceux qui ne veulent pas la faire ont peur et se terrent.

Comme si cette énorme machine à broyer la taïga, à détourner les eaux et à percer les montagnes, était soudain atteinte d'un mal étrange, elle cesse de bouger. Immobile sur la neige, après quelques tressaillements. Son élan s'est brisé.

Alors, comme s'il ne pouvait endurer pareil silence, pris d'une folie soudaine, un homme grimpe dans la cabine d'un bélier mécanique pareil à un monstre d'acier. Le moteur rugit, l'engin fonce et éventre les conduites protégées du froid par des caissons pleins de laine de verre, l'eau jaillit. La machine vire. Elle écrase, elle broie, elle renverse tout. Les baraquements sont éventrés, les génératrices défoncées. Plus d'électricité nulle part. Des transformateurs de plusieurs tonnes sont renversés. En haut de la colline qui domine le chantier, sont d'autres groupes électrogènes et, surtout, des réservoirs d'essence et de fuel. Le bélier fou grimpe en dansant sous les yeux de centaines d'hommes immobiles qui ont du mal à croire ce qu'ils voient. L'engin cogne et cogne et cogne encore du front les réservoirs qu'il finit par éventrer. Le carburant ruisselle. Il s'enflamme et c'est un torrent de feu qui atteint bientôt le village. Partout des hommes fuient. Ceux qui peuvent monter dans des camions foncent vers l'aéroport.

D'autres s'en vont à pied dans la même direction ou droit devant eux, entre les épinettes, de la neige à mi-cuisses pour fuir ce brasier.

En quelques heures, des mois et des mois de travail sont anéantis.

Le bélier d'acier a fini par se coucher, comme épuisé, l'épaule adossée à un bâtiment de bureaux que le feu atteindra bientôt. L'homme qui était aux commandes descend sans se presser la petite échelle de métal. Il s'éloigne calmement et marche lui aussi en direction de l'aéroport. Le brasier qu'il a allumé le suit à la trace comme un chien fidèle. L'homme ne se retourne qu'une seule fois, lorsqu'il atteint le sommet d'une côte où quelques-uns de ses amis se sont arrêtés pour l'attendre. Il contemple son œuvre.

Le ciel est d'un bleu très pur. Un petit avion tourne sans cesse au-dessus de l'incendie. Une épaisse fumée noire monte en tourbillons qu'un vent léger pousse vers l'est.

D'une voix qui ne révèle aucun émoi, l'homme dit :

— C'est moi qui ai fait ça. Moi tout seul !

Pâle, mais toujours d'un pas mesuré, il reprend sa marche en direction de l'aéroport où vont arriver les avions des policiers.

47

Le chef Mestakoshi est allé avec Makwa, Népeshi et Kinojé sur la rive nord du fleuve pour y tuer quelques porcs-épics. Ils reviennent avec cinq bêtes et sont déjà heureux à l'idée du festin qu'ils vont faire. Il faudra déblayer la neige et creuser pour trouver de la bonne terre grasse, de quoi les envelopper avant de les enfouir sous la braise rouge.

Il fait un gros coup de redoux. Il y a même sur la glace du fleuve une eau limpide qui ruisselle des congères. Le soleil est presque chaud. La blancheur éclate.

C'est Makwa qui marche en tête. Il tient à la main une perche de saule dont Kinojé qui le suit porte l'autre bout. Les porcs-épics y sont suspendus par leurs petites pattes liées. Les hommes les ont tués à coups de bâton. Pas besoin de gaspiller de la poudre pour ces bêtes qui ne se sauvent jamais. Et puis, quand elle n'a pas saigné, la viande est meilleure. Népeshi et le chef ferment la marche. Les raquettes font grincer la neige fondante qui se tasse.

Ils sont à peine en vue du wigwam que les femmes les appellent :

— Dépêchez-vous ! On a des nouvelles !

On dirait des gamines qui viennent de recevoir leur première robe décorée de perles en verre coloré.

L'aveugle et le chaman sont là également et c'est ce dernier qui semble le plus fiévreux. Lui si calme d'habitude n'attend même pas qu'ils soient arrivés pour leur crier :

— Les Dieux se sont révoltés ! Ils ont fait entrer la colère dans la peau des Blancs qui détruisent leurs barrages.

Les chasseurs posent leur gibier que personne ne regarde. Plus calmement, le chaman répète :

— Nos Dieux sont sortis de leur sommeil. Les Blancs ne feront pas leurs barrages. Ils vont partir. La taïga les chasse. Ceux qui étaient sur le chantier de la Grande Rivière ont tout détruit. Tout cassé. Ils ont mis le feu à leurs maisons. Ils ont brisé leurs machines.

Il se tait et se tourne vers les femmes d'un air de demander assistance. On voit sur son visage qu'il n'a pas tout dit mais que les mots lui manquent. Les femmes ont bien du mal à ne pas éclater de joie. Elles se mettent à parler toutes les trois, sans se soucier de savoir si on les suit.

— Ils ont tout foutu en l'air.

— Brisé pour le plaisir de détruire.

— Peut-être même qu'il y a des morts.

— En tout cas des blessés.

— Un incendie terrible.

— Pourvu que ça ne gagne pas les épinettes !

Le chef les laisse aller un bon moment, puis, aux premiers signes d'essoufflement, il demande :

— Comment le savez-vous ?

— C'est la radio. René et...

— Paraît qu'il y aurait plus d'un million de piastres de dommages.

— C'est énorme !

— C'était pas la peine de tant vouloir se défendre.

Les femmes parlent encore un moment. Le chaman et l'aveugle essaient de glisser leur mot mais ils sont repoussés par ce terrible fleuve de salive. À la fin, le chef parvient à placer :

— Avant de se réjouir, faut attendre. Dans quelques jours, on devrait avoir des précisions.

Aussitôt, les femmes sont relancées :

— Damien est parti en skidoo...

— Avec d'autres. Pour voir sur place.

— C'est loin, observe Mestakoshi, et la neige n'est pas bonne.

— Ils y seront en trois jours.

— Le redoux va pas s'éterniser.

Les chasseurs sont là, debout sur la neige tassée et sale mêlée de boue. Les porcs-épics sont entre eux, par terre, toujours liés à leur perche de bois. Les vieux se regardent puis regardent le ciel où tout est lumière. Ils n'osent pas se réjouir vraiment. Ils ont tous en eux des images qui se mêlent et se superposent : leur fleuve qui, vers la mi-mai, va se débarrasser de ses glaces, la taïga que le printemps qui vient fera chanter de nouveau, les machines et les maisons carrées détruites, ravagées, incendiées. Ils ont du mal à se représenter ce que peut être un chantier, son village, son hôpital, ses bureaux, son école, sa salle de sports, sa piscine et toutes les installations ultramodernes.

Ce qu'ils imaginent très bien pour avoir vécu nombre de feux de forêts, ce sont des flammes immenses poussant vers le ciel bleu des tourbillons de fumée noire assez hauts pour éteindre le soleil et la lune. Ils ont tous tant tremblé quand la forêt se met à flamber qu'ils n'osent pas se réjouir.

L'incendie que les Blancs ont allumé risque de gagner le bois et de s'étendre.

— Les Blancs partiront peut-être, mais en laissant derrière eux une terre morte pour des années et des années. Un pays où nous ne trouverons même plus de quoi manger et nous vêtir.

48

Dans les temps anciens, les Indiens ne comptaient que sur leur chasse, leur pêche et leur cueillette pour subsister. Il arrivait que le ciel et la terre se montrent un peu avares. C'est pourquoi nous apprenions dès l'enfance à ne rien gaspiller, à vénérer les outardes, nos oiseaux sacrés. De mémoire de Wabamahigan, nul jamais n'a profané une outarde. Jamais personne n'a laissé pourrir sa chair. Jamais chasseur n'en a tué une seule qui ne soit pas nécessaire à sa vie et à celle de ses enfants. Car nous savions que si, par malheur, elles ne se posaient pas dans l'estuaire au cours de leur migration, bon nombre d'entre nous mourraient de faim.

Lorsque les Blancs ont installé les premiers comptoirs, ils ont donné aux Indiens l'habitude de la traite. Et l'existence s'est modifiée. De grands bateaux venaient dans la Baie lorsque les glaces avaient fini de fondre. Ils amenaient des marchandises que les Indiens n'avaient jamais consommées, et d'autres que jusqu'alors ils ne s'étaient procurées qu'en toutes petites quantités par leurs échanges avec les coureurs de bois. Après l'arrivée des bateaux, les postes de la Compagnie regorgeaient de thé, de tabac, de sucre. Tout y était :

farine, graisse, sel, fruits secs, conserves. La poudre aussi avec les balles, les fusils, les pièges en métal. Et les employés disaient qu'ils ne donnaient qu'en échange des peaux de certains animaux. Celles de l'orignal et du caribou ne les intéressaient pas. C'était pourtant l'orignal et le caribou qui avaient toujours constitué l'essentiel de l'alimentation des Indiens. Alors, les Indiens se sont mis à chasser uniquement le castor, la martre, la loutre, le renard, toutes les bêtes dont les Blancs payaient le mieux la peau. Notre peuple a cessé de manger le gibier pour se nourrir de ce que les Blancs donnaient en échange.

Mais il est arrivé que le bateau ne vienne pas assez vite. Pris dans les glaces ou peut-être détourné vers une autre destination où sa cargaison rapportait davantage, il restait une saison sans venir. Les comptoirs bourrés de peaux étaient vides de nourriture. Et les Indiens qui avaient passé tout leur temps à piéger pour la fourrure n'avaient pas pêché pour sécher le poisson. Ils n'avaient chassé ni les oies ni le caribou pour fumer la viande. Si les gérants du poste avaient encore quelques poches de farine, ils les donnaient contre la promesse d'un grand nombre de fourrures. Alors, l'hiver suivant, l'Indien devait piéger encore plus pour payer, et chasser encore moins pour la viande puisqu'il n'avait plus de temps du tout.

Dans ces époques-là, bien des enfants sont morts de n'avoir rien à manger. Des enfants et des vieillards, et même des femmes ou des hommes en pleine force de l'âge. Un Blanc est mort aussi. C'était un missionnaire qui refusait de manger parce que les Indiens mouraient de faim. Pourtant, on dit qu'à lui les gens du comptoir auraient donné de quoi vivre.

Oui, notre mémoire garde le souvenir de tout cela, mais les jeunes ne veulent pas le savoir.

Quand les Indiens voyaient leurs enfants mourir de faim et qu'il restait des vivres dans le magasin des Blancs, il leur arrivait de vouloir en prendre pour sauver un bébé. Mais les Blancs appelaient ça du vol et les châtiments étaient terribles.

Si tu as vraiment faim et que tu viennes prendre un animal à un de mes pièges sur ma ligne de trappe, ce n'est pas du vol. Je ne vais pas demander que tu te laisses mourir de faim ou que tu laisses dépérir tes enfants parce que ta chasse a été moins heureuse que la mienne. Si tu viens prendre un animal sur ma ligne de trappe pour en vendre la peau, c'est du vol.

Alors va s'exercer contre toi la justice de la Bande. Tu seras exclu de la communauté. Les tiens te condamneront au silence. Ils ne te diront plus un mot, ils n'entendront ni tes paroles, ni tes appels, ni tes plaintes, ni même tes sanglots.

Si les chasseurs tuent un orignal, chacun viendra prendre la viande qu'il faut pour nourrir sa famille. Toi, il te restera les os à ronger, que tu iras, seul dans la nuit, disputer aux charognards.

Si le vol que tu as commis est grave, ton isolement peut durer longtemps. Chacun a une grande peur de ce châtiment car chacun sait que le silence total et la solitude peuvent déranger l'esprit et conduire à la folie.

Mais un Indien ne te laissera pas mourir de faim tant qu'il lui restera une bouchée de banique à partager avec toi.

EXTRAIT D'UNE LETTRE D'UN JÉSUITE,
HIVER 1621-1622

On ne savait plus quoi manger. On regardait l'anguille donnée par les sauvages comme viande envoyée du ciel... À plusieurs reprises au cours des temps les plus froids, les sauvages nous assistèrent de quelques élans tués à la chasse, ce qui nous fit grand bien. Sans leur aide, il est certain que beaucoup d'entre nous seraient morts de faim. C'est que ces sauvages ont un sens de la forêt que la vie en ville nous a fait perdre. Il faut souhaiter pour eux que rien jamais ne vienne émousser leur instinct, car, s'ils le perdaient, ce pourrait être la mort de leur peuple à brève échéance. Et si nous étions en quoi que ce soit responsables de pareil malheur, ce serait la damnation de notre âme, car ces sauvages ne sont pas de mauvaises gens.

EXTRAIT D'UNE LETTRE DU RESPONSABLE D'UN POSTE DE TRAITE

Le bateau qui devait venir d'Angleterre n'est pas arrivé. Je suis allé trouver un chef indien et lui ai dit : « Nous allons mourir de faim, peux-tu prendre dans ton village quelques personnes à nourrir jusqu'à l'été prochain ? » Il a pris cinq adultes et six enfants.

EXTRAIT D'UNE LETTRE NON DATÉE, D'UN EMPLOYÉ DE LA COMPAGNIE DE LA BAIE D'HUDSON

Notre poste de traite a été ravagé par un incendie. Le feu a pris en plein jour alors que nul Indien n'était venu ni le matin ni même la veille. C'est un incendie inexpliqué. Mais un sauvage ami nous a affirmé que le chaman d'une bande à qui nous avions refusé des vivres en avance avait invoqué « l'Esprit d'en Haut » pour qu'il détruise tous les postes de traite, tous les comptoirs de la région. Bien entendu, le curé affirme que tout est de la guignolerie et que les chamans n'ont aucun pouvoir, mais nous éprouvons tout de même un certain malaise. Ces espèces de sorciers ont sans doute des liens étroits avec cette forêt pleine de mystère qui fait peser sur nous une menace constante. Si un autre poste venait à brûler, je crois que nous serions plusieurs à vouloir quitter le pays. Les Indiens murmurent : « La terre vous repousse », je me demande parfois si ce n'est pas un peu vrai.

49

Ils n'ont pas bien longtemps à attendre. Dès le lendemain, l'institutrice vient leur apprendre que la Société d'Électrification de la baie James a repris la direction du chantier. L'homme au bélier d'acier est en prison à Saint-Georges-d'Harricana et sera transféré à Montréal. La grève terminée, les travailleurs commencent déjà à déblayer les décombres pour rebâtir. Les dégâts sont énormes, mais le chantier continue.

— Tous les chantiers continuent, dit tristement Mestakoshi. Parce que les Blancs sont les plus forts et qu'ils n'hésitent jamais à voler la terre des autres.

Hervé et René viennent à leur tour confirmer la nouvelle.

— On va attendre le retour de Damien pour en savoir plus.

— Tout ce que vous saurez de plus, c'est que les travaux avancent.

Avec un peu d'énervement, René lance à son père :

— Alors, qu'est-ce que tu veux faire ? Qu'on aille incendier les autres chantiers ? On n'aurait peut-être pas dû attendre qu'un Blanc nous montre l'exemple !

Le vieux Mestakoshi lève la main.

— Tu parles à ton père. Tu parles au chef des Wabamahigans. Tu dois t'en souvenir et parler moins haut.

René baisse les paupières et soupire :

— Explique-nous ce qu'il faut faire. On le fera.

Très lentement, en détachant chaque mot, le vieux dit :

— Quand un peuple n'a pas les moyens de la défendre, il meurt avec sa terre.

Ils sont devant le wigwam. Tous debout sur un matelas de branches que les femmes ont amenées là pour lutter contre la boue du redoux. Le ciel est clair avec quelques longs stratus gris et or du côté du couchant. Tout est fait pour la vie. Pour la beauté. Pour l'espoir et, pourtant, une chape de tristesse écrase ces hommes et ces femmes. Un silence passe, puis, de sa voix moins noble que celle du chef, le chaman répète :

— Il meurt avec sa terre.

Il n'y a pas de véritable tristesse sur le visage des vieilles et des vieux qui sont là, seulement une solide résignation. Mais les yeux de René et d'Hervé se sont assombris. Ils regardent un moment leur chef, puis, comme le silence s'épaissit, Hervé dit :

— Chef Mestakoshi, pour la première fois depuis que tu m'as fait l'honneur. de m'accepter dans le Conseil de Bande dont tu es l'âme, je me sens profondément en désaccord avec toi. Les Indiens ne sont pas vaincus. Nous sommes sortis des temps où nous n'avions, pour lutter contre les Blancs, que notre force, notre rapidité et notre connaissance de la taïga. Aujourd'hui, il y a des lois. Nous nous battrons pour les faire respecter.

Sept jours passent. On dirait que cette révolte avortée a détraqué le temps. Après ce fort redoux, revient un brutal coup de Nordet qui bouscule quelques averses de neige. Puis un autre redoux avec une pluie qui dure une journée et inonde les neiges gelées et la banquise. Il faut lutter contre l'eau qui entre dans le wigwam.

C'est dans l'après-midi de ce jour-là qu'on entend pétarader sur le fleuve gelé et recouvert d'eau les motoneiges de Damien et de ses compagnons. La nouvelle bondit de maison en maison. L'école se vide. Dans un grand éclaboussement, tout le monde se précipite à la rencontre des voyageurs. Dès qu'ils apparaissent, le rire s'empare des enfants pour gagner très vite les grandes personnes. Les voyageurs sont méconnaissables. Couverts d'une carapace de boue de la tête aux bottes. Seuls sont visibles les yeux et les dents blanches.

Malgré la pluie qui continue de fouetter les visages, on les entoure. Les questions se mêlent à l'averse. Il faut se gendarmer pour que les enfants et les femmes les laissent descendre de leurs machines encore plus boueuses que leurs vêtements. Ils parlent tous en même temps. Chacun a vu plus que l'autre. Ils disent mille choses et, finalement, pas davantage qu'on ne savait déjà : un campement cinquante fois, peut-être cent fois plus important que le village des Wabamahigans a été détruit par le feu. Des bouteurs énormes ont rasé les décombres en une demi-journée. La reconstruction est déjà en route, et elle va bon train. Les voyageurs ont dormi à proximité, sous la tente de familles Cris. Trois de ces Indiens se sont embauchés sur le chantier pour bûcher le bois. Ils gagnent beaucoup d'argent et rapportent de la cantine de quoi nourrir tous les autres.

— Des hommes méprisables ! lance le chaman. Ils aident à tuer leur propre mère.

— Ils n'aident pas à la tuer, rectifie le vieux chef, ils la vendent. C'est bien pire.

Mais leurs propos sont couverts par les voix aiguës des femmes qui veulent savoir ce que gagnent ces hommes et ce qu'ils rapportent à manger. On leur donne des détails. Des hommes qui n'étaient pas de l'expédition demandent :

— Et qu'est-ce qu'ils pensent des barrages ?

— Ils sont persuadés qu'ils se feront. Qu'on nous construira des villages modernes.

— Des villages avec l'électricité, la télévision et assez d'argent pour vivre sans rien faire.

Le chef Mestakoshi s'éloigne. Le chaman, l'aveugle et Népeshi le suivent. Mais les deux autres et les femmes restent pour écouter ce que racontent encore les voyageurs couleur de boue.

De retour sous le wigwam qui gémit et crépite, battu par les rafales, les quatre hommes prennent place autour du feu sur lequel Népeshi vient de poser trois bûches mouillées qui pleurent. Ils demeurent longtemps les yeux mi-clos à regarder les braises d'où montent de petites flammes hésitantes qui lèchent l'écorce. À la fumée qui monte se mêle la vapeur. Tout est mouillé, visqueux, glacé.

— Cette nuit, annonce l'aveugle, le froid très fort va revenir.

Lui qui ne peut pas voir le ciel ne se trompe jamais lorsqu'il prévoit le temps. Il flaire le vent et il sent dans ses membres et derrière ses yeux morts. Après un moment, d'une voix monotone et douce, comme s'il reprenait une mélopée interrompue, le chaman se met à parler :

— Ils ont pris leurs moteurs et ils sont partis. Et la terre de notre pays a recouvert leurs corps et même leur visage pour qu'ils sentent bien qu'elle est là, qu'elle veut vivre et qu'elle a besoin de leur amour... Ils n'ont pas compris... Ils sont allés jusqu'à proximité de ses blessures, ils ont vu de près la lèpre qui ronge la taïga... Ils n'ont pas compris... Ils sont revenus vers le fleuve qui les a mille et mille fois portés sur son eau depuis qu'ils sont au monde. Le fleuve les a accueillis avec ses plus belles glaces, avec son eau la plus pure. Il les a ramenés jusqu'à l'île de leur naissance que les Blancs veulent tuer... Ils n'ont pas compris... Leur chef leur a dit qu'un Wabamahigan dont la terre va mourir doit mourir avec elle... Ils n'ont pas compris.

50

La terre n'oublie rien. Sa mémoire est plus fidèle que la mémoire des hommes.

Elle se souvient des temps du perpétuel hiver. La glace était partout. Épaisse et solide comme la roche, elle la recouvrait. L'hiver immobile était posé sur notre pays à la manière d'un bloc énorme.

Est-ce que les jeunes ont oublié l'essentiel de l'enseignement ?

Nous demandons aux grandes forces de l'univers secret des plantes et des eaux qu'elles aident la terre à retrouver au fond de sa mémoire les terribles froidures d'antan qui feront reculer les constructeurs et leurs machines.

Si ces époques glaciaires reviennent, nous devrons trouver en nous le courage de nous accrocher à notre terre. Nous le trouverons.

La terre n'oublie rien et celle du Nord porte sans doute en elle la nostalgie des époques où l'hiver ne connaissait jamais de fin.

La terre n'oublie rien parce qu'elle accomplit toujours et toujours les mêmes tâches. Elle répète les mêmes gestes. Elle redit les mêmes paroles et reprend la même musique.

La terre n'oublie rien et à ceux qui savent sonder son cœur elle donne des avertissements.

Elle nous dit qu'il faut redouter tout ce qui vient du Sud et nous voyons nos enfants pactiser avec ceux qu'amène le mauvais vent.

La terre se souvient qu'en ouvrant un passage devant Tiska et le Loup blanc, l'hiver a sauvé la race des Wabamahigans.

Un jour, s'il le faut, un hiver aussi dur viendra qui exterminera les ennemis de notre peuple. Et, s'il n'y parvient pas, il ouvrira devant nous un passage pour nous sauver de leurs griffes.

Ce jour-là, derrière une autre Tiska, nous irons en des lieux où notre peuple pourra prospérer et se multiplier.

La terre se souvient, et nous, les anciens, nous redoutons qu'elle ne pardonne jamais à ceux qui la trahissent.

51

C'est au beau milieu de la nuit que l'hiver a repris à pleines griffes, à la manière d'un fauve. Le vieux chef qui ne dormait pas l'a entendu. Népeshi non plus ne dormait pas. Il a dit :

— Le froid tombe de la lune. Il sera dur et long.

L'eau qui imprégnait la couverture d'écorces et de peaux s'est solidifiée en quelques instants. Tout s'est mis à craquer et à geindre. Même le vent est devenu dur. On l'entendait frotter partout comme sur une pierre. Non pas à cause du bruit mais, d'instinct, tout le monde sous le wigwam s'est réveillé pour écouter ce retour de la saison tranchante. Et personne n'a plus dormi jusqu'à l'aube. Le feu flambait plus clair.

À présent, ils sont debout. Makwa et Kinojé ont entrepris de débloquer la porte. Avec le talon de leur hache, ils tapent à petits coups contre la peau d'orignal plus raide qu'une tôle. On entend les morceaux de glace se briser et tomber à l'extérieur. Ils sont encore loin d'avoir fini quand pétaradent deux motoneiges qui viennent s'arrêter à proximité. Assourdie et étrangement déformée par l'épaisseur de glace, la voix de René leur arrive :

— Ça va, là-dessous ?

— Ça va, crie Makwa. On essaie de se débloquer. Si tu peux taper de dehors.

Les vieux perçoivent également la voix d'Hervé. En fait, les sons leur arrivent à peu près uniquement par le trou à fumée. Bientôt, les haches des deux hommes se mettent à attaquer la glace qui se brise et sonne comme du cristal.

— Attention les peaux ! crie Makwa.

Les autres ne répondent pas. Ils ont vite fait de nettoyer et de soulever un angle. La lumière déjà éblouissante entre avec un coup d'air frais. Makwa sort pour prendre du bois qu'il doit débarrasser de son cocon de glace avant de le passer à Kinojé. René et Hervé sont entrés. Ils froncent les sourcils, le temps de s'habituer à la pénombre. Amo qui vient de couler le thé leur donne des tasses en métal émaillé. René demande :

— Croyez pas que vous seriez mieux avec nous ?

— Certainement pas, dit sèchement le chef

— À cause de vous, Vincent s'est mis dans l'idée d'aller vivre au bois, sous le wigwam.

— C'est qu'il a compris qu'une maison doit être ronde si on veut y vivre heureux. Le bonheur n'habite pas les angles.

René a un haussement d'épaules. Il va répondre, mais Hervé le devance :

— Chef Mestakoshi, je veux te parler gravement.

— Je t'écoute.

— Je sais que tu as vécu des hivers plus rudes sous des tentes toutes petites. Vous tous ici, vous l'avez fait et vous pouvez encore le faire. Moi aussi, je l'ai fait.

— Nous le ferons quand il le faudra. Sans doute l'hiver prochain puisque les jeunes ne chassent presque plus, nous irons.

— Si tous les hommes ne sont pas montés trapper cet hiver, tu sais que c'est à cause du combat qu'il faut mener pour arrêter les chantiers. Mais vous aurez votre part de gibier.

— Nous n'avons besoin de rien, lance Adé d'un ton un peu aigre en regardant son fils beaucoup plus qu'Hervé.

René ne dit rien. Il laisse parler son ami. Il ne quitte guère son père des yeux, attendant et prévoyant ses réactions.

— Non, approuve le chef, nous n'avons besoin de rien. Nous pouvons encore nous nourrir. Et pour aller où nous allons, nous n'avons besoin de personne. On ne vous demandera qu'une seule chose, c'est de mettre dans notre terre les os du dernier d'entre nous... C'est tout.

Mestakoshi a parlé calmement, avec une lenteur qui impose le silence. Et le silence suit son propos. Il le laisse stagner entre eux un bon moment avant de s'adresser à Hervé :

— Tu voulais me parler gravement.

Le visage ouvert du grand gaillard aux larges mains est tendu. Il regarde en lui. Il cherche le moyen d'aller au bout de son propos sans provoquer la colère des vieux. Ce n'est plus seulement au chef qu'il s'adresse, mais à tous, avec des coups d'œil fréquents en direction des femmes.

— Vous savez bien que la vie sans rien de ce qui appartient à notre époque n'est pas facile. Vous, vous avez toujours vécu comme ça, mais nos femmes et nos filles voudraient bien des machines à laver, des sécheuses, de la lumière sans avoir à s'occuper des génératrices qui tombent en panne.

Népeshi profite de ce qu'il cherche un mot pour lancer :

— Et surtout des télévisions.

— Laisse-le parler, dit le vieux chef.

Hervé a soudain l'air navré. Il semble hésiter beaucoup à poursuivre. Il se décide enfin :

— Oui, la télévision. Elles l'ont vue chez les Cris.

— Les enfants aussi, ajoute René. Ils veulent la télé des Blancs comme les Indiens ont voulu les fusils des Blancs.

Il a parlé avec un geste en direction du fusil de son père. Tout le monde attend dans un silence tendu. Il y a eu sur le visage du vieux chef une crispation à peine perceptible, mais il demeure comme si rien n'avait été dit.

Hervé hoche la tête. Il se tourne un moment vers René, puis, le regard fixé sur le foyer, il le désigne d'un geste et reprend :

— Votre télévision à vous, c'est ça. C'est peut-être la plus belle, mais les jeunes...

Comme il se tait, le chef dit :

— Tu es jeune.

Hervé se redresse. Son visage ne reflète aucune colère, pourtant il s'est durci. Sa voix aussi est plus ferme.

— Eh bien oui ! C'est vrai. Je suis encore jeune. Et je ne veux pas que la Bande soit séparée, tiraillée et qu'elle se disperse. Si vous voulez savoir, je suis de ceux qui ne croient plus qu'on puisse faire arrêter les chantiers, mais on peut obtenir que le projet soit modifié. Qu'il respecte nos terres de trappe. On peut obtenir beaucoup.

Il hésite. Sa pomme d'Adam monte et descend deux ou trois fois. Elle semble plus saillante que de coutume. C'est sans doute que l'homme est obligé à un effort pour faire passer les mots, pour se tenir très droit. Il y a beaucoup de noblesse dans son attitude.

— On peut obtenir énormément, mais pas en

refusant d'affronter les Blancs sur leur terrain... pas en restant ici.

Les derniers mots ont claqué plus fort. Tous les regards se tournent vers le chef Mestakoshi qui sourit.

— Leur terrain, fait-il, c'est le papier, je pense ?

— C'est le droit.

— Et le droit, ça se passe à Montréal ?

— Il faut y aller.

Le vieux hoche la tête lentement. Avec une infinie tristesse, il dit :

— Y aller pour discuter le prix de ma mère. Jamais !

Il y a dans ce dernier mot une autorité qui coupe court à tout. René et Hervé se lèvent. Lorsqu'ils écartent la porte pour sortir, une lumière éclatante entre jusqu'au fond du wigwam. Elle éclaire les femmes et les hommes immobiles, comme cloués sur place par ce mot qui résonne encore en eux.

La porte refermée, la seule lueur du feu regagne peu à peu l'espace où la vie semble s'être endormie.

52

Quand les Blancs sont arrivés sur nos terres, nous n'avions que des flèches, des haches et nos vieux pièges. Ils ont voulu toujours davantage de peaux et ils nous ont vendu des fusils, de la poudre et du plomb. Aujourd'hui, nous avons pris l'habitude des armes à feu et des pièges de métal. Nous aurions bien du mal à vivre sans eux. Est-ce une raison pour aller toujours plus loin, pour nous livrer toujours un peu plus étroitement ligotés à la volonté des étrangers ?

Il y a des moments où les exigences de notre temps me dépassent. Je voudrais pouvoir rejeter en bloc tout ce que l'époque nous apporte de mauvais, mais mon peuple refuserait de me suivre. Alors je ne sais pas toujours quel parti adopter parce que je finis par me demander où doit se situer la limite entre ce qu'il est bon d'accepter et ce qu'il faut refuser.

Durant des siècles, les Blancs nous ont appelés « sauvages ». Les missionnaires de jadis expliquaient que, dans leur langage, c'était une manière de désigner les êtres qui vivent en étroite communion avec la forêt. Plus tard, nous avons appris que, pour bien des gens, ce mot signifie grossier, brutal et cruel. Nous appelant ainsi, les Blancs nous rapprochaient des animaux. C'était presque une insulte dans leur bouche, mais, pour nous, les animaux n'ont rien de méprisable. Et c'est peut-être la plus grande faute des Indiens de n'avoir pas continué de les tuer uniquement pour se nourrir de leurs muscles et se vêtir de leur peau. Avoir appris à se servir de fusils pour tuer beaucoup et troquer les fourrures contre de quoi tuer encore plus.

Quand toutes ces idées montent de mon cœur à ma tête, je me demande si nos Dieux ne nous punissent pas de n'avoir pas assez respecté leur domaine. Nous avons cessé de combattre les bêtes avec les seules armes que nos Dieux nous ont données. Nous en avons accepté qui nous étaient envoyées par les puissances du mal. Aujourd'hui, les mêmes puissances maléfiques nous prennent nos terres. Elles extermineront une partie du gibier et feront fuir le reste vers d'autres contrées.

À cause de cela, les Wabamahigans devront peut-être reprendre la grande errance de Tiska, celle qui est venue de l'autre bord du monde avec le Loup blanc. Mais où donc pourrions-nous fuir pour trouver une terre que ne menace pas la folie des hommes assoiffés de puissance ?

EXTRAITS DE LETTRES D'UN PRÊTRE VIVANT CHEZ LES INDIENS, JUIN 1910

... les Blancs sont venus d'Europe, ils se sont battus entre eux. Ils se sont disputé les terres des Indiens. On peut tout de même s'étonner que des hommes étrangers à un pays viennent s'y faire la guerre et finissent par se le partager en oubliant complètement qu'il appartient déjà à d'autres...

Le fait qu'ils aient si longtemps vécu dans un monde où tout pouvait être absorbé par le sol leur a donné une autre conception du passage du temps. Seuls les dieux sont immortels, pas les bouteilles.

Ce qui surprend tout de même, c'est que nous ayons apporté les armes à feu à ces soi-disant sauvages et qu'ils ne s'en servent pas pour nous faire la guerre. Le monde ne manque pas d'exemples de peuples qui se révoltent contre les puissances colonialistes. Au fond, le continent américain n'est rien d'autre qu'un vaste empire colonial.

53

Népeshi ne s'est pas trompé, ce retour du froid après le gros coup de redoux a été dur et long. Cette queue de l'hiver a fouillé profond pour pétrifier le sous-sol. Elle a renforcé la surface gelée des lacs et des rivières. Les roches ruisselantes se sont couvertes d'une carapace transparente que le soleil de midi ne fait même pas transpirer. La force du vent domine celle de la lumière. Les ponts de glace se sont consolidés. Les tourbières sont de béton armé. Dans les nuits, on entend éclater le tronc des bouleaux et des aulnes. Des épinettes trop chargées se brisent dans un grand fracas de cristal.

Une fois de plus, l'homme fait alliance avec les éléments. L'activité redouble sur le long ruban de route qui approvisionne les chantiers. De jour et de nuit les convois se suivent et se croisent sur cette chaussée de neige luisante et sonore à force de compactage ; sur cette plaie de la taïga qui se joue des obstacles, vont défiler jusqu'au mois de mai plus de matériaux qu'il n'en faudrait pour bâtir de vastes cités modernes.

Parmi les derniers camions de la saison, un fardier transportant une maison destinée à loger une famille entière. La température s'est déjà sensiblement radoucie. Le froid des nuits est plus court, l'heure de midi s'allonge et active la fonte. Durant la traversée d'un vaste marécage, le conducteur sent soudain son véhicule retenu. La poigne d'un géant l'a saisi. Non seulement elle freine son avance, mais elle appuie de toute sa force sur l'arrière qui s'enfonce. L'homme rompu aux pièges du Nord n'hésite pas. Il réveille son aide. Tous deux sautent en bas de la cabine. Tandis que l'un se met à courir vers l'arrière pour signaler l'accident aux camions qui suivent, l'autre se hâte de dételer pour éloigner son tracteur du cratère qui s'ouvre.

Bientôt, d'autres conducteurs sont là, à regarder impuissants cette remorque montée sur vingt roues jumelées s'enfoncer lentement avec son chargement.

— Pour le moment, elle ira pas bien loin, mais cet été, ça va tout disparaître.

— Sucé comme un gravier.

— La roche est peut-être pas loin.

— Assez pour engloutir la maison.

— C'est une sacrée belle baraque.

— Oui, pour un ingénieur.

Les deux hommes au tracteur dételé continuent leur route tandis qu'un véhicule de la sécurité fonce pour prévenir. Décision prise sur l'heure : on ne recule pas. Tout ce qui est déjà engagé sur la route doit passer. Dépêchés sur place en toute hâte, des bouteurs couchent la taïga en contournant la maison qui s'enfonce toujours. Les camions passeront. Sur les ponts de glace, ils s'engageront un à un. Les conducteurs toucheront double prime de risque. Personne ne renonce.

Et les chantiers devenus fourmilière décupleront encore d'activité durant l'été. Dans les journées bourdonnantes de vermine, dans les nuits éclairées comme en plein midi par des centaines de projecteurs, la noria des camions va poursuivre son travail. La roche que les explosifs font voler en éclats, que des broyeurs géants pulvérisent, est chargée à la pelle mécanique dans des bennes qui partent, comme une chaîne sans fin, la déverser pour barrer les rivières et obstruer des vallées où tiendraient des capitales entières.

Lorsque la route d'hiver n'est plus praticable et que le carburant ou les matériaux viennent à manquer, les avions Hercule remplacent les camions. Le pont aérien fait suite aux ponts de glace emportés par les rapides. De Schefferville à Caniapiscau ou à LG2, jour et nuit le ciel vrombit. C'est un monde sans dimanche ni jour de fête, où jamais ne doivent s'arrêter ni les machines ni les hommes qui les conduisent.

Tout le Québec sait à présent que le Royaume du Nord qui a vu arriver la vague des colons des années trente, après celle des chercheurs d'or, dispense de nouveau la fortune à ceux qui osent. Cultivateurs, forestiers, ouvriers, ingénieurs, dessinateurs, chauffeurs, grutiers, dactylos, infirmières, médecins, cuisiniers, serveurs, manœuvres, gardiens, électriciens et gens sans métier, tous ceux que tentent les grosses paies cherchent à s'embaucher pour la baie James. Certains ne tiendront que quelques semaines, d'autres partis dès les débuts iront jusqu'au bout.

De tous les continents, des personnes importantes viennent visiter les chantiers et admirent le travail de ces hommes qui déplacent des montagnes, qui creusent des mers.

Le soir, dans les chambrées de métal et de matière plastique où ils logent à dix, les hommes se montrent des journaux où ils se retrouvent, casqués, la moustache et la barbe enguirlandées de glaçons. Les articles sont écrits dans des langues inconnues, mais c'est d'eux que l'on parle, d'eux et de l'œuvre gigantesque à laquelle ils participent.

Chez bon nombre d'entre eux, la satisfaction de la tâche accomplie est bien plus importante que l'argent qu'ils gagnent. Ils sont les gens pour qui rien n'est impossible. Ceux qui dominent le vent, le froid, la forêt, la roche et la force des cours d'eau. Les saisons passent et c'est à peine si la plus dure ralentit l'activité pendant un mois ou deux. Les barrages de béton s'élèvent, les centrales installent leurs turbines dans les cavernes creusées à même le roc, les digues montent et s'allongent qui retiendront bientôt assez d'eau pour former des lacs comme jamais encore cette terre n'en avait vu.

Ils sont quelques femmes et des milliers d'hommes prisonniers de ce Nord tellement vaste que, du haut du ciel, c'est à peine si les grands vols de migrateurs découvrent les écorchures que des machines minuscules font à la terre.

EXTRAIT DU JOURNAL DE SAINT-GEORGES

Une pluie glaçante d'une violence et d'une importance assez exceptionnelles s'est abattue sur les territoires de la baie James. En quelques heures, les chantiers ont été totalement paralysés. Camions bloqués sur place. Génératrices en panne. Lignes électriques coupées, avions et hélicoptères cloués au sol, communications interrompues. Aucun élément ne permet encore de chiffrer les dégâts, mais il semble qu'ils seront assez élevés. On ignore quand l'activité pourra reprendre.

Les nouveaux pionniers du Nord vont-ils à leur tour souffrir de l'hiver comme en ont souffert ceux qui ont ouvert les terres d'Abitibi ? Ils ont en tout cas, pour dominer la nature, d'autres moyens que la hache et la pioche de nos pères.

EXTRAIT DU MÊME JOURNAL QUATRE JOURS PLUS TARD

Une fois de plus les pionniers ont vaincu l'hiver. L'activité a repris sur la totalité des chantiers. Les dégâts causés par la pluie glaçante sont réparés.

54

De tout l'été, les vieux Wabamahigans n'ont guère quitté leur île que pour aller pêcher à une journée de canoë. Et encore, ils ont toujours laissé un homme solide avec les femmes, le chaman et l'aveugle. Ils sont un peu comme s'ils s'attendaient à une attaque de gens qui viendraient les déloger pour leur prendre ce bout de terre où ils vivent à côté de leurs morts.

À plusieurs reprises, des jeunes du Conseil de Bande se sont absentés pour plus d'une semaine. Au retour, ils racontent ce qu'ils ont fait mais les vieux ne sont pas certains qu'ils disent la vérité. Ils apprennent parfois des choses par Vincent et font semblant de les connaître déjà. Ce n'est jamais d'une grande importance.

Sauf ce matin.

Le garçon vient avec deux autres un peu plus jeunes qui le suivent toujours. Ils sont sa bande et son conseil. Il a treize ans, les deux autres onze et dix. Des costauds tous les trois. Ils ont la passion de la pêche et de la chasse. Ils peuvent loger une balle de carabine dans l'œil d'une marmotte à trente pas. Vincent ne cesse de répéter qu'il en est à sa dernière année d'école et qu'après il ira trapper. Mais ce matin, il n'est pas question de cela. Ils arrivent en courant au moment où le vieux chef, Népeshi et Makwa partent à la pêche. Sur ces trois visages, les vieux lisent tous les signes de la frayeur et de la révolte. Le souffle court, Vincent dit :

— Ça devient grave.

Adé s'approche et pose sa main sur la nuque du garçon, comme elle faisait pour ses gros chagrins d'enfant. Vincent est plus grand qu'elle. Il se secoue et reprend :

— Ils sont allés visiter les chantiers.

Le chef Mestakoshi fronce les sourcils :

— Qui donc ?

— Mon grand-père, Hervé et Damien.

Makwa intervient :

— T'en fais pas, ils verront de loin, mais ils n'entreront pas, c'est interdit.

Vincent lance au colosse un regard plein de mépris.

— Tais-toi donc, Makwa. Ils sont allés avec les Blancs. Et avec des chefs Cris et Inuits. Les autres sont tout excités. Surtout les femmes.

Il laisse passer quelques instants et respire comme s'il voulait plonger avant d'ajouter :

— Nous trois, on a décidé qu'on peut plus vivre avec des traîtres. Puisque vous voulez pas de nous, on ira sous notre wigwam. Et l'école, c'est fini.

Vincent cherche un mot, le plus petit des trois s'empresse de dire :

— Si on nous laisse pas tranquilles, on prend un canoë et on s'en va.

Les vieux ont grand-peine à les calmer. L'heure de l'école approche et il faut toute l'autorité du chef pour les décider à s'y rendre. Népeshi insiste pour les accompagner. Le chef sait qu'il va tenter d'en savoir davantage. Les vieux attendent. Ils conservent une apparence de calme mais la fièvre est en eux. Les regards se portent par-delà le cimetière vers les maisons carrées du village comme s'il pouvait en sortir une réponse aux questions qu'ils se posent et qu'elle s'inscrive soudain en volutes de fumée sur le bleu du ciel. Ils sont toujours tous à la même place, entre le fumoir et le wigwam, quand Népeshi revient. Il marche de son pas tranquille et souple, rien dans son allure ne trahit le moindre trouble. Quand il les rejoint, tous les regards disent : « Alors ? » mais les lèvres demeurent scellées. Les yeux du chaman se plissent, un léger tressaillement de la peau à gauche de son nez est le seul signe à peine perceptible de la difficulté qu'il éprouve à parler. Mestakoshi le connaît assez pour deviner que ce qu'il a à leur dire lui brûle le cœur.

— Les Blancs les ont bien pris dans leurs filets.

Il a un regard plein de tristesse en direction de sa femme, puis il poursuit :

— Mon fils n'est plus mon fils... Je viens de le lui dire. Je ne le verrai plus. Sa femme lui a mis le poison de l'électricité dans le cœur. Et les autres sont tous pareils.

Il est vidé. On se demande si son corps ne va pas s'affaisser comme un vieux sac. Soudain, il se ressaisit. Son œil s'allume. Une flamme de jeunesse l'habite.

— J'ai appris une chose très importante. Il n'y a que nos enfants et les Cris qui ont des idées d'entente et de marchandage avec les Blancs. Les Inuits hésitent. Mais les Algonquins, les Naskapis, les Attikameks et les Montagnais refusent... Ils refusent tout.

Les visages se sont éclairés. Le chaman soulève lentement sa longue canne écorcée et parle comme s'il prononçait de saintes paroles :

— C'est qu'ils vivent plus au sud. Ils ont beaucoup plus que nous l'habitude de la fourberie de l'homme blanc. Les Inuits tomberont dans le piège, nos jeunes tomberont dans le piège. Ils feront comme ceux de nos ancêtres qui acceptaient des miroirs en échange de la terre.

Après ces mots, le silence est venu, lourd de lumière, chargé de vent, porteur de tous les parfums que la taïga et le fleuve distillent quand s'achève la saison chaude.

Les vieux ne sont pas partis à la pêche, il leur semble que la Longue Île est soudain beaucoup plus menacée. Les hommes se sont assis sur les billots où ils prennent place, d'habitude, pour jouer aux dames, mais ils n'ont pas sorti les jeux. Ils regardent le ciel, les arbres, les reflets sur les eaux. Les femmes se sont remises au travail. Elles ont des poissons à nettoyer et à fumer. Adé les prépare tandis que Odôsi et Amo coupent du bois et arrachent de la mousse pour le feu.

Les heures passent et même les femmes sont muettes. Seuls le vent et les appels d'oiseaux habitent encore l'espace.

55

Lorsque j'étais enfant, des Indiens des tribus qui vivent plus au sud s'arrêtaient parfois ici en partant vers le nord. Ils chassaient avec nos parents. Ils s'invitaient les uns les autres sur leurs terres de trappe. Et ils parlaient. C'était le temps où se construisait le chemin de fer montant vers Schefferville. La ligne passait sur des terres que les Blancs avaient pourtant promis de ne jamais toucher.

Les ouvriers qui travaillaient à la voie ignoraient tout de la forêt. C'était des gens venus des villes. Pour cuire leur nourriture, pour se protéger des mouches noires et des maringouins, ils allumaient des feux et des boucanes. Ils s'en allaient sans tuer les braises rouges et la flamme renaissait pour dévorer la taïga. Seuls les Indiens s'effrayaient de voir ainsi détruire leur forêt. Les bêtes que l'incendie ne parvenait ni à encercler ni à rattraper s'enfuyaient pour ne plus revenir. De vastes étendues étaient perdues à la vie pour des saisons et des saisons. Il faut plus du temps de la vie d'un homme pour que se refasse la forêt incendiée, car la mousse brûle, le sol de tourbe lui aussi se consume. Et la nouvelle forêt ne vaut jamais l'ancienne, elle est toujours dominée, écrasée, étouffée par la broussaille et de tout petits trembles sans valeur pour personne.

Après ces malheurs, le chemin de fer en a engendré d'autres : le gouvernement a concédé d'immenses contrées boisées à des compagnies forestières. Les Blancs qui ne savent plus faire de feu ont pourtant besoin de beaucoup de bois. Les compagnies ont tout rasé. La taïga est morte et sont morts avec elle les lacs et les cours d'eau. Les Indiens qui vivaient de la pêche et de la chasse sur les terres ont dû fuir. Ce sont des souvenirs pareils qui nous font vivre dans la peur constante de ces hommes de profit qui veulent toujours exiger de la terre bien plus qu'elle ne peut donner.

Les Indiens ne vont jamais dans les cités pour acheter et vendre les rues ni les maisons carrées ; et pourtant les grandes cités des Blancs ont été édifiées sur des terres que des Indiens habitaient depuis les débuts du monde. Le Nord est vaste, mais les hivers y sont très longs et nous avons bien besoin de toute cette étendue pour vivre. Mais l'homme blanc veut nous donner des leçons dans tous les domaines.

Il a même voulu nous enseigner le ciel et l'amour d'un Dieu qui nous est étranger. Et moi je n'arrive pas à regarder l'image du Dieu des Blancs qui se trouve dans l'église et la salle paroissiale, sans penser à ce que des gens à sa ressemblance nous ont apporté d'autre. J'ai dans ma tête le grondement des génératrices et des avions, la pétarade des moteurs. Ces bruits sont entrés en moi et ne veulent plus en sortir. Ils sont comme les bouteilles qui entrent dans la terre et que la terre refuse de digérer. Les bouteilles mourront avec la terre et les bruits de moteurs mourront avec moi.

Comment pourrions-nous aimer un Dieu tout-puissant venu chez nous avec des hommes qui ont souillé notre pays avant de nous le prendre ?

Comment pourrions-nous aimer un Dieu qui, du haut de sa croix, contemple ses fils tandis qu'ils s'emploient à prendre la forêt et la liberté d'un peuple ?

Et nous nous demandons souvent si pour ce Dieu comme pour ceux qui voudraient nous contraindre à l'adorer, nous ne serons pas toujours les maudits sauvages.

EXTRAIT DU JOURNAL D'UN SECOND DE JACQUES CARTIER

C'est la Vierge Marie qui nous a sauvés du mal de terre.

Dès les premières semaines de l'hiver épouvantable en ces contrées, cette terrible maladie inconnue de nous tous avait déjà fait mourir bon nombre de nos marins. Comme elle donnait un nouvel assaut, notre capitaine eut l'idée de faire dire force prières à la Vierge pour qu'elle nous vienne en aide.

Et la Vierge nous a entendus.

En effet, au troisième jour de prière, Elle nous envoya un sauvage. Voyant le mal qui rongeait certains d'entre nous, il alla tout de suite chercher dans la forêt de l'écorce et des aiguilles d'un certain arbre que la Vierge lui indiqua. Il mit le tout à bouillir dans de l'eau de neige qu'il nous fit boire. Après quelques jours de ce traitement, le mal fut jugulé.

Sans doute notre mère Marie, tout en nous sauvant d'une mort bien douloureuse, voulait-elle indiquer à ce sauvage que nous sommes des êtres dignes d'attention et de respect. Espérons que ce sauvage que nous n'avons plus revu aura entendu cette belle leçon.

56

À la sortie de l'école, Vincent arrive en courant. Il a le visage écorché et saigne de la bouche. Tout son peuple est prisonnier :

— Ils ont cassé notre wigwam. Ils vont les torturer.

Tandis qu'Adé essaie de nettoyer ses plaies, le vieux chef dit durement :

— Et toi, le chef, tu as abandonné ton peuple ?

— Je me suis évadé pour prévenir.

— Tu n'es plus un enfant. Tu ne devrais pas jouer comme un enfant, reproche Adé.

— C'est pas un jeu. Je vous dis qu'ils vont les torturer.

— J'y vais, dit Makwa.

Le chef se tourne vers Vincent :

— Viens !

Ils y vont tous. Hommes et femmes, le chef en tête, le chaman derrière avec l'aveugle qui lui tient l'épaule.

Ils vont droit en direction du village. Au moment où ils le traversent, Jeanne se précipite, suivie de trois autres femmes. Elles crient toutes les quatre en même temps et on ne saisit rien de ce qu'elles disent. À ce moment-là, les deux amis de Vincent débouchent de derrière une maison. Ils ont le souffle court. Eux aussi saignent de partout et leurs vêtements sont lacérés. Derrière eux, arrivent les autres qui s'arrêtent et refluent en voyant Mestakoshi. Les femmes continuent de glapir que c'est la faute des vieux si les enfants se battent. Le chef lève la main. Aussitôt le silence se fait. Il se tourne alors vers les enfants et crie :

— Vous autres, venez ici !

Les enfants avancent lentement et s'arrêtent à quatre pas du groupe. Mestakoshi demande :

— Qui est votre chef ?

Un garçon à peu près de l'âge et de la taille de Vincent s'avance.

— Tu es Coughawa ?

— Oui, chef Mestakoshi, je suis Antoine Coughawa, fils de Pierre Coughawa.

— Tu es le chef de ceux-là ?

— Oui.

— Et Mestakoshi est le chef des autres. Venez, le chef Mestakoshi veut vous parler.

— On veut aller, disent plusieurs femmes dont la mère d'Antoine Coughawa.

Le vieux les regarde durement.

— C'est une rencontre de chefs, ce n'est pas un Conseil de Bande.

Puis, se tournant vers Népeshi, de son ton de commandement, il lance :

— Toi qui es mon second au Conseil, va avec les autres voir ce qui s'est passé à leur wigwam. Et qu'ils soient avec toi comme ils seraient avec moi.

Il se dirige vers la salle paroissiale suivi des deux garçons. Il les fait entrer et referme la porte en lançant un regard sévère aux femmes qui ont suivi de loin. Il tire une chaise devant une fenêtre où il s'assied le dos au jour. Il fait signe aux garçons de s'asseoir côte à côte en face de lui. Dès qu'ils sont installés, il dit :

— Tu es blessé aussi, chef Coughawa.

C'est Vincent qui répond :

— Il serait mort si j'avais pu l'avoir seul.

L'autre va intervenir mais le vieux l'arrête.

— Ce ne serait pas une bonne affaire pour lui, et pour toi non plus. Et tu n'as pas la parole, chef Mestakoshi fils de Mestakoshi. Je crois bien être le plus vieux de nous trois, hein ?

Les garçons sourient en hochant la tête.

— Alors, c'est moi qui donne la parole. Chef Coughawa, explique les raisons de votre bataille.

Le garçon a un beau regard franc, un visage ouvert. Il passe le revers de sa main sur sa pommette gauche qui saigne. Il réfléchit, puis, très calme, il explique :

— J'ai dit que ceux du Conseil qui sont allés visiter les chantiers ont bien fait. Les Blancs les ont invités. Ils sont allés parce que toi, chef Mestakoshi, tu ne veux pas y aller.

— On ne m'en a pas parlé, mais il est vrai que je n'y serais pas allé... continue.

Le garçon hésite. Ses paupières battent un peu. Il lance un regard rapide à Vincent qui sourit d'un air de défi et finit par lever la main.

— Non, tu auras la parole après.

Le visage de Coughawa se durcit. Sa voix qu'il veut assurée est un peu plus forte que d'habitude :

— Ben oui, je l'ai dit : les Cris ont élu un chef qui a vingt-cinq ans et qui a fait ses études à Montréal.

Il se tait. Son regard ne quitte pas celui du vieux chef. Vincent qui n'y tient plus lance très vite :

— T'as dit : nous on a...

Le chef Mestakoshi lève la main en se tournant vers Vincent que son regard cloue d'un trait. Le mot qui allait sortir rentre dans sa gorge et le vieux parle à sa place :

— Il a dit : nous avons un chef trop vieux. Et pour ça, vous vous êtes battus comme des carcajous. Vous trouvez bon que les Indiens se battent entre eux au lieu de serrer les rangs pour faire face aux Blancs qui veulent leur prendre leurs terres ?

Derrière le sérieux de Coughawa, il y a comme une ébauche de sourire un peu moqueur. Le vieux se tait. Il attend une réponse qui ne vient pas.

— Alors, chef Coughawa, tu n'as rien à dire ?

— C'est pas si simple que ça.

— Qu'est-ce qui n'est pas si simple ?

— Les Blancs ne veulent pas prendre nos terres. Ils veulent prendre la force de nos rivières pour l'électricité. Et ils nous en donneront. Et ils nous donneront de l'argent et des terres nouvelles.

— Notre fleuve est un Dieu, on ne le tient pas en esclavage.

— Ce n'est pas l'esclavage. Les Wabamahigans lui prennent bien son poisson, on peut aussi lui prendre son électricité. Il en aura toujours comme il a toujours du poisson.

Le vieux Mestakoshi soupire longuement et demande :

— Qui t'a appris tout ça ?

— Mon père. Et les autres aussi.

Dans les yeux de Vincent, il y a moins de haine, mais une grande interrogation. Le vieux hésite un moment. Il observe ces deux garçons qui attendent de lui une réponse de justice, de vérité, de lumière, de sagesse. Il ne la trouve pas et demande à Coughawa :

— Tu crois vraiment que si les Wabamahigans avaient un chef de ton âge, tout irait mieux ?

Les deux garçons se mettent à rire.

— Non, dit Coughawa en plantant dans les

yeux du vieux un regard où ne se lit aucune trace d'appréhension, pas de mon âge, mais assez jeune pour aller parler avec les Blancs. Et voir ce qu'ils font.

Le vieux Mestakoshi ferme un instant les yeux. Il respire profondément. Il lui semble que le monde bascule, que cette maison carrée va se retrouver le toit en bas. C'est une impression très fugitive. Une espèce de fulguration qui laisse en lui une traînée douloureuse. Il se lève.

— Je vous demande de vous embrasser et de vous aimer comme des frères, même si vos idées ne sont pas les mêmes.

C'est visiblement Coughawa qui a le premier élan.

— À présent, dit encore le vieux d'une voix qui tremble un peu, même si vous rêvez d'habiter des maisons modernes, vous devriez aller tous ensemble reconstruire le wigwam. Si on veut vivre dans la paix, il faut effacer les traces de la guerre.

LETTRE ÉCRITE EN 1865, EN LANGUE INDIENNE PAR UN CHEF DES MONTAGNAIS DE LA RIVIÈRE MOISIE, TRADUITE EN ANGLAIS PAR GHISHOLM, EMPLOYÉ DE LA COMPAGNIE DE LA BAIE D'HUDSON, ET ADRESSÉE AU PREMIER MINISTRE À OTTAWA

Serez-vous jamais capables de nous comprendre, vous les Blancs ? Vous qui nous gouvernez, êtes-vous capables de vous entrer dans le cœur les paroles des Indiens ?

Nous sommes nés ici et nous avons la conviction profonde que nos terres nous appartiennent.

Nos terres sont pillées, saccagées. Nous ne trouvons même plus de quoi survivre. Les Blancs se sont emparés de nos rivières pour qu'elles ne servent qu'à eux seuls

L'unique droit qui nous reste, c'est celui de regarder couler la rivière. Nous sommes plus pauvres que les plus pauvres et nous n'avons même plus le droit de prendre un poisson.

Que voulez-vous encore de nous ? Que pouvez-vous exiger de plus ?

Vous avez la richesse. Vous avez mille fois ce

qu'il faut pour vivre. Pourquoi n'aurions-nous pas la simple possibilité de ne pas mourir de faim ? De ne pas voir nos enfants mourir de faim ?

Ce n'est ni par paresse ni par lâcheté que nous demeurons immobiles, c'est parce que vous nous avez ôté le droit d'aller chercher de quoi nous nourrir et nourrir nos enfants. Vous devriez pourtant savoir que nous ne pouvons pas vivre sans nos terres et nos rivières.

Toi, le Grand Chef des Blancs, qui détiens toute la puissance, tu devrais écouter ce que nous demandons.

EXTRAIT D'UNE LETTRE D'UN MÉDECIN DE LA SOCIÉTÉ DE CONSTRUCTION DES BARRAGES

Oui, c'est vrai, les Indiens sont un peuple déchiré. Déchiré entre la vie sauvage (chasse, pêche et nomadisme) et la télévision.

EXTRAIT D'UN TÉLEX DU GÉRANT D'UN MAGASIN GÉNÉRAL

Pour gagner du temps, vous pouvez anticiper sur nos commandes en expédiant tous les produits dont la publicité passe à la TV, surtout dans les feuilletons. Les Indiens sont très friands de tous ces produits, même s'ils n'en ont pas l'usage.

CINQUIÈME PARTIE

LES CARIBOUS

57

Depuis huit ans, Mestakoshi le vieux n'est plus le chef de tous les Wabamahigans. Il n'a dans sa bande que ceux du wigwam. Il est le chef des vieux, ceux qui veillent les morts. Et sa bande a même diminué. Deux membres l'ont quittée pour rejoindre la bande des morts. L'aveugle parti voici quatre ans, et Adé la corneille, femme du chef Mestakoshi, que le dernier hiver a enlevée à peu près comme il avait enlevé la centenaire.

À quatre-vingt-sept ans, Mestakoshi se sent encore vert. Il mène son canoë, il vise toujours juste, il marche sans fatigue. Il a pourtant enduré de quoi tuer bien des hommes. La scission, d'abord, et l'élection par l'autre bande d'un chef qui n'est plus un Mestakoshi. Hervé est devenu chef Otikwan. C'est de ce nom qu'il signe les papiers des Blancs dont il lit et parle la langue. Pour eux, il est chef Hervé. Mestakoshi l'a toujours estimé. Il le sait plus intelligent que son propre fils mais il ne comprendra jamais qu'il ait accepté le déménagement du village.

C'est la deuxième profonde blessure que ces années ont portée à la vieille carcasse de Mestakoshi. L'église démontée, les maisons les moins abîmées démontées, tout est parti par larges panneaux sur des camions qui ont traversé le fleuve gelé. Sipawaban, le fleuve Dieu, a vu ça. Des engins énormes crachant de la fumée empoisonnée et roulant sur son dos de glace. Il a vu les Wabamahigans quitter leur île avec l'école, l'église, la salle paroissiale et quelques maudites maisons carrées. Ils en ont laissé, de ces bâtisses qui ne ressemblent à rien. Personne n'y a touché. Les vieux ne s'en approchent pas. De loin, ils les ont vues s'écrouler, se coucher, céder sous l'invasion de la taïga qui reprend sa place.

Il s'est passé bien des choses à l'extérieur, mais jamais le chef Mestakoshi n'est allé en direction du nouveau village, pas plus que vers les barrages. Il sait par les autres. À part le chaman qui ne sort plus du wigwam et Makwa qui ne veut pas prendre le risque d'étrangler quelqu'un, tous sont allés voir les demeures modernes bâties en amont, sur la rive sud, avec une route qui les relie directement à une petite cité de Blancs édifiée près d'une usine électrique.

Le vieux sait aussi des choses par Vincent qui vient souvent, par René et par Hervé qui viennent aussi, de temps en temps, parce qu'on ne peut pas ne pas rendre visite aux vieux. Au moment où s'est opérée la scission, Hervé a dit :

— C'est bien qu'il y ait des Wabamahigans qui refusent de quitter l'île. Nos avocats le disent : si un jour on veut attaquer la convention, on pourra le faire en disant qu'elle n'a pas été signée par tous.

Aujourd'hui, Hervé ne parle plus de cela. Il est de ceux qui disent les choses une fois et n'y reviennent que s'ils ont affaire à des gens qui n'ont pas compris. Mais René, sans doute parce qu'il ne sait pas quoi dire à son père, y revient souvent. La dernière fois, le vieux Mestakoshi lui a lancé :

— Tu n'as que soixante-cinq ans et tu radotes déjà. En tout cas, si tu veux l'attaquer, ta convention, faudra pas trop tarder, ceux qui ont refusé de la signer seront bientôt tous morts.

Les vieux ne sont plus que sept, sur la Longue Île. Les Blancs ont mis leurs barrages en eau. Le cours du fleuve n'a pas varié, son niveau a à peine monté, les digues promises pour protéger l'île n'ont jamais été édifiées, mais on ne voit pas trace d'érosion. Les vieux préfèrent que leur île reste telle qu'elle a toujours été. Voir dresser des enrochements à grand renfort de camions et de grues les aurait profondément atteints. Les Wabamahigans n'ont nul besoin de l'homme blanc pour se protéger d'un fleuve avec lequel ils vivent en bonne amitié depuis la nuit des temps.

Ils ne quittent plus la Longue Île que pour pêcher et chasser, jamais très loin. Mestakoshi est persuadé que tout le reste du pays a été saccagé par les constructeurs de barrages. Il se refuse à écouter ce que lui disent les visiteurs qui ont vu la nature intacte sur des milles et des milles, qui ont trappé, qui affirment que les travaux n'ont touché qu'une toute petite partie des terres.

Chaque mois, ou à peu près, le curé vient leur rendre visite. Il a cessé de leur parler de son Dieu, il sait que les vieux ont renoué avec le Grand Esprit. Simplement, il essaie de les convaincre de venir vivre au village où des maisons confortables les attendent, où leurs enfants voudraient les aider à vieillir et à mourir. Sans consulter les siens, mais en leur nom tout de même, chaque fois Mestakoshi répond qu'ils veulent mourir sur la Longue Île.

L'institutrice aussi est venue plusieurs fois sur la motoneige ou dans le canoë de Vincent. Elle,

elle vient seulement pour l'amitié. Elle ne propose rien, ne prêche pas.

Vincent non plus n'essaie pas de convaincre les vieux de venir au village. Il a beaucoup pleuré quand Adé est morte. À présent, c'est un homme. Le vieux Mestakoshi l'aime toujours autant mais ne parle plus jamais de lui avec Népeshi. Celui en qui il avait vu jadis un futur chef des Wabamahigans est devenu un Indien pareil à la plupart de ceux qui vivent dans les réserves. Il ne trappe plus guère. Il chasse de temps en temps, il a un emploi au bureau du village.

Cette blessure-là est peut-être la plus cruelle pour le vieux, la plus douloureuse mais aussi celle qu'il s'efforce le plus de dissimuler.

Ils ne sont plus que sept à vivre sous le wigwam. Des Blancs ont demandé à les voir, ils ont toujours refusé. Ils ne sont pas des bêtes qu'on montre. Ils demeurent sur leur île parce qu'on ne doit jamais abandonner les morts. Ils contemplent les tertres ou la neige qui les recouvrent, ils ont choisi leur place. Leur terre les attend.

58

Nous sommes ici pour attendre l'heure où le Grand Esprit viendra nous chercher. Mon seul souci à moi, chef Mestakoshi, c'est de savoir ce qu'il adviendra du dernier d'entre nous. Qui donc saura que son âme vient de quitter son enveloppe de chair ? Qui donc viendra, pendant que son corps sera encore tiède et souple, le serrer dans les courroies de cuir de manière que son menton repose sur ses genoux ? Qui fera en sorte qu'il entre dans le ventre de sa mère la terre tel qu'il était avant son éveil dans le ventre de sa mère la femme de son père ? Qui l'enveloppera de la plus belle peau d'orignal ? Qui creusera le trou rond où ses os dormiront pour l'éternité ? Qui refermera le trou après y avoir mis ce dont il a besoin pour le grand voyage ?

Si le dernier d'entre nous se durcit avant d'être découvert, les hommes creuseront un trou long, aux angles vifs pareils à ceux des maisons des Blancs. Ils le mettront tout droit dans ce trou où il ne parviendra jamais à trouver le vrai repos.

Si le dernier d'entre nous venait à quitter ce monde durant la saison morte où la terre est dure comme le granit, qui donc mettrait son corps à l'abri des bêtes dans le fortin de bois construit en haut des pieux ?

Sous le wigwam, le feu s'éteindra et le froid entrera avec les bêtes qui viendront se repaître de la chair et des os. Et ce mort-là ne connaîtra jamais le repos. Son corps déchiqueté partira courir la taïga dans le ventre du renard ou du carcajou.

Nos fils et nos filles nous ont quittés pour un monde où les morts sont oubliés. Quand l'un d'entre nous s'en va, ils viennent le pleurer avec nous, mais le dernier n'aura personne pour le pleurer. Et les morts qui s'en vont sans une larme d'amour sont des morts malheureux pour l'immensité des temps.

Nous sommes ici parce que nous ne voulons pas abandonner nos morts, mais une infinie tristesse nous pénètre car nous savons qu'un jour, inévitablement, nous serons tous des morts abandonnés.

Et les morts qui n'ont pas l'amitié des vivants sont deux fois morts.

La taïga reprendra toute la terre de la Longue Île et nulle trace ne restera de notre passage en ce monde.

59

Les vieux Wabamahigans ont presque terminé leur repas lorsque Kàg, leur unique chien, se met à gémir. Il se lève, frétille, pousse un coup de gueule et va vers la peau d'orignal qui ferme l'entrée. Il se retourne. Son œil brun interroge le vieux chef qui dit :

— Va !

— Qu'est-ce qu'il peut bien avoir senti ? demande Makwa.

— Vincent.

— À pareille heure ?

— Si ce n'est pas mon petit, fait le chef, c'est que ce chien est devenu fou.

Leur dernière chienne est morte en mettant bas une portée de six chiots mort-nés. Et c'est Vincent qui leur a apporté Kàg, le porc-épic, baptisé ainsi à cause de son poil brun tout raide, hérissé sur son dos comme s'il vivait dans une colère permanente.

Mestakoshi sort. La nuit est assez sombre en dépit des étoiles et d'une lueur qui ébauche à l'Ouest une aurore boréale. À quelques pas du wigwam, le feu du fumoir à viande se consume lentement. Amo qui sort rejoindre le chef s'en va lentement remuer les braises qui rougeoient. Elle pose dessus de la mousse et du bois mouillé. Elle revient et dit :

— Demain au milieu du jour, la viande d'oie sera prête. Restera le poisson qu'on a mis après.

Le chef s'est assis sur une souche qui sert de plot. Il écoute la nuit très musicale.

— Où est Kàg ?

— Parti vers le fleuve.

Amo rentre.

Le chien avait dû pressentir l'arrivée de son ancien maître bien avant que le vent ne lui apporte le moindre bruit ou la moindre odeur, car Mestakoshi doit attendre longtemps avant de l'entendre débouler sur la piste qui conduit à l'embarcadère. Il vient tourner devant lui avec un petit gémissement de joie puis repart aussitôt. On entend bientôt la voix du jeune homme qui lui parle comme il parlerait à un ami.

Le vieux chef se lève. Il serre contre sa poitrine ce garçon plus haut et plus large que lui. Il le flaire et il dit avec un rire que l'émotion fait trembler :

— Tu sens le Blanc.

— J'ai fait laver mon linge à la laverie.

Une ombre s'avance. Le vieux chef reconnaît Hervé à sa haute taille et à sa démarche souple. Il dit :

— Seul un malheur peut vous conduire ici à pareille heure.

— C'est un malheur, dit Hervé. Il faut que je t'explique.

Mestakoshi les fait entrer. Amo dit :

— Vous tombez du ciel, je n'ai pas entendu de moteur.

— Tu sais bien que quand le courant porte assez, on coupe le bruit loin en amont.

Ils prennent place autour du foyer. Le vieux

chef examine Vincent. Le visage du garçon est sombre, fermé. Il a pour eux de petits regards rapides, comme s'il n'osait pas. Les vieux sont tendus. Hervé semble un peu plus calme. Il tire de sa poche trois journaux. Il en pose deux par terre à côté de lui et déplie l'autre. Il le replie de manière à ne laisser voir qu'un titre et la photographie qu'il surmonte.

— Passez au chef Mestakoshi.

Il tend le journal à Makwa. La feuille voyage de main en main et les regards qui s'y posent au passage sont horrifiés ou incrédules. Hervé déplie et replie de la même manière les autres journaux qu'il tend l'un à sa droite l'autre à sa gauche en disant :

— Regardez, c'est pareil sur tous.

Sur les lèvres qui se desserrent à peine il n'y a qu'un mot :

— Caribous !

Les photographies représentent une rivière dont la berge est couverte de cadavres de caribous. Sur l'un des journaux, on voit toute la largeur du cours d'eau où sont posés deux hydravions. Sur un autre, un bateau est engagé du nez entre les bêtes au ventre gonflé et des hommes contemplent le spectacle. Tous les caribous sont sur le flanc, certains ont la moitié du panache enfoncé dans la vase.

Personne n'ose rien dire, seuls les regards interrogent qui vont des journaux au visage de Vincent et d'Hervé.

— C'est la Caniapiscau, dit Hervé. L'Hydro a ouvert un déversoir juste au moment où les caribous traversaient en amont d'un rapide. On pense que plus de vingt mille bêtes se sont noyées.

Les vieux restent sans voix. Les photographies

ne montrent que quelques centaines de bêtes et le chiffre avancé par Hervé les dépasse. Il s'en rend compte et reprend :

— Vingt mille. Un grand grand troupeau. C'est plus qu'un chasseur de notre peuple peut tuer dans le temps de sa vie même s'il devient centenaire.

Les vieux continuent de s'entre-regarder en hochant la tête et Hervé ajoute :

— Vingt mille, vous les verriez passer durant toute la journée et toute la nuit. De mémoire d'Indien, jamais ne s'était vue pareille noyade.

Les vieux sont écrasés. Chacun essaie de se représenter ce troupeau en migration, ces bêtes engagées dans la traversée de la Caniapiscau au moment précis où l'eau monte. Mais comment imaginer pareille crue ?

Le vieux Mestakoshi hoche la tête longuement. Sa voix est sourde.

— L'Esprit du Mal a posé sa griffe sur notre terre. Il est comme le carcajou, il tue pour tuer. Il y aura d'autres noyades de caribous et bien des malheurs plus grands encore quand les castors qui sont notre seule richesse périront.

Hervé attend que le vieux se taise pour dire :

— Chef Mestakoshi, je ne suis pas venu pour t'entendre annoncer d'autres malheurs, mais pour que tu nous aides à leur barrer la route.

Le visage du vieillard se plisse davantage. On ne saurait dire s'il sourit ou s'il va se mettre à pleurer.

— Tu viens bien tard, chef Otikwan. Tu étais avec les autres pour vendre notre terre aux Blancs.

Hervé serre les lèvres. Les muscles de ses mâchoires roulent et tendent sa peau. Il réprime un mouvement d'impatience.

— Chef Mestakoshi, tu es le doyen de tous les

chefs indiens. Si tu ne viens pas avec nous voir les caribous noyés, si tu ne dis pas aux Blancs ce que tu en penses, les Blancs auront la partie belle pour prétendre que ce n'est pas grave. Certains affirment déjà que les barrages ne sont pour rien dans l'affaire. C'est à ceux-là qu'il faut parler de la fin des castors et des autres drames que tu sens venir.

Le vieux chef regarde Népeshi, Makwa et Kinojé. Chacun fait de la tête un oui imperceptible.

— Nous irons.

— Non, dit Hervé. Pas tous. Toi et Népeshi, c'est tout. On ne peut pas embarquer tout le monde.

— Nous irons à deux canoës.

Sans s'énerver, Hervé explique qu'ils doivent aller en hydravion. Ils ont obtenu du ministre qu'un appareil vienne les chercher et les pose sur la Caniapiscau. À mesure qu'il parle, la stupeur envahit le visage du vieux chef. Népeshi semble beaucoup plus intrigué qu'effrayé. Lorsque Hervé se tait, le chef Mestakoshi lance :

— Tu veux notre mort !

— J'ai pris plusieurs fois l'avion et je suis bien portant. Ton fils l'a pris aussi.

— Nous monterons en canoë, nous avons encore des bras.

— Avec les barrages, les portages seront très longs...

— Nous avons encore des jambes et des épaules.

— Il faudrait plus de dix jours, les pluies ont gonflé le courant. Dans dix jours, il n'y aura plus de caribous. Plus personne vers qui vider ton cœur.

Il se tait. Avant que Mestakoshi ne réponde, Népeshi se hâte de dire :

— Nous sommes trop près de la mort pour avoir peur de leur avion.

— Je veux mourir sur ma terre.

— Le pays de la Caniapiscau est aussi notre terre.

Le vieux chef fait du regard le tour du cercle comme pour chercher une aide qui ne vient pas. Alors, le visage bouleversé, de sa voix d'incantation, il se met à parler :

— Jamais les Indiens n'ont eu l'idée de s'envoler vers les nuages. Ils savent que seule leur âme est destinée à prendre le chemin du ciel quand leur corps prendra celui des profondeurs de la terre. Il faut l'orgueil démesuré de l'homme blanc pour fabriquer des oiseaux de métal capables de s'élever jusqu'aux nuées. Jamais un Indien ne devrait accepter de monter dans ces oiseaux de feu pour narguer les orages. C'est une insulte au grand calme du ciel et à la pureté du vent. Il n'est pas possible que le Grand Esprit regarde une chose pareille et ne soit pas animé du désir de punir ceux qui se moquent des règles établies depuis la nuit des temps. Tiska la Sibérienne est venue jusque sur ces terres où nous vivons en suivant le Loup blanc sur les pistes de glace et de neige, jamais Wabamahigan qui détenait la toute-puissance n'a songé à entraîner notre mère à tous vers la route invisible des grands oiseaux migrateurs. À ne plus respecter les lois des Dieux, les hommes attireront sur eux leur colère.

Au dernier mot, le vieillard se tasse, comme épuisé. De nouveau son regard quête une approbation. Le silence s'éternise. Personne n'ose souffler mot. Puis, avec dans l'œil une flamme qu'on ne lui avait pas vue depuis des lunes, le chaman lance :

— Si on veut me porter jusqu'à leur avion, j'irai. Et je saurai ce qu'il faut dire aux assassins de notre terre.

EXTRAITS DE DÉPÊCHES D'AGENCES DE PRESSE

Sur le chemin de leur migration vers la toundra natale, les caribous ont trouvé les eaux impétueuses gonflées démesurément par l'ouverture brutale du déversoir de crues de la Caniapiscau. Des milliers sont morts noyés. Une catastrophe écologique sans précédent dont les Amérindiens rendent l'homme blanc responsable.

La direction d'Hydro-Québec interrogée hier a affirmé que cette noyade de caribous sans précédent dans l'histoire du Nord québécois « n'est en rien attribuable à l'ouverture de l'évacuateur de crue aménagé sur le réservoir Caniapiscau. Il s'agit d'un déplorable accident dû aux grandes pluies d'automne ». On a même entendu un responsable de la société lancer aux journalistes : « La commission d'enquête dira ce qu'elle voudra. Nous savons, nous, de manière certaine, que s'il n'y avait pas eu de barrage le torrent aurait été plus fort et la noyade plus abondante encore. »

Le malheur veut que les caribous choisissent toujours les pires endroits pour se mettre à l'eau : les rétrécissements de rivière. L'eau y est moins large mais le courant beaucoup plus impétueux.

Les Inuits, qui repoussent la thèse de l'accident, s'étonnent que les pluies d'automne n'aient pas fait monter le niveau des autres rivières autant que celui de la Caniapiscau.

60

Le vieux chef n'a presque pas dormi. Toute la nuit, la gorge nouée, il a tenté d'imaginer cette eau en furie et les milliers de caribous luttant contre le courant. Il s'est souvent trouvé au bord d'une rivière au moment du grand mouvement de migration qui, chaque automne, mène les cinq ou six cent mille caribous du fleuve Georges vers leurs terres d'hivernage. Il en a vu beaucoup, portés trop bas par le courant, lutter désespérément en battant des sabots dans l'écume des rapides. Parfois par dizaines, les mâles surtout, alourdis par leur panache. Mais vingt mille ! L'image des bêtes au ventre déjà gonflé étendues sur le rivage n'a guère quitté son esprit où, pourtant, un moteur d'avion menait un train d'épouvante. Chaque fois que le sommeil l'a gagné, Mestakoshi a été réveillé par une sensation de chute vertigineuse. Lui qui a tant de fois brisé en plein ciel le vol d'une outarde s'est vu plonger vers le sol dur. À chaque réveil, son front ruisselait, son souffle était court.

Bien avant que le jour ne se lève, le vieux chef s'assied, puis, sans bruit, il s'agenouille pour recharger le feu. Durant un moment, avant que la flamme ne se remette à lécher les branches, la fumée envahit le wigwam. Plusieurs dormeurs toussent dans leur sommeil. Le vieux observe son arrière-petit-fils couché sur le côté et dont seule la chevelure épaisse sort de dessous la couverture d'ours.

Pour lui, Vincent, c'était Winggézi. Il lui avait donné ce nom qu'il était à peu près seul à lui rappeler de temps en temps. Winggézi, l'aigle pêcheur. Cet oiseau, si noble que nul n'est jamais parvenu à le garder captif, travaille dans un bureau. Il rend des comptes aux Blancs qui donnent de l'argent en échange des terres sacrées. Winggézi passera sa vie dans une maison qui ne ressemble à rien, assis devant une table au lieu de courir le bois. Et il mourra jeune de n'avoir pas respiré l'air de la taïga, d'avoir consommé les produits étrangers.

Par les autres, le chef sait très bien comment se déroule la vie dans le nouveau village. Durant des journées entières, même à la grande saison de pêche, de trappe ou de chasse, les hommes demeurent sous une avancée de toiture, entre le Magasin Général et les locaux de l'administration. Là, ils jouent au bingo. Népeshi lui a dit :

— Quand le tirage est fait, ils déchirent leurs billets. Le sol est couvert de petits papiers.

Et cette vision des hommes inactifs, payés à ne rien faire, adossés aux vitrines du Magasin Général devant ce sol recouvert de papiers comme s'il avait neigé habite Mestakoshi. Il se répète souvent :

— C'est la fin de la race.

Il sait aussi que ceux qui ont accepté la convention des Blancs reçoivent des indemnités pour chasser et trapper. En plus de l'argent qu'on leur donne de toute manière, ils touchent dix dollars par jour passé dans les bois. Dix dollars pour chaque personne. C'est pourquoi certains trappeurs traînent avec eux, dans la neige et sur la glace, des femmes de quatre-vingt-dix ans et plus. Winggézi, l'aigle si fier, ne lui a-t-il pas dit un jour avant la mort d'Adé : « Si tu avais signé, vous partiriez tous au bois tout l'hiver, à huit, ça vous ferait quatre-vingts piastres par jour en plus du reste. »

Le vieux n'a pas bondi. Il aime Vincent qui est de son sang, mais le silence qu'il s'est imposé ce jour-là stagne en lui comme une eau saumâtre. Est-ce que les aigles pensent à l'argent ? Est-ce que l'un d'eux a jamais donné sa part de ciel pour de l'or ?

Le vieil homme s'est recouché après avoir rechargé le feu. Il attend encore un moment. Il essaie à présent de se représenter la vision de la terre depuis les hauteurs du ciel.

Est-ce que les gens qui meurent en l'air reviennent sur la terre ? Est-ce que les corps sont tout de même enfouis dans le sol ?

Le cri pointu d'éveil d'un geai gris qui doit chercher sa pitance autour du fumoir annonce l'aube. Népeshi non plus ne dormait pas. Il se soulève.

— Il faut se préparer, dit le chef.

Il a parlé assez fort pour réveiller tout le monde. Il n'y a que Vincent qui ne bouge pas. Le chef Hervé le secoue pour le tirer du sommeil. Le vieux Mestakoshi murmure tristement :

— Déjà perdu le sens du temps. Quand ses yeux sont fermés, sa tête ne voit pas arriver le soleil.

61

Quand Mestakoshi sort du wigwam, le soleil n'est pas encore visible mais sa clarté baigne d'orangé de longs stratus endormis derrière la forêt. L'eau reflète cette lumière qu'elle étire et éparpille. La marée monte et le fleuve que les pluies ont gonflé mène avec elle un dur combat. Hervé qui rejoint le vieux chef annonce :

— Nous aurons le beau temps. L'hydravion sera là au moment de l'eau étale.

Ils rentrent pour préparer leur sac pendant qu'Odôsi et Amo cuisent la farine de blé d'Inde et coupent du poisson séché. Comme elles demandent pour combien de jours ils doivent emporter des vivres, Hervé leur dit :

— Rien du tout. On reviendra sûrement demain. Il y aura de quoi manger sur place.

Mestakoshi se redresse.

— Manger de la nourriture donnée par les Blancs ? Jamais !

Les femmes leur préparent de la viande fumée, de la banique, de la graisse et du thé. Mestakoshi met une bouilloire et une poêle dans son sac avec son gobelet et une assiette de métal émaillé. Hervé essaie de les dissuader de prendre leurs armes, mais les cartouches sont déjà dans les sacs, les haches sont prêtes et les fusils aussi.

— Comme si on pouvait aller en forêt sans rien !

Népeshi est tout excité par la perspective de ce départ, mais le chef n'est pas de bonne humeur. Makwa qui les observe avec un peu d'envie dans l'œil se hasarde à demander à Hervé :

— Es-tu certain qu'on arrive à respirer, dans cette boîte qui vole ?

C'est Vincent qui répond :

— Les ours, on les transporte dans un filet qu'on accroche en dessous de l'avion.

— Ben moi, je préférerais ça. Je serais au moins certain de pas manquer d'air.

Le chaman leur souhaite bon voyage. Il reste seul sous le wigwam. Tout le monde les accompagne. Vincent va remonter au village moderne avec son bateau à moteur, il redescendra demain soir chercher Hervé.

Sur la rive, près du ponton où ne sont plus que les canoës des vieux, ils attendent en fixant l'aval du fleuve, là-bas, très loin, où les eaux venues des hauteurs rejoignent les eaux des profondeurs. L'horizon est encore baigné de bleu et de mauve. Un vent sans violence porte les odeurs d'automne. Ils attendent sans impatience depuis un long moment ; le soleil est déjà bien au-dessus des plus hautes épinettes lorsque le ciel se met à bourdonner du côté de la mer. Sur les terres de la rive droite, un point de lumière se déplace. Un éclat de soleil insolite. Il va vers le fleuve en descendant lentement. Il cesse d'être lumineux, il disparaît presque pour réapparaître plus gros et plus bas. Mestakoshi a vu souvent des hydravions se poser, jamais encore il n'en avait regardé un avec une pareille intensité. Le monstre est blanc avec une bande bleue. Son hélice fait frémir l'eau que les longs flotteurs éventrent. Il s'est posé bien en aval et fonce droit vers le ponton. Avant d'y parvenir, il ralentit encore. Par les vitres qui surmontent son énorme nez rond, on distingue deux têtes. Les longues ailes soutenues par des bras de force flexibles comme du bois vert. Sous l'aile, il y a quatre hublots. Plusieurs visages se montrent. L'appareil n'est pas encore à la hauteur de l'extrémité du ponton que déjà une porte s'ouvre dans son flanc. Un homme portant une veste, un pantalon et une casquette kaki paraît. Dès que l'aile a passé le ponton, Hervé s'avance rapidement et aide celui qui vient de sauter à immobiliser l'avion. Une petite échelle à deux barreaux bascule.

— Montez, crie l'homme.

Mestakoshi n'a plus le temps de réfléchir. Jamais son cœur n'a battu aussi fort, jamais son front n'a ruisselé à ce point. Son sac, sa hache et son fusil sont lancés sur le plancher avec ceux de Népeshi. Il grimpe.

— Attention la tête ! crie Hervé.

Le vieux rentre sa tête dans ses épaules et se courbe en avant. Le pilote lui indique un siège où il s'assied.

— *Fasten your seat belt !*

Le vieux chef lève des yeux égarés vers le grand gaillard blond à la chevelure frisée. Plus doucement, l'homme lui dit :

— Votre ceinture.

Mestakoshi ne comprend toujours pas et Hervé vient à son aide. Il le fait changer de siège en disant :

— Contre la fenêtre, tu verras mieux.

Le vieux s'installe et Hervé l'attache. Devant lui, il a le dos en tissu bleu d'un siège et, au-dessus, la nuque et la casquette de Népeshi. Hervé prend place à côté de Mestakoshi. Pour le moment, le vieux voit le fleuve dont l'eau porte la lumière du ciel et la rive sud telle qu'il l'a contemplée toute sa vie. La porte vient de se refermer. Le grand blond et l'homme en kaki sont allés s'asseoir à l'avant, ils ont mis sur leurs oreilles des écouteurs et ils parlent. Le moteur se met à gronder. Tout vibre.

— C'est le wabano !

Le wabano, chez les Wabamahigans, c'est la tente tremblante où les adolescents devaient jadis coucher pour montrer qu'ils ignoraient la peur.

La rive se déplace. L'eau file sous eux de plus en plus vite et écume sous la blessure des flotteurs. Le bruit s'intensifie. On dirait que tout va éclater, l'avion, la tête, le cœur, le ventre de Mestakoshi. Puis, d'un coup, le bruit change. L'eau s'éloigne et la terre s'élargit. L'appareil s'incline comme s'il allait se retourner. Les épinettes deviennent minuscules et des flaques luisantes se multiplient.

Un homme assis un peu plus près des pilotes se lève et s'approche. C'est un Indien que Mestakoshi ne connaît pas. Il se penche et parle fort :

— Tu es le chef Mestakoshi. Mon père te connaît bien : le chef Tokâna, de Poste-de-la-Baleine. C'est moi qui l'ai remplacé.

— C'était un ami. Je ne savais pas qu'il était mort.

L'autre se met à rire.

— Pas mort du tout. Trop vieux pour la politique.

Le fils de Tokâna s'éloigne après avoir allumé une cigarette.

— Regarde, dit Hervé, le barrage.

L'avion monte toujours. Il survole une vaste étendue d'eau et laisse déjà derrière lui un bloc rectiligne piqué de lampes allumées, comme l'est la digue qui le prolonge.

Mestakoshi n'évalue pas très bien les dimensions. Il ne peut se retenir de dire :

— Nous sommes aussi haut que les bernaches.

— Elles volent beaucoup plus haut que ça, dit Hervé. Et elles voient bien plus loin que nous.

Soudain, il semble que l'avion frôle une toile légère. La taïga est troublée par un voile qui va très vite vers l'arrière.

— Les nuages, dit Hervé.

On distingue pourtant encore bien la forêt, les lacs nombreux et les rivières qui serpentent entre les étendues boisées où écument dans l'ombre des gorges étroites.

— Tu vois qu'il reste de la forêt, dit Hervé.

Le vieux a le front contre la vitre glacée où sa sueur a fait une large marque. Il essaie de retrouver son chemin. Cette route d'eau qu'il a faite si souvent en canoë, cette route de neige qu'il a parcourue jadis avec ses chiens puis avec sa motoneige. Il croit plusieurs fois découvrir des points de repère. Il essaie de se souvenir de la forme des lacs et des méandres des rivières, mais, vue d'ici, la terre ne ressemble pas du tout à ce qu'elle est quand on la foule de ses mocassins.

L'hydravion traverse encore quelques stratus qui le secouent et font vibrer sa carlingue. Les mains du vieux chef se crispent sur les bras de métal de son siège. Il lui semble, par moments, que son ventre tout entier remonte en lui et pousse ses poumons et son cœur vers sa gorge. Bientôt, l'appareil perd de l'altitude et s'incline. La terre bascule. Les méandres d'une rivière se dessinent. Sur ses rives, la tache de tentes blanches et des milliers de gros cailloux à ventre rond. Hervé les désigne :

— Les caribous.

62

C'est ainsi que les oies en migration regardent notre pays. C'est ainsi que les aigles le voient chaque fois qu'ils s'élèvent vers le soleil. Mais ils le font avec leur force vive. Ces grands chasseurs dont l'œil distingue depuis le ciel le rat minuscule et le poisson immobile se hissent en silence sur le corps invisible du vent. De très haut, ils tombent comme des pierres et plongent entre les arbres ou dans le fond des eaux. Tout se fait sans bruit, sans que soit blessé le calme de la taïga.

Les oies, les bernaches, les canards et bien d'autres encore retrouvent chaque été le même terrain du Nord où naîtront leurs couvées. Jamais tempête ni orage ne les trouble. C'est que leur chemin immuable est tracé de bien plus haut encore par le Grand Esprit qui a distribué, dès la naissance du monde, la terre aux animaux. C'est lui qui indique aux migrateurs les estuaires et les lacs où ils peuvent se nourrir et prendre leur repos. Il le fait pour que les Indiens puissent prélever juste ce qu'il leur faut de viande pour vivre.

Ce que nous pouvons voir du haut de cet avion qui mène si grand bruit ne nous enseignera jamais rien. Nous connaissons notre terre par ses pistes, ses rivières et ses lacs, nous n'avons pas à la connaître à la manière des oies puisque nous ne sommes pas des migrateurs. Nous n'avons pas à la connaître à la manière des aigles, puisque nous chassons et pêchons autrement qu'eux.

Que ferions-nous en leur domaine ? Il n'y a pas d'épinettes dans le ciel pour monter le wigwam et allumer le feu. C'est bien la preuve que les pistes qui passent à travers les nuages ne sont pas pour nous. Jamais nous n'avons vu une oie faire sa migration en suivant nos sentiers. Jamais nous n'avons vu un saumon voyager par les routes du ciel. Les animaux savent où est leur place. Le poisson ne cherche pas à occuper celle de l'oiseau, le caribou ne va pas habiter la hutte du castor.

Comment Celui qui a organisé la terre admettrait-il que les êtres à qui il a donné la vie bouleversent son œuvre ? Comment pourrait-il les regarder sans que lui vienne l'idée d'un terrible châtiment ?

63

L'hydravion s'est posé au milieu d'un plan d'eau de la Caniapiscau ; ils ont dû descendre avec leur fourbi dans une grosse barque à moteur qui a remonté la rivière un moment. Bientôt, sur la rive droite, ils ont vu les premiers corps. Puis, plus ils avançaient, plus il y en avait. À l'endroit où le bateau est venu se coller à d'autres barques, les caribous sont nombreux. Les hommes doivent passer d'un bateau à l'autre pour prendre pied sur la berge à quelque distance de trois grandes tentes blanches.

À peine Mestakoshi a-t-il posé une semelle sur la terre ferme qu'une dizaine d'hommes et de femmes se précipitent vers lui. Des appareils photographiques crépitent. Ces gens qui tiennent en main bloc et crayon ou magnétophone lancent des questions en anglais et en français.

Il y a surtout une petite grosse emperlousée et endiamantée des doigts, du cou et des oreilles, bardée d'appareils, les poches gonflées de stylos, qui s'accroche à la veste du chef.

Le visage du vieillard est plus fermé que jamais. Ses poings sont crispés, le gauche sur son fusil, le droit sur le manche de sa hache.

Malgré le vent assez fort, l'odeur de charogne

est très présente. Comme les journalistes empêchent les Indiens d'avancer, Hervé dit à Mestakoshi :

— Ils veulent savoir ce que tu penses.

Le vieux regarde tous ces gens d'un œil noir et lance à Hervé :

— Je ne pense pas. Je voudrais pouvoir marcher.

Hervé traduit en français et ajoute :

— Laissez-nous regarder. Plus tard on parlera.

Tokâna qui se tient avec Népeshi derrière Hervé et Mestakoshi lance :

— Nous sommes sur notre terre. Laissez-nous !

Le grand blond descendu avec eux et l'homme qui menait le bateau passent devant et, en anglais puis en français, ils demandent aux journalistes de s'écarter et de suivre à distance.

La tête encore pleine du vacarme de l'avion, assourdi par ces cris lancés dans des langues qu'il ne comprend presque pas, le vieux chef sent monter en lui la colère. La vue de ces milliers de caribous échoués sur cette plage le remue jusqu'aux entrailles. Il se sent comme si l'on venait de broyer tout ce passé de chasse, de trappe, d'amour de la taïga qu'il porte en lui. On a foulé aux pieds ses richesses. On a craché sur son trésor. Une seule phrase l'habite :

— Jamais les caribous n'ont été fous !

Hervé qui marche toujours à la gauche de Mestakoshi lui dit :

— Si tu veux poser ton sac et ton fusil dans une tente.

Le vieux regarde ces toiles blanches, carrées comme des maisons d'hommes blancs. Avec écœurement, il dit :

— Non.

Puis, désignant les journalistes qui suivent à quelques pas, il gronde :

— Ce sont tous des Blancs. S'ils pouvaient lire ce qu'il y a dans mon cœur, ils partiraient. Ils sont sur notre terre.

— Tu sais, chef Mestakoshi, ils ne sont même pas tous canadiens. Certains sont venus d'Europe. Il faudra que tu leur parles. Je t'aiderai. C'est toi qui dois parler. Toi qui n'as jamais rien voulu signer.

Le vieux regarde Hervé. Il ne souffle mot, mais son œil dur lance des reproches. Son œil répète sans cesse que si pas un seul Indien n'avait signé, tous ces caribous ne seraient pas morts.

Ils continuent de marcher. Plus ils montent vers le pied des rapides, plus les bêtes sont nombreuses. À l'endroit où les corps gonflés se touchent tous, des hommes blancs vêtus de combinaisons s'avancent. Ils saluent le vieux chef et ses compagnons. Mais il semble à Mestakoshi que c'est surtout lui qu'ils regardent. Il croit lire dans leurs yeux un certain respect. Son cœur en est un instant tout plein. L'un des hommes, un grand maigre à épaisses lunettes et à barbe noire, s'adresse à lui dans sa langue :

— Le ministère de la Faune a déjà débloqué beaucoup d'argent pour que des hélicoptères emportent les carcasses. Un bateau-usine viendra sur la mer pour en utiliser une partie. On va aussi en descendre par flottage et les enterrer.

Le vieux plante en lui un regard terrible. D'une voix rauque, il lance :

— Gardez votre argent et votre temps. Laissez faire la taïga.

— Jamais les carnassiers ne viendront à bout...

Mestakoshi montre le sol où il frappe du pied :

— Des millions de bêtes que tu ne vois pas. Laissez faire la taïga.

— Selon toi, dit l'homme, il faudrait abandonner les carcasses ?

— Oui. Et il faut aussi laisser notre terre tranquille.

Le vieux se remet à marcher après un geste et un regard qui enlèvent à ces hommes l'envie de le suivre. Les journalistes se sont arrêtés près des gens du ministère. Le chef Tokâna est resté avec eux et pérore au milieu du groupe. Mestakoshi, Népeshi et Hervé marchent seuls un moment. Les caribous morts sont toujours aussi nombreux, souvent collés les uns aux autres avec la forêt des panaches dressés. La puanteur est de plus en plus forte. En dépit de la saison tardive, des essaims de mouches bourdonnent.

Les trois hommes s'éloignent un peu de la rive. Soudain, Mestakoshi s'arrête et se tourne vers Hervé.

— Qu'est-ce que tu veux que je leur dise ?

— Ce qui blesse ton cœur.

Le rire du vieux chef grince.

— Tu as signé avec eux. Qu'est-ce que tu veux, à présent ?... Un peu plus d'argent ?

Le mot claque comme une gifle. Devant Népeshi très embarrassé, les deux chefs se mesurent un instant du regard, puis Hervé baisse les yeux et s'éloigne lentement.

64

À Montréal comme à Québec, dans les ministères et les services de protection de l'environnement, dans les bureaux de l'Hydro-Québec, des centaines de cadres et d'employés sont sur les dents. La presse du monde entier a dépêché sur place ses meilleurs journalistes, les radios et les télévisions sont présentes comme elles l'étaient au moment de la mise en eau des barrages. Cette fois, le regard n'est plus admiratif, il est critique. Il est accusateur. Comme toujours en cas de catastrophe, on est prêt à gonfler les chiffres, à clouer au pilori des responsables qu'il faut absolument dénicher. On cherche le sensationnel.

Quand ces gens ont fermé les vannes qui allaient permettre le remplissage du réservoir de la Caniapiscau, on a célébré ce lac artificiel sept fois plus étendu que le Léman, cette mer intérieure œuvre de l'homme, avec ses quarante et une digues et ses deux énormes barrages. Le monde entier s'est émerveillé devant cette rivière qui, depuis la fonte des glaciers, coulait vers le nord et dont on expédiait les eaux vers le sud.

Tout à la joie de cette réussite technique sans précédent, les Blancs ont alors annoncé une deuxième tranche de travaux avec de nouveaux barrages et de nouveaux lacs. Emportés par leur élan, ils ont parlé d'un projet plus vaste encore : barrer toute la pointe sud de la baie James dont l'eau serait vite dessalée par l'apport des fleuves, inverser alors le cours de l'Harricana qui déverserait vers le bassin du Saint-Laurent. Par un canal, diriger cet excédent d'eau vers les Grands Lacs et le vendre aux États-Unis qui manquent d'eau douce autant que d'électricité.

La réussite des premiers travaux ne permettait plus qu'on critique. Même pas un sourire. Les Indiens ? On peut tout obtenir à coups de dollars. Les fleuves de papier-monnaie peuvent changer le cours des rivières millénaires.

Aujourd'hui, la même presse est là. Ce sont souvent les mêmes reporters qu'on a expédiés sur place puisqu'ils connaissent le pays et le dossier. Quand ils parlaient de la longueur, de la hauteur et de l'épaisseur des digues, de la surface des retenues, les kilomètres et les tonnes n'étaient jamais suffisants. Aujourd'hui, pour compter les caribous noyés et donner une idée de l'étendue du désastre, ils sont à la recherche de mots ronflants et de comparaisons frappantes.

Dans les bureaux, on s'évertue à les calmer. On cherche à leur démontrer que les troupeaux en migration sont seuls responsables de leur perte pour avoir voulu traverser la Caniapiscau démesurément gonflée à l'endroit le plus étroit, donc le plus dangereux. Les chefs de service tremblent pour leur poste, les employés pour leur avancement et les ministres pour leur portefeuille.

Et la presse qui, au moment du triomphe des travaux, n'avait parlé des Indiens que pour additionner les millions de dollars qu'on leur donnait en échange de mauvaises friches cherche aujourd'hui leurs chefs pour leur faire dire ce qu'ils pensent de cette noyade sans précédent. Certains accusent, d'autres se taisent en attendant de savoir vraiment ce qui les menace encore.

Pour l'heure, dans les bureaux, après avoir renoncé à vendre cette montagne de viande déjà faisandée aux fabricants de conserve pour chiens, on se demande comment faire pour qu'elle n'empoisonne pas des millions de saumons, pour que les eaux en putréfaction ne deviennent pas une autre source de scandale.

EXTRAITS DE LA PRESSE INTERNATIONALE

Les responsables des barrages nous ont déclaré :

« L'évacuateur de crues ne saurait être mis en cause. Dans la région où les bêtes ont péri, le débit de la Caniapiscau n'est constitué que pour un tiers par l'eau provenant de notre réservoir. Tout le reste provient de cours d'eau naturels. »

Le représentant de la Compagnie d'électricité précise : « L'entente que nous avons conclue avec les Amérindiens nous autorise à faire fonctionner l'évacuateur de crues comme nous l'entendons entre le 1er juin et le 30 novembre. Il n'a jamais été question de tenir aucun compte de la migration des caribous comme élément de gestion des barrages. » Et cet ingénieur d'ajouter avec lassitude : « Si nous devions tenir compte de tous les caprices de la nature, il deviendrait impossible de produire de l'électricité et de rentabiliser les travaux. »

Les services de protection de la nature se demandent comment ils pourront évacuer toutes ces carcasses et limiter les effets sur les eaux et les rives d'aval. Effets qui pourraient, selon les spécialistes, être dévastateurs même pour les eaux de la baie d'Ungawa. Certains parlent de les brûler sur place, mais elles sont dispersées sur près de cent kilomètres. On a renoncé à les évacuer par hélicoptères en raison du coût de l'opération. Plusieurs usines de fabrication de nourriture pour chiens et chats ont délégué des représentants sur place, mais, à leur arrivée, la viande était déjà beaucoup trop « avancée ». Il semble que la solution qui ait le plus de chance d'être retenue consisterait à embaucher les Indiens et les Inuits qui, avec leurs canots, procéderaient au flottage des carcasses jusqu'en un lieu plus accessible où des bulldozers pourraient les enfouir dans d'immenses fosses...

Combien va coûter aux Canadiens la noyade des caribous ? Un haut fonctionnaire de ce pays me disait : « Si les contribuables savaient ce que leur coûte chaque année un Indien, c'est sans doute des Visages-Pâles que viendrait la révolution. »

65

Mestakoshi et Népeshi se sont enfoncés dans la forêt où ils ont abattu des épinettes pour monter leur tente. À peine ont-ils commencé d'ébrancher que surviennent trois photographes. Calmement, Mestakoshi ordonne :

— Va leur dire de s'en aller.

— Je ne parle pas mieux que toi.

— Fais parler ta hache ou ton fusil.

À contrecœur, Népeshi marche en direction des trois hommes bardés d'appareils. Il parle fort en montrant Mestakoshi et en faisant le geste d'épauler un fusil. Comme les Blancs se mettent à rire, Népeshi fait appel à toutes ses connaissances de français :

— Oui, oui. Chef Mestakoshi tuer toi !

Son regard est terrible et les hommes s'en vont après l'avoir encore photographié.

Les deux Wabamahigans se remettent au travail. Après un moment, Népeshi dit :

— Tu sais, ce n'est pas eux qui ont fait les barrages.

— Je ne suis pas une bête curieuse. Je ne vais pas voir comment ils font les maisons dans leur pays.

Ils en sont à tendre leur toile lorsque arrive

Hervé accompagné d'un petit homme blanc vêtu comme un chasseur du dimanche. Il les salue et parle à Hervé qui explique :

— C'est un homme important du ministère des Affaires Indiennes. C'est lui qui a voulu qu'un avion nous amène ici pour qu'on puisse voir et dire ce qu'on pense. Il demande que vous veniez parler aux journalistes.

Les deux vieux se consultent du regard et Népeshi dit :

— Tu dois aller, chef Mestakoshi. Je finirai le wigwam et je préparerai à manger.

L'homme blanc qui ne parle pas leur langue mais semble la comprendre dit :

— Il faut qu'ils viennent tous les deux. Ils mangeront avec nous.

Sans prendre la peine de traduire, Hervé répond :

— Je sais que le chef Mestakoshi n'acceptera jamais de manger avec les autres.

Mestakoshi a posé sa hache. Il remet son blouson et s'avance. L'homme du ministère qui marche à côté de lui dit lentement, dans sa langue, en détachant bien les mots :

— Tu es le plus vieux de tous les chefs, il est très important que tu parles.

— Je parlerai.

Mestakoshi se sent à la fois plein de fierté et de colère. À l'exaspération provoquée par la vue des caribous s'ajoute la rage d'être là, obligé de parler à des gens qu'il méprise. La fierté vient de l'importance qu'on lui donne. Il voit clairement que l'on attache moins d'intérêt aux propos des autres chefs qu'aux paroles qu'il n'a pas encore prononcées. Il ne prépare aucun discours. Rien. Tout est en lui absolument prêt à jaillir. Il dira l'amour de la terre et le respect de la forêt. Les

Dieux offensés par l'argent. Les Indiens qui ont trahi pour une poignée de dollars. Il dira sa douleur et sa honte.

Ils parviennent à la plus grande des tentes blanches où ils entrent. La lumière qui filtre à travers la toile est très désagréable. Des femmes et des hommes sont assis sur des bancs, derrière des tables disposées en U. On conduit Mestakoshi au centre de la table transversale où sont déjà assis des chefs indiens, tous très jeunes, et qu'il ne connaît pas. Ils se sont arrêtés de parler à son arrivée. Les regards sont braqués sur lui.

Il va s'asseoir sur une chaise. Hervé prend place à côté de lui. Le Blanc qui les accompagnait se met à parler. À voix basse, la bouche collée à l'oreille de Mestakoshi, Hervé traduit :

— Il te présente. Il dit que tu es le chef de la Bande des Wabamahigans qui refuse les avantages de la convention et qui a voulu continuer de vivre sur la Longue Île. Il te demande d'expliquer pour quelle raison tu as refusé.

Le vieil homme ferme les yeux quelques instants. Le moment est plus pénible que les plus dures courses d'hiver face au Nordet. Tout ce qu'il avait en lui qui bouillonnait et voulait soulever le couvercle a disparu. Il respire un grand coup puis, rouvrant les yeux, d'une voix sourde, il dit :

— J'ai refusé les propositions. Si vous ne savez pas pour quelle raison, c'est que vous n'avez pas des yeux pour voir et un nez pour sentir. Si vous n'avez pas vu les caribous, si vous n'avez pas perçu la puanteur de la chair perdue, si la rivière où baignent les cadavres ne vous a rien révélé, c'est que vous ne saurez jamais rien voir, jamais rien sentir.

Il hésite un moment. Son regard, à mesure qu'il parlait, s'est chargé de haine. Il tremblait d'émotion quand il a prononcé les premiers mots, à présent il se sent envahi par un grand calme. Il fait des yeux le tour de l'assemblée. Il veut graver en sa mémoire ces visages dont le souvenir l'aidera à nourrir sa haine et son mépris des Blancs. Après un silence qui semble écraser tout le monde, d'une voix plus tranchante, il ajoute :

— Si vous n'avez pas compris, c'est que vous êtes vraiment tous de la race de ceux qui sont venus ici nous voler notre terre. De ceux qui ont corrompu nos fils et nos petits-fils pour qu'ils acceptent sans honte de leur vendre leur mère.

Hervé traduit entre chaque phrase. Son visage s'est creusé. Il baisse parfois les paupières et semble avoir du mal à respirer. Tous les jeunes chefs ont aussi les yeux baissés.

— J'ai tout refusé parce que moi et ceux qui sont avec moi nous voulons mourir sur notre terre et dormir avec nos ancêtres en un lieu que les Blancs n'auront pas souillé. Ceux qui n'auront pas compris en regardant les caribous noyés ne comprendront jamais les gens de ma race.

Il attend qu'Hervé ait fini de traduire et il se lève. Comme Hervé se lève aussi, il le cloue d'un regard en lisant :

— Je n'ai besoin de personne pour me guider sur ma terre.

Il sort lentement, avec une sorte de majesté qui en impose. Mais son dos est voûté comme s'il portait sur ses épaules la lourde charge du canoë.

Notre monde se vide de sa vie et, sur notre terre morte, nos corps épuisés se videront à leur tour.

Seuls subsisteront nos esprits en partance pour ces contrées de lumière où les âmes nobles habitent des forêts inconnues. Nos esprits parcourront sans trêve ni fatigue ces régions de l'espace tellement vastes qu'on peut y marcher l'éternité sans aucun risque de rencontrer jamais les ennemis de notre race. Car ceux qui nous tourmentent sur terre n'auront pas accès aux pistes où notre Guide nous conduira entre les étoiles.

67

Le chef Mestakoshi tremblait de rage contenue lorsqu'il a rejoint Népeshi sous la petite tente où il l'attendait. Devant l'entrée, le trappeur avait allumé un feu et mis à cuire de la farine de blé d'Inde. Il lui a fallu des heures de patience pour convaincre son ami de revenir à la Longue Île à bord de l'hydravion. C'est seulement en lui parlant de la souffrance qu'il éprouverait à voir de près les barrages que Népeshi l'a finalement dissuadé de revenir à pied. Sans canoë, il leur aurait fallu plusieurs lunes.

L'hydravion les a ramenés et, trois jours après leur arrivée, l'hiver se montrait. Au terme de deux jours de givre épais sous un ciel que midi allumait en grand, le Nordet s'est mis à charrier des nuées porteuses de neige. La tempête est venue avec un froid intense. Le deuxième jour, Mestakoshi, Népeshi, Kinojé et Makwa n'ont pas cessé de charrier du bois qu'ils ont entassé le plus près possible du wigwam. Quand ils se sont couchés, le ciel hurlait. Le vent secouait le wigwam.

C'est au milieu de cette nuit de rage que le chef Mestakoshi a été pris d'étouffements. Réveillés par sa toux et ses gémissements, les autres se sont levés. Ils l'ont aidé à s'asseoir, le dos contre un gros ballot de peaux. Un moment, il a semblé soulagé. Amo lui a préparé de l'infusion de prêle. Makwa est sorti dans la nuit en démence pour couper de l'épinette fraîche qu'ils ont ajoutée à l'infusion.

Le lendemain matin, il ne neigeait plus mais le froid était intense. C'était un dimanche et Vincent est venu. Il a dit :

— C'est la dernière fois que je peux descendre en canoë. Après, faudra attendre que le fleuve soit assez gelé pour la motoneige.

Il a paru bouleversé de voir le vieux chef cloué, immobile, le souffle court et le visage ruisselant de sueur. Il a parlé de docteur. Mestakoshi a trouvé la force de dire :

— Je ne veux voir personne.

Son œil enfiévré était terrible.

Vincent est reparti et, le lundi matin, un hélicoptère se posait sur la Longue Île. Un médecin et deux autres hommes sont venus jusqu'au wigwam. Le médecin portait une grosse serviette de cuir, les deux autres une civière de métal luisant et de toile blanche. Mestakoshi a lancé à ces hommes un regard qui les a immobilisés à deux pas de lui. De sa voix qui roule des glaires, il a dit :

— Allez-vous-en. Cette île est la seule terre qui nous reste... Ne venez pas la souiller.

— On peut te guérir, a commencé un des infirmiers dans la langue des Wabamahigans. À l'hôpital, on te soignera...

— Ne salissez pas la terre où iront mes os. Laissez-moi mourir où j'ai vécu.

Le ton était tel que les trois hommes se sont retirés. De sa place, le vieux chef a écouté le grondement rageur de leur moteur. C'était comme si une grande colère de bête inconnue avait envahi le ciel.

Depuis, Mestakoshi s'est enfermé dans le silence. Il attend sa fin en revoyant sa vie. Au cours de la journée, il regarde ce qui se passe autour de lui. Les repas à préparer, les peaux à assouplir, à couper, à coudre. Népeshi écorce des branches pour faire des raquettes. Les autres sortent chercher du bois. Makwa part avec son fusil et rentre sans avoir rien tué. Kinojé revient de la pêche avec un gros brochet. Il annonce que, dans trois ou quatre jours, en choisissant bien sa route on pourra traverser le fleuve sur la glace avec une traîne. Le vieux chef, entre ses paupières mi-closes, les voit qui s'interrogent du regard puis Népeshi vient s'asseoir près de lui. Tranquillement, comme s'il parlait du défilé des saisons et des lunes, il dit :

— Moi, si j'étais malade, sûr que je voudrais pas que des Blancs m'emportent dans leur hélicoptère. Je voudrais pas aller dans un hôpital de Blancs... mais des amis, des gens de mon peuple qui me coucheraient sur un bon toboggan, avec un tas de fourrures pour m'envelopper et qui me proposeraient de me mener chez mon fils, dans un village où il n'y a que des Indiens, je ne dirais pas non.

Il se tait. Les autres, assis autour du feu, attendent en silence. Le plus gros bruit n'est pas le ronflement de la flamme, c'est le grondement qui remue le fond des poumons du vieux chef. Mestakoshi a écouté les yeux clos, sans broncher. Il laisse passer quelques instants avant d'ouvrir ses paupières à demi.

— Si c'est dans ton idée, Népeshi, il faudra le faire, quand ça se présentera. Tu auras bien raison.

Il referme les yeux. Les autres se regardent pour

se demander s'il faut en dire plus. Finalement, Népeshi reprend :

— Toi, tu ne le ferais pas ? Même pour vivre des années de plus ?

Le malade rouvre les yeux. Son regard est sans colère, sa voix presque douce :

— Moi, si des amis profitaient que je n'ai plus ma raison pour m'emporter, je n'aurais pas trop de toute l'éternité des morts pour les maudire.

Il ferme les yeux et les écoute prendre leur repas sans échanger un mot. Seuls les bruits le renseignent sur ce qu'ils font. Il les voit à l'intérieur de ses paupières et, en même temps, il voit mille autres repas pareils. Il voit les pistes glacées. Il revit très vite de longues traques. Une chasse au carcajou et sa victoire sur cet animal diabolique qui lui désamorçait tous ses pièges et lui volait son gibier.

Il y a longtemps que les autres ont terminé leur repas et qu'Amo lui a fait boire sa tisane lorsqu'il fait signe à Népeshi de s'approcher. Il demande :

— Est-ce qu'il y a beaucoup de neige ?

Népeshi montre avec sa main étendue une hauteur d'à peu près six pieds.

— Il gèle depuis combien de jours ?

Népeshi montre sept doigts.

Mestakoshi fait une petite grimace :

— Crois-tu qu'on puisse encore creuser ?

Népeshi hésite. Il a un regard furtif vers les autres, puis, revenant au vieux chef, il pose sa main courte sur son épaule. Lentement, mais sans émotion apparente, il dit :

— Nous l'avons déjà fait, chef Mestakoshi.

Le visage du moribond se détend. On dirait presque qu'il sourit.

Ce soir, les autres ne se couchent pas. Les femmes font du thé et rechargent le feu. Un moment passe avec le seul pétillement de l'épinette qui pleure sa résine.

Dans un murmure, Mestakoshi demande :

— Népeshi, tu m'entends ?

— Je t'entends.

— Te souviens-tu de l'hiver où nous sommes allés avec ton père et le mien trapper plus loin que la Caniapiscau ?

— Je m'en souviens.

— Raconte-moi.

Népeshi s'assied tout près de lui et commence :

— J'avais dix ans, toi, tu étais déjà un homme. On est parti avec les chiens. On en avait sept...

Son récit s'en va tout doucement. Longtemps. Longtemps. Il y a l'hiver, la neige et les loups. Népeshi raconte sans quitter des yeux son ami. Quand il se tait au bout de son récit, le souffle du vieux chef a fini de faire vibrer sa lèvre.

ÉPILOGUE

Au printemps qui a suivi la mort du chef Mestakoshi, la direction générale de la Faune du Québec a publié un long rapport sur la noyade des caribous dans la rivière Caniapiscau. Cette étude menée par des spécialistes, dont ni la compétence ni l'honnêteté ne sauraient être mises en doute, conclut que, dans le passé, on n'avait jamais observé, au cours de la migration des caribous, une noyade dépassant cinq cents têtes par année. Les auteurs du rapport ajoutent cependant :

« L'ampleur des pertes observées à la rivière Caniapiscau, à l'automne 1984, est attribuable à la concomitance de trois situations : le choix par les caribous d'une traverse potentiellement dangereuse, l'importance, voire le caractère exceptionnel de la crue des eaux de la fin septembre et une densité très élevée de caribous au moment de la traversée de la rivière. »

Après avoir observé que cette noyade de caribous représente moins de deux pour cent de l'effectif et ne menace pas la survie du troupeau, les experts précisent :

« L'analyse des événements, de la configuration de la rivière au site de l'accident et des données pluviométriques et hydrologiques, permet d'établir que, dans des conditions naturelles, c'est-à-dire en l'absence du réservoir Caniapiscau, le débit de la rivière aurait été supérieur à celui mesuré au moment de l'événement. On peut donc en conclure que le nombre de caribous noyés, dans ces conditions, aurait été au moins de même importance et que la responsabilité de l'événement n'est pas imputable à la présence du réservoir. »

À peu près à la même époque, un rapport encore beaucoup plus volumineux était publié par la Société d'énergie de la baie James et la direction de l'Environnement. Il concerne le comportement des castors qui constituent l'une des ressources naturelles les plus importantes pour les Indiens trappeurs. Des années d'observation ont permis aux savants de conclure que, si de jeunes castors ont été noyés au moment de la mise en eau des barrages, la majeure partie de la population a su s'adapter. Contrairement à ce que tous les spécialistes redoutaient, les huttes de ces constructeurs n'ont pas été perdues. Les castors les ont, si l'on peut dire, élevées d'autant d'étages qu'il était nécessaire pour qu'elles continuent de dominer les eaux.

D'autres rapports parlent du mercure qui empoisonne les lacs, les poissons et ceux qui en consomment. Obligés de changer leur mode d'alimentation, les Indiens deviennent des clients de plus en plus fidèles des Magasins.

La route d'hiver qui permit d'amener une grande partie des matériaux à pied d'œuvre pour la construction des barrages est devenue une route permanente avec des ponts qui ne sont plus de glace et que n'emporte plus le dégel.

Les villages construits pour loger les cadres et les ouvriers durant l'édification des barrages ont été démontés. Les maisons sont parties sur d'autres chantiers. Partout où des terres nues portaient la trace des travaux, de jeunes aulnes ont été plantés.

Le ministre qui avait rendu visite aux Wabamahigans sur leur île était présent au moment de la signature de la convention avec les Indiens et les Inuits. Parce qu'il est d'une nature généreuse, il a commis une petite imprudence. Comme un jeune chef lui parlait de champagne pour arroser cette signature, il a répondu :

— Vous viendrez le boire chez moi.

Le jour dit, sa femme avait préparé des petits fours pour une dizaine de personnes. Deux autocars de soixante places se sont arrêtés devant la porte. Plus de cent Indiennes et Indiens en tenue de soirée ont envahi toutes les pièces de la maison et il a fallu téléphoner très vite pour qu'on livre de quoi les nourrir et les abreuver. Les Indiens ont un large sens de l'hospitalité, ils attendent qu'on l'ait aussi.

Tous les réservoirs des barrages sont pleins et les turbines fonctionnent. Le Québec exporte de l'électricité, de grosses entreprises étrangères viennent construire sur son territoire celles de leurs usines qui consomment le plus d'énergie.

Dans tout le Québec, des employés, des ouvriers, des ingénieurs, des paysans sont fiers d'avoir « construit la baie James ». Pourtant, quelques seigneurs sont au chômage. Ce sont d'anciens cadres supérieurs qui ne parviennent pas à trouver un poste équivalent à celui qu'ils ont occupé durant des années dans les solitudes du Grand Nord.

Il semble que le remboursement de la dette contractée par le gouvernement s'effectue tout à fait normalement. On parle beaucoup d'une deuxième tranche de travaux. En revanche, une commission d'étude du gouvernement fédéral a rejeté l'idée de vendre aux États-Unis l'eau dessalée de la baie James. Elle a jugé plus prudent de la garder pour le jour où le Canada viendra à en manquer... comme le reste du monde.

Les Indiens et les Inuits qui ont accepté les travaux vivent à l'américaine dans des villages modernes où ils font une grande consommation de mets surgelés, congelés, empaquetés, stérilisés et sophistiqués.

Nombre d'entre eux commencent à dire que les Blancs ne respectent pas les accords conclus.

Après la mort du chef Mestakoshi, six vieillards demeuraient sur Kinomanitak. Ils y sont restés une année encore, puis, au cours de l'hiver, en allant chercher du bois d'alluvions déposé par le fleuve à la proue de l'île, Népeshi a fait une chute sur un rocher. Le bassin fracturé, il a été ramené sous le wigwam par ses compagnons. Makwa et Kinojé sont partis avec leurs raquettes sur le fleuve gelé. Ils ont marché le reste de la journée et une partie de la nuit en luttant contre un vent terrible pour atteindre le nouveau village.

À l'aube, un hélicoptère transportait le blessé à l'hôpital où des médecins blancs l'ont soigné.

Deux jours plus tard, un camion tout-terrain partait sur la glace du fleuve chercher Amo, le chaman, Odôsi et le matériel qu'ils tenaient à emporter. Makwa et Kinojé étaient à bord du camion.

Au moment de quitter le wigwam, les femmes ont pleuré. Les hommes avaient le regard dur et le visage fermé. Tous fixaient la neige recouvrant les tombes.

Depuis, les vieux vivent avec leurs enfants ou dans des familles qui les ont accueillis. Sans leur demander de signer une convention, l'administration les a ajoutés à la liste des gens indemnisés.

Les vieux regardent se dérouler sous leurs yeux cette vie étrange, où la taïga ne joue plus aucun rôle.

Un jour qu'un journaliste de passage demandait à Népeshi s'il pensait à son passé, le vieux trappeur a répondu :

— Je pense souvent à Mestakoshi. Il a eu bien de la chance de mourir sans avoir vu ça.

Et d'un geste du menton, il désignait le Magasin Général devant lequel des Indiens alignés déchiraient à longueur de jour des billets de bingo. Parmi eux, il y avait René, le fils du chef Mestakoshi. Dans les bureaux d'en face, Vincent attendait l'heure de descendre, lui aussi, jouer au bingo.

Saint-Télesphore, été 1978,
Doon House, été 1988.

Parvenu au terme de ma longue traversée du Royaume du Nord, je tiens à remercier celles et ceux qui m'ont guidé sur des pistes où, sans leur aide, j'aurais eu bien du mal à me diriger. Non seulement leur présence m'a rendu la route agréable, mais encore elle m'a aidé à découvrir les réalités dont ma terre romanesque s'est nourrie durant onze hivers. Ce dernier volume terminé, je sens se creuser un grand vide. Je sais pourtant que si je quitte un peu tous mes amis du Nord, ils continueront de vivre en moi. Imaginaires ou réels, ils entretiendront dans mon cœur la nostalgie des immensités blanches où hurle un vent à nul autre pareil :

Père Raymond Alain — François Baillargeon — Louise Beaudoin — Père Fernand Biron — Normand Biron — Georges — Henri Bouchard — Léo Brossard — Antonio Bruno — Florida Cayer — M. Chalifoux — Marcel Champagne — John Ciaccia — Bernard Cossette — Armand Couture — Émile Couture — Jean Descarreaux — Claude Descoteaux — Père Auguste Dion — Jean-Paul Drolet — Richard Drouin — Jeanne l'Archevêque Duguay — Georges Dumont — Jean Ferguson — Marie-Josée Gagnon et les responsables de Radisson — Georges Gauvreau — Gilles Gervais — Dominique Godbout — Réjean Gosselin — Xavier Goudreault — Éric Gourdeau — Jean Guilbaud et les pilotes de brousse et conducteurs de Caniapiscau — Didier Le Hénaff — Jean Lhoumeau et l'équipe de la Société historique de Val-d'Or et du village minier — Henri Jamet — Jacques Lacoursière — Hauris Lalancette — Gonzague Langlois — Laurent Laplante — Alphonse Leroy — Père Germain Lesage — François Lette — Jean-Marie Loutrel — Monseigneur Donat Martineaud — Camille Morin-Garde Eva Morin — Laura Moses, le Grand Conseil des Cris, les chefs de Chisasibi et Pikogan — Philippe Nadeau, les membres du Sagmai et leurs amis de Poste-à-la-Baleine et Povungnituk — René Nault — Michel Noël — Michel Pageau — Gérard Pelletier — Pierre Perrault — François Piazza — Gilles Poissan — Louis Pratte — Yves Pratte (†) — Alfred Richard — Clément Richard — Louise Richard et l'Office du Tourisme du Québec — Silvio Rioux — A.T. Shortt — Fernand Seguin (†) — Père Tchaïka — les frères Turcotte — Jean-Michel Wyl (†) — la direction et le personnel des Archives et Bibliothèques d'Amos, Val-d'Or, Québec et Montréal ainsi que les services des relations publiques de la SEBJ — les ministères des Affaires culturelles, du Tourisme et de la Nature du Québec.

Le terrible Nordet a souvent soufflé sur mon carnet de notes. S'il a effacé quelques noms, je prie qu'on veuille bien m'en excuser, les visages, les voix et la chaleur de l'accueil resteront gravés en ma mémoire.

TABLE

PROLOGUE
TISKA
Page 13

I
LA LONGUE ÎLE
Page 27

II
LE WIGWAM
Page 133

III
LE MINISTRE
Page 209

IV
LE GRAIN DE SABLE
Page 261

V

LES CARIBOUS

Page 321

ÉPILOGUE

Page 369

Rencontre avec des hommes de courage

"Quand la peste tuait plus que les guerres..."

Les colonnes du ciel

En cet hiver 1639, la Franche-Comté est ravagée par la peste et les guerres de Richelieu : le pays est sous l'empire de la peur, des loups et de la mort qui rôde. Ils sont quelques-uns à vouloir quitter cet enfer…

1. La saison des loups (n° 10210)
2. La lumière du lac (n° 10211)
3. La femme de guerre (n° 10212)
4. Marie Bon Pain (n° 10213)
5. Compagnons du Nouveau Monde (n° 10214)

"Une superbe ode à la nature"

Le carcajou (n° 7192)

Deux couples de vieux Indiens du Grand Nord canadien choisissent de regagner la forêt pour y finir leurs jours. Mais l'homme blanc y a tout bouleversé ; et seul demeure un fauve cruel et maléfique, le carcajou, incarnation du mal absolu…

Rencontre avec des hommes de courage

“Hommage à un soldat inconnu”

Le soleil des morts (n° 10726)

Au début du XXe siècle, Charles Lambert, orphelin né de père inconnu, est élevé par sa grand-mère maternelle dans une ferme du Jura. Quand elle décède, il doit travailler durement. Il s’engage ensuite dans un bataillon d’Afrique du Nord, et connaît, avec la Grande Guerre, l’horreur des tranchées, puis la Seconde Guerre et la Résistance… Charles Lambert, héros oublié, est l’oncle de Bernard Clavel.

“Au corps à corps avec les eaux du Rhône”

Le seigneur du fleuve (n° 10712)

Au XIXe siècle, sur le Rhône, un “ batteur d’eau ” et ses bateliers mènent un combat à corps perdu contre les caprices des flots et les fruits du progrès, le bateau à vapeur. La magnifique épopée d’un homme plein d’orgueil et de courage pour sauver son métier.

Achevé d'imprimer sur les presses de

BUSSIÈRE
GROUPE CPI

à Saint-Amand-Montrond (Cher)
en novembre 2001

POCKET - 12, avenue d'Italie - 75627 Paris Cedex 13
Tél. : 01-44-16-05-00

— N° d'imp. 16031. —
Dépôt légal : novembre 2001.

Imprimé en France